Diogenes Taschenbuch 20911

Werkausgabe
in zehn Bänden

Band 6

Dashiell Hammett

Fliegenpapier

und andere
Detektivstories
Aus dem Amerikanischen von
Helmut Degner, Elizabeth Gilbert,
Helmut Kossodo, Peter Naujack
und Harry Rowohlt
Mit einem Vorwort von
Lillian Hellman

Diogenes

Dieser Band bringt fünf Geschichten
aus der ursprünglich unter dem Titel ›Das große Umlegen‹
1976 erschienenen Sammlung.
Als Vorlage diente die amerikanische Ausgabe
›The Big Knockover. Selected Stories and Short Novels‹,
Random House, New York.

Umschlagfoto: George Raft und
Humphrey Bogart

Veröffentlicht als Diogenes Taschenbuch, 1981

150/81/9/1
ISBN 3 257 20911 8

Inhalt

Vorwort

Jahrelang haben wir uns über den Tag lustig gemacht, an dem ich über ihn schreiben würde. In unserer ersten Zeit sagte ich manchmal: »Erzähl mir mehr von dem Mädchen in San Franzisko. Von diesem albernen Ding, das in der Pine Street auf der anderen Korridorseite wohnte.« Und er lachte dann jedesmal und antwortete: »Sie wohnte in der Pine Street auf der anderen Korridorseite und war albern.« »Erzähl mir doch ein bißchen mehr als das. Wie gern du sie gemocht hast, und...« Darauf gähnte er gewöhnlich. »Trink aus und geh schlafen.« Doch Tage später, vielleicht noch am selben Abend, wenn ich gerade meine Fragetour hatte – und das war in all diesen Jahren meistens der Fall –, sagte ich dann: »Also gut, die Mädchen kannst du dir meinetwegen in Spiritus legen. Aber erzähl mir wenigstens von deiner Großmutter und wie du als Baby ausgesehen hast.« »Ich war ein sehr dickes Baby. Meine Großmutter ist jeden Abend ins Kino gegangen. Sie war ganz vernarrt in den Filmstar Wallace Reid, und all das habe ich dir schon mal erzählt.« Und ich meinte dazu, ich wollte eben alles ganz genau für die Zeit nach seinem Tode wissen, wenn ich seine Biographie schreiben würde; worauf er entgegnete, wegen seiner Biographie sollte ich mir nur keine Kopfschmerzen machen, denn daraus würde ohnehin bloß die Geschichte von Lillian Hellman unter gelegentlicher Erwähnung eines Freundes namens Hammett.

Er starb am 10. Januar 1961. Ich werde seine Biographie nie aufzeichnen, denn ich kann nicht über meinen engsten, meinen meistgeliebten Freund schreiben. Und vielleicht auch, weil all diese Fragen und die gelegentlichen Antworten in den einunddreißig, mit Unterbrechungen gemeinsam verbrachten Jahren durcheinander gerieten, weil das Leben sich für uns beide änderte und die Fragen und Antworten schließlich eins wurden, zusammenflossen aus der Zeit meiner jungen und meiner mittleren Jahre. Und deshalb ist dies auch kein Versuch einer Biographie von Samuel Dashiell Hammett, geboren am 27. Mai 1894 in St. Mary's County, Maryland. Es wird auch keine kritische Würdigung der Stories in diesem Band werden. Es gab einmal eine Zeit, wo ich sie alle für sehr gut hielt; doch nicht alle hier sind es, wenn ich auch die meisten immer noch für sehr gut halte. Und es ist nur recht und billig, wenn ich gleich zu Anfang sage, daß ich mit ihrer Veröffentlichung etwas getan habe, was Hammett absolut nicht tun wollte: er lehnte Angebote für Neuauflagen seiner Geschichten ab – wenngleich ich nie den Grund dafür gekannt und ihn auch nie danach gefragt habe. Ich wußte jedoch nach dem, was er über *Tulip* sagte, den unvollendeten Roman [detebe 20911], daß er ein neues Leben als Schriftsteller anfangen wollte und vielleicht nicht wünschte, daß seine alten Arbeiten ihm dabei in die Quere kämen. Aber manchmal denke ich, er war einfach zu krank, um sich darüber den Kopf zu zerbrechen, zu erschöpft, um Vorschlägen zuzuhören oder Verträge durchzulesen. Allein das Atmen, das bloße Luftholen, beanspruchte ihn Tag und Nacht.

Im Ersten Weltkrieg, im Feldlager, führte eine Grippe bei ihm zu Tuberkulose, und Hammett verbrachte noch Jahre danach in Militärkrankenhäusern. Aus dem Zweiten Weltkrieg kam er mit einem Lungenemphysem zurück; aber wie er überhaupt mit achtundvierzig Jahren noch am Zweiten Weltkrieg teilnehmen konnte, ist mir immer noch ein Rätsel. Am selben Tag, an dem die Armee seine Bewerbung akzeptierte, rief er mich an und sagte mir, daß dies der glücklichste Tag seines Lebens sei; und ehe ich mit meiner Antwort zu Ende kam, daß es aber nicht *mein* glücklichster Tag wäre, und was denn mit den alten Narben in seiner Lunge sei, hatte er lachend eingehängt. Er starb an Lungenkrebs, der erst zwei Monate vor seinem Tod entdeckt wurde. Er konnte nicht mehr operiert werden – ich bezweifle, daß er seine Einwilligung zu einer Operation gegeben hätte, selbst wenn sie noch möglich gewesen wäre –, und deshalb beschloß ich, ihm nichts von dem Krebs zu sagen. Der Arzt erklärte, wenn die Schmerzen kämen, würden sie sich in der rechten Brusthälfte und im rechten Arm einstellen, aber genausogut könnte er nie etwas davon spüren. Der Arzt hatte sich geirrt: nur ein paar Stunden, nachdem er mir das gesagt hatte, kamen die Schmerzen. Hammett hatte einen selbst diagnostizierten Rheumatimus im rechten Arm gehabt und schon immer erklärt, daß er deswegen das Jagen aufgegeben hätte. An dem Tag, an dem ich von seinem Krebs erfahren hatte, sagte er zu mir, seine Gewehrschulter schmerze ihn wieder einmal, und ob ich sie ihm nicht einreiben wolle. Ich entsinne mich lebhaft, wie ich hinter ihm saß, seine Schulter einrieb und massierte und hoffte, er würde es immer nur für Rheumatismus halten und sich dabei an die Tage der Jagd im Herbst erinnern. Aber die Schmerzen kehrten nie wieder, oder wenn sie es taten, erwähnte er es doch niemals, oder vielleicht war der Tod so nah, daß der Schulterschmerz von anderen Schmerzen überdeckt wurde.

Er wollte nicht sterben, und ich möchte glauben, er wußte nicht, daß er bereits todgeweiht war. Und selbst heute noch verschließe ich mich vor der möglichen Bedeutung eines Abends kurze Zeit vor seinem Tode. Ich kam noch sehr spät in sein Zimmer, und zum ersten und einzigen Mal in all den Jahren, da ich ihn kannte, standen Tränen in seinen Augen, und das Buch lag ungelesen da. Ich setzte mich zu ihm und wartete eine lange Zeit, bevor ich sagen konnte: »Möchtest du darüber reden?« Seine Antwort klang fast zornig: »Nein. Ich habe nur eine Chance, wenn ich nicht darüber rede.« Und er hat es auch nie getan. Seine Geduld, sein Mut, seine Würde in diesen Leidensmonaten waren sehr groß. Es war, als hätte sich alles zusammengeballt, was das Leben eines Mannes ausmacht, um sich selbst zu beweisen: Leiden ist eine Privatsache, und niemand hat sich da einzumischen. Er bat auch so gut wie nie um Dinge, die er brauchte, und so konnten wir weiter nichts für ihn tun – meine Sekretärin und meine Köchin, die ihn glühend verehrten, wie fast alle Frauen das stets getan hatten –, als ihm die Mahlzeiten hinaufbringen, die er kaum anrührte, die Bücher, die er kaum noch lesen konnte, den Nachmittagskaffee und den Martini, den er auf mein Drängen vor dem Abendessen, das er nie einnahm, trank. An einem Abend dieses letzten Jahres, einem schlimmen Abend, sagte ich: »Trink noch einen Martini; danach wirst du dich besser fühlen.« »Nein«, erwiderte er, »ich brauche ihn nicht.« Worauf ich meinte: »Na schön, aber ich möchte wetten, du hättest nie gedacht, daß ich dir einmal ein zweites Glas aufdrängen würde.« Er lachte zum ersten Mal an diesem Tage: »Beileibe nicht! Und ich hätte auch nie gedacht, daß ich es ablehnen würde.«

Denn an dem Abend, als wir uns kennenlernten, hatte er gerade ein fünftägiges Saufgelage hinter sich, und auch während der folgenden achtzehn Jahre trank er unmäßig – bis zu dem Tag, als ein Arzt ihn warnte und er ihm versprach, nie wieder einen Schluck zu trinken. Dieses Wort hat er gehalten bis auf den einen Martini pro Tag in seinem letzten Jahr, und das war meine Idee gewesen.

Als wir uns zum ersten Mal sahen, war ich vierundzwanzig und er sechsunddreißig Jahre alt. Wir begegneten uns in einem Restaurant in Hollywood. Der Fünftagerausch hatte sein wundervolles Gesicht zerknittert, und seine sehr große, sehr schlanke Gestalt sah ausgehöhlt und zusammengesunken aus. Wir redeten über T. S. Eliot, doch an den Inhalt des Gesprächs kann ich mich nicht mehr erinnern, und dann gingen wir hinaus und setzten uns in seinen Wagen und sprachen miteinander und über einander, bis es hell wurde. Ein paar Wochen später trafen wir uns erneut und danach, mit kürzeren oder längeren Unterbrechungen, immer wieder für den Rest seines und gut dreißig Jahre meines Lebens.

Dreißig Jahre sind eine lange Zeit, meine ich, und während ich jetzt darüber schreibe, springen die Erinnerungen durcheinander und ergeben kein klares Muster, und ich weiß, daß ich nur bestimmten davon trauen kann. Ich entsinne mich jener ersten und zweiten Begegnung, und viele andere Bilder und Töne steigen hoch; doch sie sind zeitlich ungeordnet, und ich glaube, ich möchte sie auch gar nicht an ihren Platz rücken. (Ich könnte einen Forschungsauftrag über andere Menschen ausführen, aber ich möchte das weder bei Hammett, noch könnte ich Buchhalter meines eigenen Lebens sein.) Ich nehme für keinen von uns beiden Bescheidenheit in Anspruch, aber ich frage mich jetzt, ob es für jemand anders als für mich von besonderer Bedeutung sein kann, daß meine zweitschärfste Erinnerung ein Tag aus jener Zeit ist, als wir auf einer kleinen Insel vor der Küste von Connecticut lebten. Das war sechs Jahre nach unserer ersten Begegnung: sechs glückliche, unglückliche Jahre, in denen ich mit Hammetts Hilfe mein erstes Theaterstück geschrieben hatte. Ich kehrte gerade in einem mit Markteinkäufen gefüllten Katboot vom Festland zurück, und Hammett war mir zum Festbinden an den Anlegeplatz entgegengekommen. Er war in diesem Sommer krank gewesen – zum ersten von vielen folgenden Malen – und sah womöglich noch hagerer aus als gewöhnlich. Das weiße Haar, die weißen Hosen und das weiße Hemd bildeten im Licht der tiefstehenden Sonne eine ununterbrochene, geradlinige und ebene Fläche. Ich dachte, das ist vielleicht der schönste Anblick, den ich je zu sehen bekommen habe, dieses Bild von einem Mann, diese scharfgeschnittene Nase – und das Schot glitt mir aus der Hand, und das Segel begann zu killen. Hammett lachte, als ich mich angestrengt bemühte, das Segel wieder in die Gewalt zu bekommen. Ich weiß nicht warum, aber ich schrie wütend: »Du bist ein Dostojewskischer Sündenheiliger! Damit du's nur weißt!« Sein Lachen brach ab, und nachdem ich schließlich angelegt hatte, sprachen wir weder beim Hinauftragen der Pakete noch während des anschließenden Abendessens miteinander. Später am selben Abend aber fragte er: »Warum hast du das gesagt? Was soll es bedeuten?« Ich erwiderte, ich wüßte nicht, warum ich das gesagt hätte, und ich wüßte auch nicht, was es bedeutete.

Jahre später, als sein Leben sich geändert hatte, wußte ich, was ich an jenem Tage gemeint hatte: ich hatte den Sünder gesehen –

was auch immer ein Sünder sein mag – und die Veränderung gespürt, ehe sie eintrat. Als ich ihm das erzählte, meinte Hammett, er wüßte nicht, wovon ich redete, das sei ihm alles viel zu religiös. Aber er wußte, wovon ich redete, und freute sich darüber.

Doch die fetten, ungebundenen, wilden Jahre waren vorbei, als wir so miteinander redeten. Als ich Dash kennenlernte, hatte er vier seiner fünf Romane geschrieben und war die größte Sensation in Hollywood und New York. Im allgemeinen ist es nichts Besonderes, die größte Sensation in einer dieser beiden Städte zu sein – die tollsten Burschen wechseln jede Wintersaison –, aber in seinem Fall war für die Berühmtheitensammler von besonderem Interesse, daß der Ex-Detektiv, der schlimme Narben an den Beinen und eine Einbuchtung im Schädel von seinen Schlägereien mit Verbrechern hatte, höfliche Umgangsformen und eine gute Bildung besaß, elegant aussah, von frühen Siedlern abstammte, exzentrisch und geistreich war und so viel Geld für Frauen ausgab, daß sie ihn sogar geliebt haben würden, wenn er keine der guten Eigenschaften besessen hätte. Aber während die Jahre von 1930 bis 1948 verstrichen, schrieb er nur einen Roman und ein paar Kurzgeschichten. Um 1945 war die Trinkerei nicht mehr fröhlich, die Zechgelage dauerten länger, und die Stimmung wurde düsterer. Die meiste Zeit während dieser Jahre war ich mit ihm zusammen, aber 1948 konnte ich diese Trinkerei nicht mehr mit ansehen. Ich hatte Hammett schon zwei Monate lang weder gesehen noch gesprochen, als eines Tages seine ihm treu ergebene Putzfrau anrief und sagte, es wäre besser, wenn ich rasch einmal zu ihm hinüber in seine Wohnung käme. Ich lehnte erst ab und ging dann doch. Sie und ich zogen einen Mann an, der kaum einen Arm oder ein Bein heben konnte, und brachten ihn in mein Haus. In jener Nacht war ich Zeuge eines Delirium tremens, wenngleich ich nicht wußte, was ich da sah, bis es mir der Arzt im Krankenhaus am nächsten Tag erklärte. Der Arzt war ein alter Freund. Er sagte: »Ich werde Hammett jetzt sagen gehen, daß er in ein paar Monaten tot sein wird, wenn er weiter so trinkt. Es ist meine Pflicht, ihm das zu sagen, aber es wird nichts nützen.« Einige Minuten später kam er aus Dashs Zimmer und erzählte: »Ich hab's ihm gesagt. Dash hat geantwortet, in Ordnung, er würde in Zukunft keinen Tropfen Alkohol mehr anrühren – aber das kann er nicht, und das wird er nicht halten.« Doch er hat es gekonnt, und er hat es gehalten. Fünf oder sechs Jahre danach erzählte ich Hammett, daß der Arzt gesagt hatte, er würde nicht abstinent bleiben. Dash sah mich entgeistert an: »Aber ich habe doch damals mein Wort gegeben.« Ich fragte: »Hast du immer dein Wort gehalten?« »Meistens«, antwortete er; »vielleicht, weil ich es so selten gegeben habe.«

Er hatte schon früh im Leben die Ehre zu seiner Richtschnur gemacht, hielt sich daran und war unbeugsam in ihrer Verteidigung. 1951 ging er ins Gefängnis, weil er und zwei andere Treuhänder des Bürgschaftsfonds des *Civil Rights Congress* sich weigerten, die Namen der Geldgeber des Fonds zu nennen. In Wirklichkeit war Hammett niemals im Verbandsbüro gewesen und kannte überhaupt keinen Namen von irgendeinem Geldgeber. Am Abend bevor er vor Gericht erscheinen mußte, fragte ich ihn: »Warum sagst du nicht einfach, daß du die Namen nicht kennst?« »Nein«, antwortete er, »das kann ich nicht tun.« »Warum?« »Ich weiß es nicht.« Und nach einem beiderseitigen unbehaglichen Schweigen fügte er hinzu: »Ich glaube, es hat etwas damit zu tun, daß ich mein Wort halten muß; aber ich möchte nicht darüber reden. Es wird nicht viel passieren, auch wenn wir wahrscheinlich eine Zeitlang ins Gefängnis müssen; aber du brauchst dir keine Sorgen zu machen, denn ...«, und dann konnte ich ihn plötzlich nicht mehr verstehen, weil seine Stimme leise geworden war und die Worte in einem absolut untypischen nervösen Strom hervorsprudelten. Ich sagte ihm, daß ich ihn nicht verstehen könnte, worauf er die Stimme hob und den Kopf sinken ließ. »Ich hasse diese Art Rederei, aber vielleicht sollte ich es dir doch lieber sagen: wenn es um mehr als nur Gefängnis, wenn es um mein Leben ginge, würde ich es für das hingeben, was ich für Demokratie halte, und ich lasse mir weder von Polizisten noch von Richtern vorschreiben, was ich für Demokratie zu halten habe.« Dann ging er nach Hause und zu Bett, und am nächsten Tag ließ er sich ins Gefängnis sperren.

14. Juli 1965

Es ist ein herrlicher Sommertag. Vor vierzehn Jahren, auch an einem herrlichen Sommertag, kam der Rechtsanwalt, von dem Hammett gesagt hatte, daß er ihn nicht brauchte, nicht haben wollte, und den er schließlich nur nahm, damit ich mich ruhiger fühlen sollte, aus dem Gefängnis in der West Street zurück mit einer Nachricht von Hammett, die der Mann auf der Rückseite eines alten Briefumschlags notiert hatte: »Sagen Sie Lily, sie soll fortgehen. Sagen Sie ihr, ich brauche keinen Beweis ihrer Liebe, und ich will auch keinen Beweis dafür.« Und so reiste ich nach Europa und schrieb ihm fast jeden Tag einen Brief, wußte nicht, daß ihm vielleicht nur jeweils einer von zehn Briefen ausgehändigt wurde, und bekam nie einen Brief von ihm, weil es ihm nicht gestattet war, an jemand zu schreiben, der nicht mit ihm verwandt war. (Hammett war inzwischen in ein Bundesgefängnis in West-Virginia verlegt worden.) Ich erhielt nur eine Nachricht in jenem Sommer: daß seine Arbeit im Gefängnis darin bestand, Toiletten zu reinigen, und daß er sie besser säuberte, als ich das je gekonnt hätte.

Ich kam nach New York zurück, um Hammett am Abend seiner Entlassung aus dem Gefängnis dort zu treffen. Das Gefängnis hatte einen dürren Mann noch dürrer, einen kranken Mann noch kränker gemacht. Die gebrechliche Gestalt versuchte stolz und aufrecht zu gehen, doch während er die Rampe vom Flugzeug hinunterschritt, hielt er sich am Geländer fest, und ehe er mich sah, stolperte er und blieb stehen, um sich auszuruhen. Ich glaube, bei dieser Gelegenheit kam mir zum erstenmal zum Bewußtsein, daß er in Zukunft ständig krank sein würde. Mir war zu elend zumute, ihn gleich zu begrüßen; deshalb lief ich ins Flughafengebäude zurück, und wir verloren einander für ein paar Minuten aus den Augen. Aber nach einer Woche, nachdem er viel geschlafen hatte und wieder in der Lage war, Nahrung in kleinen Mengen zu sich zu nehmen, begann eine aufreizende Farce, die für den Rest seines Lebens anhalten sollte: das Gefängnis war gar nicht schlecht. Zugegeben, das Essen war hundsmiserabel und manchmal sogar verdorben, aber man konnte jederzeit Milch haben; die Schnapsschmuggler, Schwarzbrenner und Autodiebe waren Idioten, aber ihre Unterhaltung war nicht einfältiger als die auf einer New Yorker Cocktailparty; niemand säubert gern Toiletten, doch mit der Zeit entwickelte man einen gewissen Stolz auf seine Arbeit und ein Interesse an den verschiedenen Putzmaterialien; Homosexuelle im Gefängnis benahmen sich häßlich und gemein, aber nicht schlimmer als solche in irgendeiner Bar, und so weiter. Hammetts Aufschneiderei – und auch sein Humor – entsprangen immer seiner Art, aus Sorgen oder Schmerzen Spaß zu machen. Einmal trafen wir Howard Fast auf der Straße, und er erzählte uns von seiner noch abzusitzenden Gefängnisstrafe. Als wir uns trennten, meinte Hammett: »Du wirst es leichter haben, Howard, wenn du vorher die Dornenkrone abnimmst.« Und so hätte ich mir denken können, daß Hammett über seine eigene Zeit im Gefängnis reden würde, wie viele von uns über ihre Zeit im College sprechen.

Ich möchte dem Thema über Hammetts politische Überzeugungen nicht aus dem Weg gehen; aber ich weiß wahrhaftig nicht, ob er Mitglied der Kommunistischen Partei gewesen ist, und ich habe ihn auch nie danach gefragt. Wenn das auch wie ein sonderbares Ausweichen unter zwei guten Freunden aussehen mag, so war das doch nicht so von uns gemeint; wahrscheinlich war es eine Folge der Zeit, die wir durchlebten, und einer gewissen unausgesprochenen Übereinstimmung über die gegenseitige Privatsphäre. Wenn ich jetzt zurückblicke, meine ich, daß wir recht merkwürdige Regeln über diese Privatsphäre hatten, anders als andere Leute. So sprachen wir zum Beispiel nie über Geld; keiner fragte den anderen, was etwas gekostet oder wieviel diese oder jene Arbeit eingebracht hatte, doch jeder von uns gab dem anderen, was er im Laufe der Jahre benötigte. Es spielte für mich keine große Rolle, ob Hammett Mitglied der Kommunistischen Partei war oder nicht; mit großer Sicherheit war er jedenfalls Marxist. Er war jedoch ein sehr kritischer Marxist, der oft verächtlich von der Sowjetunion sprach, so wie viele Amerikaner auf provinzielle Art geringschätzig über Ausländer herziehen. Er machte oft witzige und beißend scharfe Bemerkungen über die Amerikanische Kommunistische Partei, blieb aber letzten Endes ihr gegenüber loyal. Während einer Auseinandersetzung mit mir sagte er einmal, daß ihn natürlich sehr vieles am Kommunismus ärgere und schon immer geärgert hätte und daß er seine Ansichten ändern würde, sobald er etwas Besseres fände. Und dann fügte er hinzu: »Bitte, laß uns nie wieder darüber streiten, denn wir verletzen einander nur.« Und so haben wir uns nicht wieder deswegen gestritten, doch ich glaube, schon diese Tatsache allein schlägt eine Wunde oder zieht einen unüberbrückbaren Graben; aber das war besser als unsere früheren heißen Auseinandersetzungen seit den vierziger Jahren, als er zu der Erkenntnis gekommen war, daß ich nicht den gleichen Weg mit ihm gehen konnte. Ich glaube, das muß ihm weh getan haben, doch er hat es nie gesagt. Auch mir hat es weh getan, aber eines wußte ich: im Gegensatz zu vielen Radikalen entsprang alles, woran er glaubte, entsprangen alle seine Schlußfolgerungen dem Lesen und Darüber-Nachdenken. Er nahm sich Zeit, seine Ansichten zu finden und zu formen, war aufgeschlossen und tolerant.

Hammett entstammte einer Generation begabter Schriftsteller. Die ich kannte, hatten eine romantische Vorstellung vom Schriftstellerleben: es war eine gute Sache, Schriftsteller zu sein, vielleicht die beste, und dafür brachte man eben Opfer. Ich glaube, sie brauchten Geld und Anerkennung genauso sehr wie die Schriftsteller von heute, aber ich meine, das krankhafte Verlangen danach und der schädigende Einfluß waren nicht so stark wie heute. Natürlich brauchte man Geld, aber man befand sich nicht im Wettbewerb mit Kaufleuten oder Bankiers, und wenn man sein Talent verschleuderte, warf man es nicht aus

Effekthascherei dem Establishment vor die Füße. Als ich Dash zum erstenmal begegnete, war er gerade dabei, sich an Parties in Hollywood und in New Yorker Bars wegzuwerfen; das war zwar wahrscheinlich nicht weniger schädlich, aber vielleicht etwas verzeihlicher, denn diejenigen, die es einzufangen galt, konnten dem *Tag der Heuschrecke** entsprungen sein. Doch er wußte, was mit ihm vorging, und nach 1948 sollte es nie wieder passieren. Es wäre schön, wenn man sagen könnte, daß mit dieser Änderung seines Lebens auch seine Produktivität zunahm, doch das war nicht der Fall. Vielleicht hatte er seine Kraft und seine Vitalität verzettelt. Doch so gut sie auch sein mag, Produktivität ist nicht der einzige Beweis eines ernsthaften Lebens, und nun beschäftigte er sich mehr denn je mit Lesen. Er las alles und jedes. Er mochte Schriftsteller nicht besonders; er war überhaupt indifferent gegenüber den meisten Leuten, hegte keinen Neid gegenüber guten und war teilnahmsvoll gegenüber allen Schriftstellern, wahrscheinlich weil er an seine eigenen frühen Kämpfe um Anerkennung denken mußte.

Ich weiß nicht, wann Hammett beschloß, mit dem Schreiben zu beginnen; aber ich weiß, daß er in den zwanziger Jahren zu schreiben begann, als er die Behandlung in den Militärkrankenhäusern hinter sich hatte und sich mit Frau und Tochter – es kam noch eine zweite Tochter hinzu – in San Franzisko niederließ. (Eine Zeitlang arbeitete er auch wieder für Pinkerton; allerdings bin ich nicht sicher, ob es während dieser Periode war oder später.) Als ich ihn einmal fragte, warum er nie nach Europa fahren oder ein anderes Land sehen wollte, antwortete er mir, er habe eigentlich nach Australien gehen und vielleicht sogar für immer dort bleiben wollen; doch am selben Tag, an dem er sich entschlossen hätte, Pinkerton endgültig zu verlassen, hätte er auch den Gedanken an Australien für immer fahren lassen. Ein australisches Schiff, von Sydney nach San Franzisko unterwegs und mit Gold im Wert von zweihunderttausend Dollar an Bord,

* Nathanael West: ›Tag der Heuschrecke‹, detebe 20059

hatte seinen Versicherungsmakler in San Franzisko benachrichtigt, daß das Gold verschwunden sei. Die Versicherungsgesellschaft war eine Klientin von Pinkerton, und so erwarteten Hammett und ein weiterer Detektiv das Schiff beim Anlegen an der Pier, befragten alle Matrosen und Offiziere und durchsuchten das Schiff, konnten das Gold jedoch nicht finden. Sie wußten, das Gold mußte auf dem Schiff sein, und deshalb entschied die Agentur, daß Hammett an Bord bleiben sollte, wenn das Schiff wieder heimwärts fuhr. Ein sehr glücklicher Mann packte seine Koffer: kostenlos sollte er dorthin gelangen, wovon er schon immer geträumt hatte. Ein paar Stunden vor dem Auslaufen schlug der Leiter der Agentur vor, sie sollten noch eine letzte, verzweifelte Suchaktion starten. Hammett erkletterte einen Kamin, den er schon einige Male untersucht hatte, blickte hinein und schrie: »Sie haben das Versteck geändert! Hier liegt das Gold!« Er erzählte mir, kaum daß die Worte aus seinem Mund gewesen seien, habe er sich gesagt: ›Du hast nicht Grips genug, Detektiv zu sein! Warum konntest du das Gold nicht erst nach einem Tag auf See entdecken?‹ Er angelte das Gold heraus, brachte es ins Büro von Pinkerton und nahm noch am selben Nachmittag seinen Abschied.

Nach dem Abschied hatte er eine ganze Reihe verschiedener Jobs, aber ich kann mich nicht erinnern, was er mir darüber erzählt hat. Ein Jahr später ungefähr machte die Tuberkulose ihm wieder zu schaffen, und Blutungen begannen. Er wollte auf keinen Fall wieder in Militärkrankenhäuser gehen, und da er glaubte, nur noch eine begrenzte Zeit zu leben zu haben, beschloß er, sie für etwas zu verwenden, was er gern tun würde. Er zog von seiner Frau und seinen Kindern fort, lebte von Suppe und begann zu schreiben. Eines Tages hörten die Blutungen auf und kamen nicht wieder, und irgendwann während dieser Zeit fing er an, einen bescheidenen Lebensunterhalt bei Schundmagazinen zu verdienen sowie für Spottverse und sogar Gedichte, die er Menckens *Smart Set* verkaufte. Ich weiß nichts Genaueres über diese Zeit in Hammetts Leben, aber es hörte sich immer sehr hübsch und frei und nach den ungezwungenen zwanziger Jahren an: das Mädchen von der Pine Street und das andere von der Grant Street, gutes San-Franzisko-Essen in billigen Restaurants, italienischer Wein und Ruhm in der Welt der Groschenhefte – damals und vielleicht noch heute eine Welt für sich.

18. Juli 1965

Diese Erinnerungen an Hammett schreibe ich im Sommer nieder. Vielleicht liegt es daran, daß die meisten Episoden, die mir von ihm einfallen, mit dem Sommer zu tun haben, obwohl wir wie alle Leute, die auf dem Lande leben, im Winter enger zusammenkamen. Der Winter war meine Arbeitszeit, und ich konnte besser arbeiten, wenn Hammett im Zimmer war. Dort saß er, *sitzt* er, wenn ich meine Augen schließe und ein anderes Haus sehe, und liest *The Autumn Garden.* Ich war natürlich nervös, während ich ihn dabei beobachtete. Er hatte immer eine sehr kritische Einstellung, ich war daran gewöhnt und wollte es nicht anders, doch jetzt spürte ich etwas Neues und machte mir Sorgen. Er las das Stück zu Ende, kam durch das Zimmer, legte das Manuskript in meinen Schoß, ging zu seinem Sessel zurück und begann zu reden. Es war nicht die übliche Kritik: es war scharf, zornig und bissig. Er sprach, als hätte ich ihn verraten. Ich war so schockiert, so schmerzlich berührt, daß ich mich jetzt nicht mehr an die Szene erinnern würde, wenn ich nicht für jedes meiner Stücke ein Tagebuch geführt hätte. Er sagte an jenem Tag: »Du hast als eine ernsthafte Schriftstellerin begonnen. Das habe ich so sehr gemocht, dafür habe auch ich gearbeitet. Ich weiß nicht, was geschehen ist, aber dies mußt du zerreißen und wegwerfen. Es ist schlimmer als schlecht – es ist halb gut!« Er saß da und funkelte mich wütend an, und ich rannte aus dem Zimmer und fuhr nach New York und blieb eine ganze Woche fort. Als ich zurückkam, hatte ich das Stück zerrissen und die Fetzen in eine Aktenmappe gepackt, die ich vor seine Türschwelle legte. Wir erwähnten das Stück nicht wieder, bis ich es sieben Monate später neu geschrieben hatte. Als er es jetzt las, war ich nicht mehr nervös; ich war einfach zu müde, um mir noch etwas daraus zu machen, und schlief auf der Couch ein. Ich wachte davon auf, daß Hammett neben mir saß und mir über das Haar streichelte; dabei grinste er mich an und nickte. Nachdem er eine ganze Weile genickt hatte, fragte ich ihn: »Was ist denn mit dir passiert?« Und er antwortete: »Ganz was Feines! Weil dies nämlich das beste Stück ist, das seit langem irgend jemand geschrieben hat. Vielleicht ists sogar noch länger her. Das ist ein guter Tag! Ein guter Tag!« Ich war so fassungslos über ein solches Lob, wie ich es noch nie zu hören bekommen hatte, daß ich aus der Tür ging und einen Spaziergang machen wollte. Er rief mich zurück: »Nix da! Komm zurück! Ein Dialog im letzten Akt hat noch einen falschen Zungenschlag. Schreib ihn noch einmal!« Ich erklärte, daß ich das nicht tun würde. Na schön, meinte er, dann würde er es eben machen; und das tat er auch und arbeitete die ganze Nacht durch.

Als die Proben zu *The Autumn Garden* liefen, kam Dash fast jeden Tag, fast noch mehr besorgt als ich, daß irgend etwas mit dem Stück passieren, das Leben daraus entweichen könnte – was auf der Bühne durchaus möglich und auch geschehen ist und selten noch korrigiert werden kann, wenn dieser Prozeß einmal begonnen hat.

Gestern las ich drei Briefe, in denen er einem Freund seine Hoffnungen für das Stück, die Proben und die Premiere dargelegt hatte. Seine Anteilnahme an mir und dem Stück war sehr groß, aber mit der Zeit kam ich dahinter, daß er zu allen Schriftstellern, die ihn um Hilfe angingen, gut war und daß diese Großzügigkeit vielleicht weniger mit dem Schriftsteller als mit dem Schreiben an sich und den Schmerzen des Schreibens zu tun hatte. Mir war diese Großzügigkeit natürlich schon lange zuvor bekannt, aber Großzügigkeit und Verschwendungssucht können miteinander verflochten sein, und ich brauchte eine lange Zeit, um sie auseinanderzuhalten.

Ein paar Jahre nachdem ich Dash kennengelernt hatte, war das große Geld von Hollywood fort, verschwendet, für mich ausgegeben, die es nicht wollte, und für andere, die das gern hatten. Ich glaube, von allen Menschen, die ich kannte, war Hammett der einzige, der sich wirklich nichts aus Geld machte, nicht klagte und kein Bedauern empfand, wenn es fort war. Vielleicht ist Geld für die meisten von uns etwas Unwirkliches, leichter fortzugeben als Gegenstände, die wir brauchen. (Doch das wußte ich damals noch nicht, brachte es vielleicht mit Verschwendungssucht oder Angeberei durcheinander.) Einige Jahre später kaufte Hammett sich einmal eine teure Armbrust, die er sich zu dieser Zeit eigentlich gar nicht leisten konnte und für die er andere Dinge aufgeben mußte. Sie war gerade angekommen, und Hammett probierte sie aus, spielte damit herum und war glücklich, als Freunde mit ihrem zehnjährigen Sohn zu Besuch kamen. Dash und der Junge verbrachten den Nachmittag mit der Armbrust, und das Gesicht des Kindes war todunglücklich, als er sie zurücklassen mußte. Hammett machte die hintere Wagentür auf, schob die Armbrust hinein und lief rasch ins Haus, alle Rufe wie: »Nein, nein« und dergleichen abwehrend. Als unsere Freunde fort waren, sagte ich: »War das notwendig? Du hattest sie dir so sehr gewünscht.« Hammett erwiderte: »Der Junge braucht sie mehr als ich. Die Dinge gehören den Leuten, die sie am meisten brauchen.« Und so war es gewiß auch mit dem Geld, auf diese Weise stellten sich die Sorgen ein, und plötzlich kamen Tage ohne richtiges Essen, blieb die Miete unbezahlt und so weiter; aber das waren nun einmal magere Zeiten, nicht schlimmer, als andere sie auch durchgemacht hatten, doch der Gegensatz zwischen einem Montag ohne Abendessen und einem Weingelage am Dienstag machte mich auf eine Art nervös und gereizt, die er nie verstanden hat.

Als wir sehr abgebrannt waren, in jenen ersten Jahren in New York, erhielt Hammett einen bescheidenen Vorschuß von Knopf und begann seinen Roman *Der dünne Mann* zu schreiben. Er zog in ein von uns scherzhaft die Diplomatensuite genanntes Zimmer in einem von unserem Freund Nathanael West geführten Hotel. Es war ein neues Hotel, aber Pep West und die Depression hatten es in kürzester Zeit an den Rand des Ruins gebracht. Bestimmt hatte Hammetts ›Suite‹ noch nie einen Diplomaten gesehen, denn selbst der kleinste Orientale hätte auf diesem Raum nicht gut tätig sein können. Aber die Miete war billig, das schauderhafte Essen konnte man auf die Rechnung setzen lassen, und ich konnte einen Teil meiner unproduktiven Zeit damit verbringen, mit Pep im Leben der anderen, reichlich merkwürdigen Gäste herumzuschnüffeln. Ich kannte Dash wohl beim Schreiben von Kurzgeschichten, hatte ihn aber noch nie bei einer längeren Arbeit erlebt. Das Leben änderte sich: die Trinkerei hörte auf, es gab keine Parties mehr. Die Zeit des Sich-Einschließens hatte begonnen, und nichts durfte ihn stören, bis das Buch fertig war. Ich hatte noch nie jemanden auf diese Art arbeiten sehen: diese Sorgfalt mit jedem Wort, dieser Stolz allein auf eine säuberlich getippte Seite, seine Weigerung, zehn Tage oder zwei Wochen lang das Haus zu verlassen, nicht einmal zu einem kurzen Spaziergang, aus Angst, ein Gedanke könnte verlorengehen. Für mich war es ein gutes Jahr, ich lernte daraus und war vielleicht ein wenig eingeschüchtert von einem Mann, der mich jetzt nicht mehr brauchte. So war es ein glücklicher Tag, als ich das halbe Manuskript zu lesen bekam und erfuhr, daß ich Nora sei. Es war hübsch, Nora zu sein, verheiratet mit Nick Charles, in vielleicht einer der wenigen Ehen der modernen Literatur, in der Mann und Frau einander mögen und eine schöne Zeit miteinander haben. Doch ich wurde bald wieder an meinen Platz gerückt – Hammett erklärte mir, ich sei auch das einfältige Mädchen im Buch und die Schurkin. Ich weiß nicht, ob er nur scherzte, aber in jenen Tagen machte mir das Kummer; ich war ängstlich darauf bedacht, daß er nur Gutes von mir halten möge. Die meisten Leute wollten das von ihm. Jahre später sagte Richard Wilbur einmal, daß man schon beim ersten Kennenlernen, beim ersten Händedruck von Hammett den Wunsch empfand, er möge eine gute Meinung von einem haben. Ich weiß nicht, was diese Eigenschaft in gewissen Menschen ausmacht – irgend etwas, das sie umschwebt, wenn es auch nicht viel mit dem zu tun hat, was sie erreicht haben –, aber vielleicht ist es eine so tiefe innere Reserviertheit, daß wir alle spüren, wir können weder mit Charme noch mit Scherzen oder Gefälligkeiten daran rühren. Es ist mehr als Würde und prägt sein Gesicht. Im Gefängnis redeten die Wärter Hammett mit »Sir« an, und außerhalb des Gefängnisses waren manche Leute nahe daran, es ihnen gleichzutun. An einem Abend in den letzten Jahren seines Lebens gingen wir in ein Restaurant und kamen dabei an einer Gruppe junger Schriftsteller vorbei, die ich kannte, er aber nicht. Wir blieben stehen, und ich machte sie miteinander bekannt: diese kecken jungen Männer verwandelten sich plötzlich in charmante, respektvolle Schuljungen, und ihre Gesichter nahmen einen Ausdruck an, den sie mit zehn Jahren gehabt haben mußten. Ich mußte Hammett jahrelang damit aufziehen, bis ich aus ihm herausholte, daß er wußte, welche Wirkung er auf viele Leute ausübte. Damals erzählte er mir, daß er mit vierzehn Jahren, als er seinen ersten Job bei der Baltimore and Ohio Railroad hatte, eine Woche lang jeden Tag zu spät zur Arbeit gekommen sei. Sein Vorgesetzter verkündete ihm seinen Rausschmiß. Hammett nickte, ging zur Tür und wurde von einem verblüfften Mann zurückgerufen, der zu ihm sagte: »Wenn du mir dein Wort gibst, daß das nicht wieder passiert, kannst du den Job behalten.« Hammett erwiderte: »Vielen Dank, aber das kann ich nicht tun.« Nach kurzem Schweigen meinte der Mann: »Na gut, meinetwegen behalt den Job auch so.« Dash sagte mir, daß er damals nicht wußte, was diese Reaktion des Mannes eigentlich bewirkt hatte; er habe jedoch gewußt, daß es ihm immer nützlich sein würde.

Als *Der dünne Mann* an eine Zeitschrift verkauft wurde – die meisten eleganten Magazine hatten ihn als zu verwegen abgelehnt, wenn auch schwer zu verstehen war, was sie mit ›verwegen‹ meinten –, setzten wir uns schleunigst aus New York ab. Ein paar Wochen lang berauschten wir uns in und an Miami und zogen dann in ein primitives Fischerlager auf den Keys, den der Südspitze Floridas vorgelagerten kleinen Inseln, wo wir den ganzen Frühling und Sommer blieben, jeden Tag fischten und jede Nacht lasen. Es war ein schönes Jahr: Wir fanden heraus, daß wir uns am wohlsten ohne andere Menschen und auf dem Lande fühlten. Hammett empfand wie viele Südstaatler eine tiefwurzelnde Vorliebe für einsame Orte, wo es Tiere, Vögel, Insekten und Naturgeräusche gab. Im Wald war er zu Hause und ein sicherer Schütze; und später, als ich eine Farm gekauft hatte, verbrachte er die Herbsttage im Walde, aus dem er mit Vögeln oder Kaninchen zurückkam, und wenn die Jagdsaison vorüber war, saß er manchen Wintertag auf einem Hocker im Wald und beobachtete Eichhörnchen und Biber und Rotwild, oder er befaßte sich mit Eisfischerei auf dem zugefrorenen See. (Wie die meisten Sportsleute war er unheimlich ordentlich mit seinen Geräten und unheimlich unordentlich mit seinen Zimmern.) Die Interessen des Tages nahm er mit in die Nächte, in denen er *Bienen, ihr Sehvermögen und ihre Sprache* las, *Deutsche Büchsenmacher des 18. Jahrhunderts* oder irgend etwas über Knotenschlagen oder die inländische Vogelwelt, und so verschlang er ein Buch nach dem andern, je nachdem, was er sich gerade zu lesen vorgenommen hatte. Ich kann mich unmöglich an alles erinnern, was er lernen wollte, aber ich entsinne mich, wie er ein ganzes Jahr lang mit dem Studium der Retina des Auges zugebracht hat. Andere Themen waren: wie man im Kopf Schach spielt; die isländischen Sagen; die Entwicklungsgeschichte der Schnappschildkröte; Hegel; kann ein Hörgerät – er kaufte sich ein sehr gutes – bei dem Aufspüren von Vogellauten helfen; von Hegel führte ihn natürlich der kürzeste Weg zu Marx und Engels; weiter ging es zum Küstenleben am Atlantik; und zum Schluß und für den Rest seines Lebens beschäftigte ihn die Mathematik. Mathematik interessierte ihn mehr als jedes andere Thema, ausgenommen Baseball: wenn er vor dem Fernsehgerät oder am Radio saß, pflegte er gemurmelte Kommentare über das Spiel und die Spieler von sich zu geben, die keinen Ball von einem Schläger unterscheiden könnten. Oft bat ich ihn, damit aufzuhören, worauf er nur den Kopf schüttelte und sagte: »Alles, was ich mir je gewünscht hatte, war eine fügsame Frau – und was habe ich bekommen?«, und dann erklärte ich ihm, was für ein armseliger Wunsch doch eine fügsame Frau für einen Mann sei, und er behauptete, daß nur eitle oder neurotische Männer eine sogenannte ›Charakterfrau‹ brauchten – alle anderen Männer nähmen, was sie kriegen könnten.

Dieses manchmal befriedigende, manchmal weniger befriedigende Lesen sprach für einen bemerkenswerten Geist, geordnet, peinlich genau und Tatsachen respektierend. Er faßte eine starke und dauernde Abneigung gegen einen Mann, der darauf bestand, daß Makrelen mit Heringen verwandt seien; und einmal verließ er mein Wohnzimmer, als ein berühmter Schriftsteller über Existentialismus redete, ohne viel davon zu verstehen, und weigerte sich, zum Abendessen mit dem Schriftsteller herunterzukommen, weil, wie er sagte, »dieser Mann die größte Zeitvergeudung seit der Erfindung des Puffspiels ist. Lügner sind Langweiler.« Einmal rief uns ein Nachbar an und fragte, wie man ein Leck im Schwimmbecken verstopfen könnte, und Hammett wußte Rat; der Sohn meines Farmverwalters fragte ihn, wie man eine Falle für Schnappschildkröten macht, und Hammett wußte es; als geborener Katholik aus Maryland (er war jedoch schon lange aus der Kirche ausgetreten) wußte er mehr über jüdische Religion und Sitten als ich und mehr über Essen, Musik und Architektur in New Orleans als mein Vater, der dort aufgewachsen war. Einmal wollte ich mich über die frühe Kunst des Fensterglasmachens informieren und ging zum Bücherregal, um mir die Enzyklopädie zu holen, aber Hammett sagte mir Bescheid, ehe ich so weit gekommen war; er kannte die verschiedenen Arten des Seetangs und ihre Unterabteilungen, studierte einen Monat lang die Fremdbestäubung von Mais und plagte sich viele, viele Monate lang mit Plasmaphysik. Und das war mehr als bloßes Lesen: hier war ein Mann bei der Arbeit. Jedes Buch war ihm dazu recht, oder doch fast jedes – er zeigte eine kleinliche Unduldsamkeit, wenn ich Kritiken oder Briefe las, und bezeichnete sie als meine ›Haltungsbücher‹, die lediglich dazu gut seien, mit ihrer Hilfe beim Treppensteigen zum Zubettgehen die

Balance zu halten. Ich fand es immer sonderbar, daß er Bücher so sehr liebte und dabei so wenig Interesse für die Menschen zeigte, die sie geschrieben hatten. (Es gab allerdings Ausnahmen: er mochte Faulkner sehr gern, und während Faulkners New Yorker Besuchen in den dreißiger Jahren haben wir an etlichen Abenden manche Flasche Wein gemeinsam geleert.) Oder vielleicht ist es richtiger, wenn ich sage, daß er sich prächtig mit Schriftstellern unterhielt, wenn sie über Bücher redeten, und daß er sich nicht weiter mit ihnen abgab, wenn sie das nicht taten. Die Malerei aber – und desgleichen die Musik – bewegte ihn tief: er versuchte selbst zu malen, bis zu jenem Sommer, da er nicht mehr an der Staffelei arbeiten konnte, und unseren letzten gemeinsamen Spaziergang machten wir den Häuserblock hinunter zum Metropolitan Museum. Ich erinnere mich zwar nicht, daß er jemals einen Maler oder Musiker geliebt hat, jedoch entsinne ich mich seiner einmal geäußerten Ansicht, die meisten von ihnen seien Pfauen. Er war niemals hartherzig gegenüber einfachen Menschen, oft aber zu unduldsam mit berühmten Leuten.

Es gibt natürlich viele Menschen, die sich beim Militär glücklich fühlen, aber ich hatte bisher noch nie einen kennengelernt und verspürte auch kein Verlangen danach. Deshalb war ich auch völlig entgeistert, als ich 1942 feststellen mußte, daß Hammett zu diesen Leuten gehörte. Ich kann mir nicht vorstellen, wieso ein exzentrischer Mann, der mehr als die meisten Amerikaner nach seinem eigenen Maßstab lebte, die Einschränkungen, die Disziplin und die harte Arbeit als Angehöriger einer Armee so angenehm und amüsant finden konnte. Vielleicht löste ein von anderen Menschen geleitetes Leben ein paar persönliche Probleme, räumte einem Manne einen Platz ein, der von sich aus anderen Menschen kein besonderes Interesse entgegenbrachte, gab ihm vielleicht ein Gefühl des Stolzes, daß ein Mann von achtundvierzig Jahren es noch jungen Leuten gleichtun konnte, die knapp halb so alt waren; all das vielleicht und vielleicht auch einfach die Tatsache, daß er sein Land liebte und spürte, dieser Krieg müsse geführt werden, hatten seinen Entschluß bewirkt.

Was auch immer Hammetts Gründe gewesen sein mochten, das trübselige Leben auf den Aleuten bedeutete nicht Trübsal für ihn. Ich besitze viele Briefe, in denen er die Schönheit dieser Inselwelt beschreibt, und er hat jahrelang davon gesprochen, daß er noch einmal hinfahren und sie wiedersehen wollte. Er leitete dort eine Zeitlang ein Ausbildungsprogramm und gab eine gute Armeezeitung heraus; sie war sauber redigiert, die Nachrichten darin stimmten, und über die Witze konnte man lachen. Er wurde zu einer Art Legende in der Alaska-Aleuten-Armee. Ich habe mit vielen Männern gesprochen, die mit ihm gedient haben, und von einem besitze ich diesen Brief:

»Ich war damals ein junger Bengel. Wir alle waren es. Die Gegend war gräßlich, aber als ich hinkam, war Hammett schon da, von einigen Papa, von anderen Opa genannt, Herausgeber und Redakteur der Armeezeitung, und er hatte weit mehr Einfluß auf uns, jagte uns auf seine Art weit mehr Ehrfurcht ein als der Oberst, der, wie ich glaube, ebenfalls eine gewisse Ehrfurcht vor ihm empfand... Ich erinnere mich noch am lebhaftesten an seine Reaktion, wenn wir lärmend oder uns beklagend in die Baracke polterten und er gerade lesend auf seiner Koje lag. Er blickte nur auf und lächelte, und alle verhielten sich still. Niemand kam seiner Koje zu nahe oder störte ihn. Wenn jemand Geld oder Hilfe brauchte, erfuhr er es und war zur Stelle. Einem von uns bezahlte er die Hochzeit und den Urlaub. Als ein anderer von uns eine furchterregende Rechnung in einer Bar in Nome hatte auflaufen lassen, gab er dem Burschen, der dort die Toiletten reinigte, Geld zum Bezahlen und hieß ihn sagen, falls irgend jemand in der Armee ihn fragen sollte, daß es seine Rechnung gewesen sei... Etliche von uns jungen Kerlen klagten nicht nur – sie wurden halb verrückt. Und warum auch nicht? Wir hatten das schlechteste Wetter in dem einsamsten Loch, das man sich vorstellen konnte, keine Kämpfe, dauernde Wirbelwindböen, so daß man zur Latrine kriechen mußte, denn wenn man aufrecht ging, trug einen der

Sturm bis nach Sibirien, und ein Unterhaltungsprogramm, das aus einem Gemisch von Olivia De Havilland und Schallplattenaufnahmen von W. H. Auden bestand. Aber die größte Sorge waren die Frauen. Die unmöglichsten Gerüchte liefen um, was alles mit einem passieren könnte, wenn man dort ein Jahr ohne Frau zugebracht hätte. Ich erinnere mich an lebhafte nächtliche Debatten in unserer Baracke über die Gefahren des Zölibats. Hammett hörte gewöhnlich eine Weile zu, lächelte und las wieder weiter; und wenn die Diskussion zu heftig wurde, seufzte er und legte sich schlafen. (Wegen der Zeitung begann seine Arbeit gegen zwei Uhr früh.) Eines Nachts, als die Sitzung besonders laut und hitzig verlief und ein Junge zu schreien begann, rollte Hammett sich aus seiner Koje und wollte zur Arbeit gehen. Der Junge rief ihm nach: ›Was meinst du dazu, Papa? *Sag irgend etwas!*‹ Hammett antwortete: ›O. K. Eine Frau ist schon was Feines, aber wenn du keine bekommst, fallen dir weder die Zähne noch die Haare aus, und wenn du deswegen verrückt wirst, wärst dus ohnehin geworden, und wenn ihr Kinder nicht mit diesem Zeug aufhört, ziehe ich demnächst in eine andere Baracke, und unter meinem Bett ist eine Flasche Scotch, die könnt ihr austrinken und euch dann schlafen legen.‹ Dann ging er hinaus und machte sich an seine Arbeit. Wir bekamen so große Angst, ihn zu verlieren, daß wir in seiner Gegenwart nie wieder ein Wort darüber verloren.«

Aber wie ich schon sagte, die Jahre nach dem Krieg, von 1945 bis 1948, waren keine guten Jahre; die Trinkerei wurde schlimmer, und er hatte eine verlorene, gedankenlose Art, die ich früher nie bei ihm bemerkt hatte. Ich erkannte, daß ich meinen eigenen Weg zu gehen haben würde. Ich meine damit nicht, daß wir uns trennten; ich will damit nur sagen, daß wir einander weniger häufig sahen, einander weniger nahestanden. Doch selbst in diesen Jahren gab es noch wundervolle Tage auf der Farm: mit Jagen im Herbst, Eichhörnchenpasteten und Wurstmachen und all den Büchern, die er las, während ich ein Stück zu schreiben versuchte. Ich sehe ihn vor mir, wie er aufstand, ein Scheit aufs Feuer legte und zu mir herüberkam, um mich wachzurütteln. Er schwor, daß ich dann immer sagte: »Ich habe gar nicht geschlafen. Ich habe nur nachgedacht.« Er pflegte dann zu lachen und zu erwidern: »Gewiß. Du hast seit einer Stunde geschlafen, aber viele Leute können am besten denken, wenn sie schlafen, und du gehörst zu ihnen.«

Im Jahre 1952 mußte ich die Farm verkaufen. Ich zog nach New York, und Dash mietete ein kleines Haus in Katonah. Einmal die Woche fuhr ich ihn besuchen, einmal die Woche kam er nach New York, und täglich telefonierten wir miteinander. Doch er wollte allein sein – zumindest dachte ich das damals, aber heute bin ich nicht mehr so sicher, weil ich erfahren habe, daß stolze Männer, die um nichts bitten können, zwar großartige Charaktere im Leben und in Romanen sein mögen, daß man sie aber schwer verstehen und nicht leicht mit ihnen zusammen leben kann. Wie dem auch sei, im Laufe der Jahre wurde er zum Einsiedler und das häßliche kleine Landhäuschen immer häßlicher: auf jedem Stuhl türmten sich die Bücher, zum Sitzen gab es keinen Platz mehr, und auf dem Schreibtisch lag stapelweise unbeantwortete Post. Die Zeichen seiner Krankheit waren überall zu sehen: der Plattenspieler blieb unbenutzt, die Schreibmaschine unberührt, und die geliebten, närrischen technischen Spielzeuge lagen noch verschlossen in ihren Verpackungen. Bei meinen wöchentlichen Besuchen sprachen wir nicht viel, und wenn er mir seinen wöchentlichen Besuch abstattete, war er erschöpft von der kurzen Fahrt.

Vielleicht brauchte ich zu lange, um zu bemerken, daß er nicht mehr allein leben konnte; und selbst nachdem ich es erkannt hatte, wußte ich nicht, wie ich es ihm sagen sollte. Eines Tages, ich hatte ihm gerade versprechen müssen, nicht mehr ›L'il Abner‹ zu lesen und lachte über die Eindringlichkeit, mit der er das verlangte, machte er plötzlich ein verlegenes Gesicht – er sah immer verlegen aus, wenn er etwas Gefühlsbedingtes zu sagen hatte – und sagte: »Ich kann nicht mehr allein leben. Ich bin gestürzt. Ich werde in ein Kriegsversehrtenheim ziehen. Es wird nicht schlimm sein, wir werden einander immer besuchen können, und ich möchte keine Tränen bei dir sehen.« Aber ich konnte die Tränen nicht zurückhalten, zwei Tage lang, und letzten Endes gab er nach und erklärte sich bereit, zu mir in meine Wohnung zu ziehen. (Selbst jetzt, während ich dies schreibe, bin ich noch ärgerlich und amüsiert zugleich, daß alles immer nach seinem Kopf gehen mußte: vor ein paar Minuten bin ich von der Schreibmaschine aufgestanden und habe deswegen mit ihm geschimpft, als ob er mich noch hören könnte. Ich weiß so wenig über das Wesen romantischer Liebe wie mit achtzehn Jahren, aber ich kenne die tiefe Freude nicht versiegender Anteilnahme, das aufregende Wissenwollen, was jemand anders denkt, tun wird, nicht tun wird, welche Tricks er ausspielen oder nicht ausspielen wird, kenne das dünne Band, das im Laufe der Jahre zu einem Seil anwächst und das in meinem Fall immer noch vorhanden ist, lose dahängt, lange nach dem Tod. Ich weiß nicht, was Hammett von dem Rest dieser Notizen über ihn denken würde, aber ich bin sicher, daß er sich in seinem Elend darüber amüsieren würde, wie ich noch heute über ihn wütend bin.) Und so lebte er die letzten vier Jahre seines Lebens bei mir. Die Zeit war nicht immer sehr leicht, manchmal sehr schwer. Aber es war eine unausgesprochene Freude, daß wir, die wir vor so vielen Jahren zusammengekommen waren, so vieles zerschlagen und so wenig gekittet hatten, immer noch die alten geblieben waren. Manchmal haßte ich die bewußt zurückhaltende, nur manchmal vertrautere Seite unseres Verhältnisses, und da ich fühlte, daß der Tod nicht mehr fern sein konnte, bemühte ich mich um etwas, an das ich mich später gern erinnern würde. Eines Tages sagte ich: »Wir haben es doch gut gemacht, nicht wahr?« Er antwortete: »Gut ist für mich ein zu großes Wort. Warum sagen wir nicht einfach, wir habens besser gemacht als die meisten Leute?«

Am Silvesterabend 1960 ließ ich Hammett in der Obhut einer freundlichen Krankenpflegerin zurück und ging für ein paar

Stunden zu Freunden. Ich verließ ihr Haus eine halbe Stunde nach Mitternacht, ohne zu wissen, daß die Krankenpflegerin ein paar Minuten später nach mir zu telefonieren begann. Als ich in Hammetts Zimmer kam, saß er an seinem Schreibtisch, das Gesicht glühend und lebhaft wie in seinen Trinkertagen. In seinem Schoß lag ein schweres Buch mit japanischen Stichen, das er vor vielen Jahren gekauft und sehr geliebt hatte. Er deutete auf einen Stich und sagte zu der Pflegerin: »Schau ihn dir an, Liebling, er ist wundervoll.« Als ich näherkam, trat die Pflegerin beiseite, doch er erwischte ihre Hand und küßte sie in der gleichen charmanten, flirtenden Art wie zur Zeit unserer ersten Bekanntschaft, und dabei blickte er auf und blinzelte mir zu. Das Buch lag verkehrt herum, so daß die Krankenpflegerin gar nicht erst das Wort »irrational« hätte zu murmeln brauchen. Von da an – wir brachten ihn am nächsten Morgen ins Krankenhaus – weiß ich nicht mehr und werde wohl auch nie mehr erfahren, was irrational bedeutet. In einem entschiedenen, irgendwie geheimnisvollen Argwohn lehnte Hammett jede Behandlung mit Medikamenten ab, jede Hilfe von Krankenschwestern oder Ärzten. Vor der Nacht mit dem umgedrehten Buch hatten wir geplant, nach Cambridge zu ziehen, weil ich einen Lehrauftrag für die Harvard-Universität hatte. Ein verkehrt herum liegendes Buch hätte mir sagen sollen, daß das Ende gekommen war, aber ich mochte nicht daran denken und flog nach Cambridge, fand ein Pflegeheim für Dash und flog noch am selben Abend zurück, um es ihm zu erzählen. Er sagte: »Aber wie sollen wir nach Boston kommen?« Ich erwiderte, wir würden einen Krankenwagen nehmen, und ich glaube, zum ersten Mal in seinem Leben sagte er: »Das wird zuviel kosten.« Ich entgegnete: »Wenn es zu teuer ist, nehmen wir eben einen Planwagen.« Er lächelte und meinte: »Vielleicht hätten wir überhaupt immer so reisen sollen.« Nach diesem Gespräch an jenem Abend fühlte ich mich besser und glaubte an einen Aufschub. Ich hatte mich geirrt. Noch vor sechs Uhr am nächsten Morgen erhielt ich einen Anruf aus dem Krankenhaus. Hammett lag im Koma. Als ich durch das Zimmer an sein Bett rannte, gab er ein letztes Lebenszeichen: er öffnete überrascht und bestürzt die Augen und versuchte den Kopf zu heben. Danach kam er nicht mehr zum Bewußtsein und starb zwei Tage später.

Wie Couffignal ausgeräumt wurde

Couffignal ist eine Insel, klein und keilförmig. Couffignal kann – so nah liegt es am Festland – über eine hölzerne Brücke erreicht werden. Im Westen befindet sich eine Steilküste, die unvermittelt aus der San Pablo Bay aufragt. Vom Kliff, dem höchsten Punkt der Steilküste, neigt sich die Insel allmählich nach Osten bis zu einem feinen Kieselstrand mit Anlegestellen, einem Klubhaus und vertäuten Vergnügungsdampfern.

Die Hauptstraße von Couffignal verläuft parallel zum Strand und weist die übliche Bank auf, das übliche Hotel, das übliche Lichtspieltheater und die üblichen Läden. Sie unterscheidet sich jedoch von den meisten Haupstraßen dieser Größenordnung dadurch, daß sie aufs sorglichste angelegt und gepflegt ist. Hier gibt es Bäume und Hecken und Rasenstreifen; grelle Neon-Reklame fehlt. So, wie die Häuser nebeneinander stehen, sehen sie aus, als wären sie von einem und demselben Architekten füreinander entworfen worden, und in den Läden werden Sie Artikel vorfinden, die jedem Qualitätsvergleich mit dem Angebot in Großstädten standhalten können.

Die Querstraßen – strandwärts von Reihen gepflegter Sommerhäuser gesäumt – verwandeln sich, je mehr sie sich dem Kliff nähern, in gewundene Straßen, zu beiden Seiten von Hecken begrenzt, und je höher die Straßen sich erheben, desto größer werden die Zwischenräume zwischen den Häusern, zu denen sie führen, und desto größer werden auch die Häuser selbst. Die Bewohner dieser hochgelegenen Baulichkeiten sind die Besitzer und Beherrscher der Insel. Die meisten sind wohlgenährte ältere Herren, die sich, nachdem der Mehrwert, den sie in jüngeren Jahren mit beiden Händen von der Welt entgegengenommen haben, zu sicheren Prozentsätzen angelegt ist, in die Inselkolonie eingekauft haben, um die ihnen noch verbliebenen Tage unter ihresgleichen mit der Pflege ihrer Leber und der Vervollkommnung ihres Golfspiels zu verbringen. Sie lassen nur so viele Einzelhändler, arbeitende Menschen und ähnliches Gesindel auf ihrer Insel zu, wie für eine angemessene Bedienung erforderlich sind.

Das ist Couffignal.

Es war kurz nach Mitternacht. Ich saß in einem Zimmer im ersten Stock des größten Hauses von Couffignal und war von Hochzeitsgeschenken umgeben, deren Wert sich insgesamt auf fünfzig- bis hunderttausend Dollar belaufen mochte.

Von allen Jobs, die auf einen Privatdetektiv zukommen – und mit Scheidungskram gibt sich die Continental Detective Agency gottlob nicht ab –, können mir Hochzeiten am meisten gestohlen bleiben. In der Regel gelingt es mir, mich zu drücken, aber diesmal war nichts zu wollen. Dick Foley, dem man ursprünglich diesen Auftrag untergejubelt hatte, war am Tag zuvor von einem eher feindseligen Taschendieb mit einem blauen Auge ausgestattet worden. Damit war Dick draußen, und ich war drin. Ich war heute morgen nach Couffignal gekommen – von San Franzisko aus zwei Stunden Fahrt einschließlich Fähre oder Brücke – und wollte am nächsten Morgen zurückfahren.

Es war weder besser noch schlimmer als sonst, wenn ich eine meiner Hochzeiten habe. Die Feier hatte unten am Hügel in einer kleinen Klinkerkirche stattgefunden. Danach füllte sich das Haus mit Hochzeitsgästen. Es war immer noch gerammelt voll, als sich das junge Paar längst in Richtung Ostküste verdrückt hatte.

Die elegante Welt war würdig repräsentiert. Ein Admiral war erschienen, nebst ein bis zwei Original-Grafen aus England; der Ex-Präsident eines südamerikanischen Landes; ein dänischer Baron; eine große, junge russische Fürstin, welche von weniger erlauchten Herrschaften umgeben war, darunter ein fetter, kahler, jovialer, schwarzbärtiger russischer General, der sich mit mir eine geschlagene Stunde über Preisboxen unterhalten hatte, ein Gebiet, auf dem er sich eher durch Interesse als durch Sachverstand auszeichnete; ein Botschafter aus irgendeinem zentraleuropäischen Land; ein Oberster Bundesrichter. Und noch ein ganzer Haufen Volks, dessen Prominenz und Halbprominenz nicht genauer drangeschrieben war.

Theoretisch könnte man eigentlich annehmen, daß ein Detektiv, der Hochzeitsgeschenke bewacht, sich so wenig wie möglich von den anderen Gästen unterscheiden sollte. In der Praxis klappt das aber nie. Die meiste Zeit muß er in Sichtweite der Glitzermänner verbringen, so daß man ihn schnell als das erkennt, was er ist. Außerdem hatte ich unter den Gästen acht oder zehn Leute gesehen, die bei meiner Agentur Klienten sind oder waren und mich von da her kannten. Es macht jedoch keinen so ganz großen Unterschied, wie Sie vielleicht glauben, ob man erkannt wird oder nicht, und alles hatte sich ausgesprochen geschmeidig angelassen.

Einige Freunde des Bräutigams, vom Wein heiß gemacht und von dem Zwang beseelt, ihren Ruf als ausgemachte Spaßvögel nicht verkommen zu lassen, hatten versucht, ein paar Geschenke aus dem Zimmer, in dem sie ausgestellt waren, herauszuschmuggeln und im Flügel zu verstecken. Ich hatte allerdings mit dieser beliebten Schnurre gerechnet und schritt ein, bevor sie so weit gediehen war, daß sie jemanden ernstlich beunruhigen konnte.

Kurz nach Einbruch der Dunkelheit kam ein Wind auf, der auf Regen schließen ließ, und Sturmwolken türmten sich über der Bucht. Die entlegen wohnenden Gäste, besonders die, welche noch übers Wasser mußten, brachen eilig auf. Jene Gäste, die auf der Insel wohnten, blieben, bis die ersten Regentropfen fielen. Dann gingen auch sie nach Hause. Im Haus der Hendrixsons kehrte Ruhe ein. Die Kapelle packte ein, die Lohnkellner gingen. Die erschöpften Bediensteten begaben sich auf ihre Zimmer. Ich fand mehrere belegte Brote, ein paar Bücher, einen bequemen Ohrensessel und nahm das Ganze mit hinauf in das Zimmer, in dem jetzt die Geschenke unter grau-weiß gestreiftem Linnen verborgen ruhten.

Keith Hendrixson, der Großvater der Braut – sie war eine Waise –, steckte seinen Kopf zur Tür herein. »Haben Sie alles, was Sie zu Ihrem Wohlergehen brauchen?« fragte er.

»Ja, vielen Dank.«

Er sagte gute Nacht und ging zu Bett – ein hochgewachsener alter Mann, aber rank wie ein Knabe.

Wind und Regen waren heftig zugange, als ich hinunterging, um die unteren Fenster zu überprüfen. Im Erdgeschoß war alles verriegelt und verrammelt, im Keller ebenfalls. Ich ging wieder nach oben.

Ich zog meinen Sessel zu einer Stehlampe hinüber und legte Butterbrote, Bücher, Aschenbecher, Revolver und Taschenlampe auf ein kleines Beistelltischchen. Dann knipste ich die anderen Lampen aus, legte Feuer an eine *Fatima*, setzte mich hin, kuschelte mich mit dem Kreuz behaglich in die Polsterlehne, nahm mir eins der Bücher und wollte mir auf diese Weise die Nacht gelassen um die Ohren schlagen.

Das Buch nannte sich *Beherrscher der Meere*, und es ging da um einen starken, robusten und gewalttätigen Burschen namens Hogarth, dessen einziger bescheidener Wunsch es war, die Herrschaft der Welt an sich zu reißen. Es gab Verschwörungen und Gegenverschwörungen, Entführungen, Morde, Ausbrüche aus Gefängnissen, Fälschungen und Einbrüche, Diamanten von der Größe meines Hutes und schwimmende Festungen, größer als Couffignal. Das klingt hier alles ein bißchen verworren, aber in dem Buch war es so real wie ein Zehncentstück.

Hogarth war jedenfalls noch schwer in Fahrt, als das Licht ausging.

Um die Glut meiner Zigarette loszuwerden, drückte ich sie in der Dunkelheit auf einer Stulle aus. Ich legte das Buch fort, nahm Revolver und Taschenlampe und entfernte mich von dem Stuhl. Es hatte keinen Sinn, auf irgendein Geräusch zu achten. Der Sturm machte Hunderte von Geräuschen. Ich mußte herausfinden, warum das Licht ausgegangen war. Die anderen Lampen im Haus waren bereits vor geraumer Zeit ausgeschaltet worden.

Die Dunkelheit auf dem Flur konnte mir also nicht weiterhelfen.

Ich wartete. Meine Aufgabe war es, die Geschenke zu bewachen. Noch hatte sie niemand angerührt. Kein Grund zur Aufregung.

Minuten verstrichen, zehn vielleicht.

Unter meinen Füßen schwankte der Fußboden. Die Fenster klapperten so heftig, daß es nicht allein am Sturm liegen konnte. Das dumpfe Dröhnen einer schweren Explosion übertönte den Lärm des Windes und des strömenden Regens. Der Stoß kam zwar nicht aus unmittelbarer Nähe, war aber doch nicht weit genug entfernt, um nicht auf der Insel stattgefunden zu haben.

Ich ging zum Fenster hinüber, spähte durch das nasse Glas und konnte nichts sehen. Ich hätte unten am Hügel ein paar verschwommene Lichter sehen sollen. Ich sah aber nichts, und dadurch war ein Punkt geklärt. Die Lichter waren auf ganz Couffignal ausgegangen, nicht nur bei den Hendrixsons.

Schon besser. Vielleicht hatte der Sturm die Stromversorgung unterbrochen, vielleicht hatte der Sturm die Explosion verursacht. Vielleicht.

Ich starrte durch das schwarze Fenster und hatte den Eindruck, daß unten am Hügel irgendwie große Aufregung herrschte, daß die Nacht in Bewegung geraten war. Die Entfernung war jedoch zu groß, als daß ich etwas Genaues hätte sehen oder hören können, selbst wenn das Licht funktioniert hätte, und es war alles viel zu vage, um zu sagen, was sich dort bewegte. Der Eindruck war stark, aber wertlos. Er brachte mich nicht weiter. ›Du läßt nach‹, sagte ich mir und wandte mich vom Fenster ab. Eine zweite Explosion riß mich herum, ans Fenster zurück. Diesmal klang sie näher, vielleicht, weil sie stärker war. Ich spähte wieder durch das Glas und sah immer noch nichts. Und hatte immer noch den Eindruck, als würden sich da unten größere Gegenstände bewegen.

Auf dem Flur hörte ich das Patschen nackter Füße. Eine Stimme rief ängstlich meinen Namen. Ich ließ das Fenster Fenster sein, steckte meinen Revolver ein und knipste die

Taschenlampe an. Keith Hendrixson, mit Pyjama und Bademantel angetan, kam ins Zimmer und sah dünner und älter aus als überhaupt irgend möglich.

»Ist es ...«

»Ich glaube nicht, daß es ein Erdbeben ist«, sagte ich, denn das ist ein Unfall, an das der Durchschnittskalifornier als erstes denkt. »Vorhin sind die Lichter ausgegangen. Es hat zwei Explosionen gegeben, nachdem ...«

Ich hielt inne. Kurz nacheinander fielen drei Schüsse. Gewehrschüsse, aber aus einer ganz schweren Büchse. Dann folgte von weither, scharf und vom Sturm fast übertönt, der Knall einer Pistole.

»Was ist das?« fragte Hendrixson.

»Schüsse.«

Weitere Füße, teils nackt, teils beschuht, eilten über die Korridore. Erregte Stimmen flüsterten Fragen und Worte der Bestürzung. Der Butler, ein feierlicher, solider Klotz von einem Menschen, trat, halbbekleidet, mit einem fünfarmigen Leuchter ein.

»Sehr gut, Brophy«, sagte Hendrixson, als der Butler den Leuchter neben meine Bemmen auf den Tisch stellte. »Versuchen Sie doch, in Erfahrung zu bringen, worum es hier geht.«

»Das habe ich bereits versucht, Sir. Das Telefon scheint nicht zu funktionieren, Sir. Soll ich Oliver ins Dorf schicken?«

»Äh ... nein. Ich glaube nicht, daß es so ernst ist. Glauben Sie, es ist etwas Ernstes?« fragte er mich.

Ich sagte, ich glaubte es nicht, aber ich achtete mehr auf das, was draußen vorgehen mochte, als auf ihn. Ich hatte einen dünnen Schrei gehört, wie von einer weit entfernten Frau, und eine Salve, die aus Handfeuerwaffen abgegeben worden war. Das Tosen des Sturms hatte diese Schüsse gedämpft, aber als die schwereren Kaliber, die wir vorher gehört hatten, wieder losdonnerten, waren diese deutlich genug.

Die Fenster zu öffnen hätte bedeutet, das Wasser literweise hereinzulassen, ohne daß wir mehr gehört hätten. Ich hielt ein

Ohr an den Fensterrahmen gepreßt und versuchte, mir einigermaßen ein Bild von dem zu verschaffen, was draußen passierte.

Ein neues Geräusch lenkte meine Aufmerksamkeit vom Fenster ab: das Läuten des Klingelzuges an der Haustür. Es klingelte laut und eindringlich.

Hendrixson sah mich an. Ich nickte. »Sehen Sie nach, wer es ist, Brophy«, sagte er.

Der Butler entfernte sich feierlich und kehrte noch feierlicher zurück. »Fürstin Zhukowskij«, meldete er.

Sie kam ins Zimmer gelaufen – das große, russische Mädchen, das ich auf dem Empfang gesehen hatte. Ihre Augen waren vor Aufregung dunkel und weit aufgerissen. Ihr Gesicht war sehr weiß und naß. An ihrem blauen wasserdichten Cape, dessen Kapuze ihr brünettes Haar verdeckte, lief das Wasser in Strömen herab.

»Oh, Mr. Hendrixson!« Mit beiden Händen ergriff sie seine Rechte. Ihre Stimme, in der auch nicht die Spur eines fremdländischen Akzents mitschwang, war die Stimme eines Menschen, der angesichts einer freudigen Überraschung erregt ist. »Man hat die Bank überfallen, und der – wie heißt das Wort? – der Marshal of Police wurde umgebracht!«

»Was soll das?« rief der alte Mann, wobei er unbeholfen beiseite sprang, weil das Wasser von ihrem Cape auf seine bloßen Füße tropfte. »Weegan ist tot? Und die Bank überfallen?«

»Ja! Ist das nicht schrecklich?« Das sagte sie so, als hätte sie ›herrlich‹ gesagt. »Als wir von der ersten Explosion aufwachten, schickte der General Ignati hinunter, um herauszufinden, was los war, und er kam gerade im richtigen Augenblick an, um mitzuerleben, wie die Bank in die Luft gesprengt wurde. Hören Sie mal!«

Wir lauschten und hörten eine wilde Schießerei verschiedener Kaliber.

»Das wird der General sein«, sagte sie. »Er wird sich köstlich amüsieren. Sobald Ignati mit der Neuigkeit zurückgekehrt war, bewaffnete der General jedes männliche Haushaltungsmitglied – von Aleksandr Sergejewitsch bis hin zu Iwan, dem Koch –, er führte sie hinaus in den Kampf, und seit er mit seiner Division im Jahre 1914 in Ostpreußen einfiel, habe ich ihn nicht glücklicher erlebt.«

»Und die Herzogin?« fragte Hendrixson.

»Er hat sie natürlich mit mir daheim zurückgelassen, und ich schlich mich unbemerkt davon, während sie versuchte, zum erstenmal in ihrem Leben Wasser in einen Samowar zu gießen. Dies ist keine Nacht, in der es einen zu Hause hält!«

»Hmmm«, sagte Hendrixson, und seine Gedanken widmeten sich offensichtlich nicht ihren Worten. »Und die Bank?«

Er sah mich an. Ich sagte nichts. Das Getöse einer weiteren Salve erreichte uns.

»Könnten Sie da unten irgend etwas ausrichten?« fragte er.

»Vielleicht, aber ...«

Ich sah zu den verhüllten Geschenken hinüber.

»Ach, das!« sagte der alte Mann. »Die Bank ist mir genauso wichtig. Außerdem sind wir ja noch hier.«

»In Ordnung!« Ich war gewillt, meiner Neugier ein wenig Auslauf zu gönnen. »Ich gehe hinunter. Sie sollten den Butler in diesem Zimmer lassen und den Chauffeur hinter der Haustür postieren. Geben Sie ihnen Gewehre, wenn Sie welche haben. Kann ich mir einen Regenmantel ausleihen? Ich habe nur einen leichten Überzieher dabei.«

Brophy fand gelbes Ölzeug, das mir paßte. Ich zog es an, verstaute Revolver und Taschenlampe leicht erreichbar darunter und holte meinen Hut, während Brophy für sich eine Automatik und für Oliver, den schwarzen Chauffeur, ein Gewehr besorgte und beides lud.

Hendrixson folgte mir mit der Fürstin nach unten. An der Tür bemerkte ich, daß sie mir nicht nur folgte; sie begleitete mich.

»Aber Sonja!« protestierte der alte Mann.

»Ich werde ganz brav sein, obwohl ich gar keine Lust dazu habe«, versprach sie. »Aber ich muß zu Irinija Androwna zurück, der es inzwischen vielleicht gelungen ist, den Samowar zu bewässern.«

»So ein vernünftiges Mädel«, lobte Hendrixson und ließ uns in Regen und Wind hinaus.

Es war kein Wetter für Gespräche. Schweigend strebten wir zwischen Hecken den Hügel hinab, und der Sturm trieb uns voran.

Bei der ersten Abzweigung blieb ich stehen und wies auf den schwarzen Fleck, der auf ein Haus schließen ließ. »Hier ist Ihr ...«

Ihr Lachen unterbrach mich. Sie packte mich am Arm und drängte mich weiter bergab. »Das habe ich Mr. Hendrixson doch nur erzählt, damit er sich keine Sorgen macht«, erläuterte sie. »Sie glauben doch nicht im Ernst, daß ich nicht mitkomme und mir das Spektakel entgehen lasse.«

Sie war groß. Ich bin klein und dick. Ich mußte aufblikken, um ihr Gesicht zu sehen – so viel von ihrem Gesicht, wie die regengraue Nacht zuließ. »Sie werden naß bis auf die Knochen, wenn Sie in diesem Regen herumlaufen«, wandte ich ein.

»Wenn es weiter nichts ist! Darauf bin ich eingerichtet.« Sie lüpfte einen Fuß, um mir einen schweren wasserdichten Stiefel und ein wollbestrumpftes Bein zu zeigen.

»Kein Mensch weiß, was uns da unten erwartet, und ich habe meine Arbeit zu tun«, drängte ich. »Um Sie kann ich mich dann nicht auch noch kümmern.«

»Ich kann mich selbst um mich kümmern.« Sie schob ihr Cape zur Seite, um mir zu zeigen, daß sie eine schwere Automatic in der Hand hielt.

»Sie sind mir im Wege.«

»Eben nicht«, versetzte sie. »Vielleicht werden Sie sogar herausfinden, daß ich Ihnen helfen kann. Ich bin genauso stark wie Sie. Und schneller. Und schießen kann ich auch.«

Das Belfern eines unregelmäßigen Schußwechsels hatte unser Streitgespräch synkopierend untermalt, aber nun brachte das Lärmen schwererer Geschütze das Dutzend Einwände zum Schweigen, welche ich gegen ihre Anwesenheit hätte vorbringen können. Schließlich konnte ich mich immer noch im Dunkeln davonstehlen, wenn sie mir allzu lästig wurde.

»Machen Sie doch, was Sie wollen«, knurrte ich, »aber erwarten Sie bloß nichts von mir.«

»Wie nett von Ihnen«, murmelte sie, als wir uns wieder auf den Weg machten, eiliger jetzt, und der Wind blies uns in den Rücken und trieb uns vor sich her.

Gelegentlich bewegten sich dunkle Gestalten auf der Straße vor uns, waren aber zu weit entfernt, als daß man sie genauer hätte erkennen können. Dann lief ein Mann an uns vorüber, ein großer Mann, dem das Nachthemd aus der Hose hing, ein Nachthemd, länger als sein Mantel, und dieses Nachthemd wies ihn als Ortsansässigen aus.

»Mit der Bank sind sie fertig; jetzt nehmen sie sich Medcraft vor!« gellte er, als er an uns vorüberfloh.

»Medcraft ist der Juwelier«, informierte mich das Mädchen.

Es ging nun nicht mehr so steil bergab. Die Häuser – finster zwar, aber mit Gesichtern, die man vage hie und da in den Fenstern sehen konnte – rückten zusehends näher zusammen. Unten blitzte dann und wann ein Mündungsfeuer auf – orangefarbene Striche im Schwarz des Regens.

Unsere Straße führte uns gerade in dem Augenblick ans untere Ende der Hauptstraße, als das Stakkato eines Ra-ta-tat ausbrach.

Ich stieß das Mädchen in den nächsten Hauseingang und sprang hinter ihr her.

Mit dem Geräusch von Hagelkörnern, die auf Blätter prallen, fraßen sich Projektile in die Mauern.

Das war das Ding, das ich für eine besonders schwere Flinte gehalten hatte: ein Maschinengewehr.

Das Mädchen war in einer Ecke zu Boden gefallen, hatte sich in etwas verheddert. Ich half ihr auf. Das Etwas war ein Junge von etwa siebzehn Jahren, er war einbeinig und hatte eine Krücke.

»Das ist der Zeitungsjunge«, sagte die Fürstin Zhukowskij, »und mit Ihrer Ungeschicklichkeit haben Sie ihm wehgetan.«

Der Junge schüttelte den Kopf und grinste beim Aufstehen.

»Nein, Ma'am, niemand hat mir wehgetan, aber erschreckt haben Sie mich, als Sie sich so auf mich stürzten.«

Sie mußte innehalten und erklären, daß sie sich nicht auf ihn gestürzt habe, sondern von mir geschubst worden sei, und daß es ihr leid tue und mir ebenfalls.

»Was ist überhaupt los?« fragte ich den Zeitungsjungen, sobald ich ein Wort dazwischenwerfen konnte.

»Alles«, prahlte er, als ginge der Aufruhr zumindest teilweise auf sein Konto. »Es müssen Hunderte sein, und sie haben die Bank weit aufgesprengt, und jetzt sind sie bei Medcraft, und den werden sie wohl auch in die Luft sprengen. Und Tom Weegan haben sie erschossen. Mitten auf der Straße haben sie ein Maschinengewehr auf einem Auto. Und das schießt jetzt.«

»Wo sind denn alle? All die fröhlichen Dorfbewohner?«

»Die meisten sind hinter dem Rathaus. Sie können aber nichts machen, weil das Maschinengewehr sie nicht nahe genug ranläßt, und da sehen sie natürlich nicht, worauf sie schießen müssen, und dieser Klugscheißer Bill Vincent hat gesagt, ich soll Leine ziehen, weil ich nur ein Bein habe, als wenn ich nicht genausogut schießen könnte wie sonst wer, wenn ich nur was zum Schießen dabei hätte!«

»Das finde ich aber gar nicht nett von ihm«, schmeichelte ich. »Du kannst aber etwas für mich tun. Du kannst hierbleiben und diesen Teil der Straße überwachen, damit ich Bescheid weiß, wenn sie in diese Richtung abhauen wollen.«

»Das sagen Sie doch nicht nur, um mich loszuwerden?«

»Nein«, log ich. »Ich brauche einen Späher. Eigentlich wollte ich die Fürstin hierlassen, aber du machst das bestimmt besser.«

»Ja«, unterstützte sie mich, als sie kapiert hatte. »Dieser Herr ist Detektiv, und wenn du tust, was er dir sagt, kannst du dich viel nützlicher machen, als wenn du bei den anderen bleibst.«

Das Maschinengewehr feuerte immer noch, aber nicht mehr in unsere Richtung.

»Ich gehe über die Straße«, sagte ich zu dem Mädchen. »Wenn Sie ...«

»Wollen Sie sich nicht den anderen anschließen?«

»Nein. Wenn ich mich von hinten an die Banditen heranschleichen kann, während sie mit den anderen zu tun haben, fällt mir vielleicht das eine oder andere ein.«

»Paß jetzt gut auf«, befahl ich dem Jungen, und die Fürstin und ich rasten auf die andere Straßenseite hinüber.

Wir schafften es, ohne daß sich der Bleigehalt unserer Organismen erhöht hätte, schlichen ein paar Meter weit an einem Haus entlang und bogen in eine Gasse ab. Am anderen Ende der Gasse erwartete uns der Geruch der See, das Schwappen des Meeres, die stumpfe Schwärze der Bucht.

Während wir diese Gasse entlangschlichen, heckte ich einen Plan aus, mit dessen Hilfe ich hoffte, meine Gefährtin loszuwerden, indem ich sie in irgendein fruchtloses Manöver schickte, bei dem sie in Sicherheit war. Es sollte mir jedoch nicht vergönnt sein.

Der massige Umriß eines Mannes erschien vor uns.

Ich trat vor das Mädchen und ging auf ihn zu. Unter meinem Ölzeug hielt ich den Revolver auf seine Körpermitte gerichtet.

Er blieb stehen. Er war noch größer, als ich zuerst angenommen hatte. Ein großer, faßförmiger Grobian mit hängenden Schultern. Seine Hände waren leer. Einen Sekundenbruchteil lang leuchtete ich ihm mit der Taschenlampe ins Gesicht. Ein hohlwangiges, grobgeschnittenes Gesicht, mit hohen Backenknochen und vielen Zerklüftungen.

»Ignati!« rief das Mädchen hinter mir.

Er begann mit dem Mädchen in einer Sprache zu sprechen, die mir wie Russisch klang. Sie lachte und antwortete etwas. Hartnäckig schüttelte er seinen großen Kopf; er schien auf etwas bestehen zu wollen. Sie stampfte mit dem Fuß auf und sprach mit schriller Stimme. Wieder schüttelte er den Kopf und wandte sich an mich. »General Plezhskjew, er mir sagen, Fürstin Sonja nach Hause bringen.«

Sein Englisch war fast so unverständlich wie sein Russisch. Der Ton, in dem er sprach, erstaunte mich. Es war, als müsse er etwas absolut Notwendiges erklären, etwas, das er nicht verantworten konnte, aber ausführen mußte.

Während das Mädchen wieder mit ihm sprach, erriet ich die Antwort. Dieser große Ignati war vom General ausgesandt worden, um das Mädchen nach Hause zu schaffen, und er war entschlossen, diesen Befehl auszuführen, selbst wenn er sie tragen mußte. Indem er mir die Lage erklärte, versuchte er, Ärger zu vermeiden.

»Nehmen Sie sie«, sagte ich und trat beiseite.

Das Mädchen grollte erst und lachte dann. »Nun gut, Ignati«, sagte sie auf Englisch, »ich werde nach Hause gehen«, und sie machte auf der Hacke kehrt. Sie ging die Gasse zurück, und der große Mann folgte ihr auf dem Fuße.

Froh darüber, allein zu sein, verlor ich keine Zeit und ging weiter, bis ich die Kiesel des Strandes unter meinen Füßen fühlte. Schroff knirschten sie unter meinen Absätzen. Ich zog mich auf ruhigeres Terrain zurück und begann, mir so flink wie möglich meinen Weg am Strand entlang zum Brennpunkt des Geschehens zu bahnen. Das Maschinengewehr belferte weiter. Kleinere Kaliber stimmten ein. Drei kurz aufeinanderfolgende Explosionen. Das waren Bomben. Oder Granaten. Soviel wußte ich noch von früher.

Rosa erstrahlte vor mir der stürmische Himmel über einem Dach. Und links davon wurde es immer heller. Vom Gedröhn der Explosion platzten mir fast die Trommelfelle. Ringsum fielen Bruchstücke von Sachen, die ich nicht klar erkennen konnte, zu Boden. Das, dachte ich mir, dürfte der Safe des Juweliers gewesen sein.

Ich kroch weiter am Strand entlang. Das Maschinengewehr verstummte. Leichteres Feuer begehrte auf, wieder und wieder. Eine weitere Explosion löste sich. Eine Männerstimme schrillte. Blankes Entsetzen sprach aus diesem Schrei.

Ich ließ mich vom knirschenden Kies nicht aufhalten; ich mußte hinunter, ans Meer. Eine schiffsähnliche Silhouette hatte ich auf dem Wasser nicht ausmachen können. Am Nachmittag hatte es hier noch von Schiffen – säuberlich vertäut – gewimmelt. Vielleicht hatten sie sich im Sturm losgerissen, aber das hielt ich nicht für sehr wahrscheinlich. Der hochaufragende Westteil der Insel schirmte dieses Stück der Küste ab. Hier blies der Wind zwar heftig, aber ganz so heftig nun auch wieder nicht.

Mit dem einen Fuß im Wasser und dem anderen auf den Kieselsteinen, so schlich ich weiter den Küstenstreifen entlang. Und dann entdeckte ich auch ein Schiff. Ein schwarzes Etwas, von den Wellen sanft gewiegt. Es war unbeleuchtet, und an Bord war keinerlei Bewegung zu erkennen. Und da dies das einzige Schiff weit und breit an der ganzen Küste war, gewann es für mich an Bedeutung.

Ich pirschte mich vorsichtig näher heran.

Zwischen mir und der finsteren Rückseite eines Hauses bewegte sich ein Schatten. Ich erstarrte. Der Schatten war mannsgroß. Wieder bewegte er sich. Auf mich zu.

Ich wartete ab und wußte nicht recht, ob ich so unsichtbar war, wie ich wollte. Vielleicht hob ich mich überdeutlich gegen meinen Hintergrund ab. Ich wollte mich nicht dadurch verraten, daß ich mir einen günstigeren Standort suchte.

Als der Schatten nur noch zwanzig Fuß von mir entfernt war, blieb er plötzlich stehen.

Er hatte mich gesehen. Meine Pistole war auf ihn gerichtet.

»Hierher«, rief ich leise. »Nur heran. Zeig dich mal.«

Der Schatten zögerte, verließ den Schutz des Hauses und kam näher. Die Taschenlampe wagte ich nicht anzuknipsen. Undeutlich erkannte ich ein hübsches, jungenhaftes Gesicht, dessen Züge von jugendlichem Leichtsinn kündeten, mit einem dunklen Fleck auf der einen Wange.

»Oh, guten Abend auch«, sagte der Besitzer des Gesichts mit musikalischer Baritonstimme. »Sie habe ich doch heute nachmittag auf dem Empfang getroffen.«

»Stimmt.«

»Haben Sie die Fürstin Zhukowskij gesehen? Kennen Sie sie überhaupt?«

»Sie ist vor etwa zehn Minuten mit Ignati nach Hause gegangen.«

»Ausgezeichnet!« Er wischte sich mit einem schmutzigen Taschentuch über den Fleck auf der Wange und blickte zum Schiff hinüber. »Das ist Hendrixsons Boot«, flüsterte er. »Sie haben es gekapert und die Besatzung ins Wasser geworfen.«

»Das würde bedeuten, daß sie auf dem Seeweg fliehen wollen.«

»Ja«, pflichtete er mir bei, »es sei denn... Sollen wirs versuchen?«

»Den Kahn kapern?«

»Warum nicht?« fragte er. »Allzu viele können nicht an Bord sein. Auf der Insel sind ja schon weiß Gott genug. Sie sind bewaffnet. Ich habe eine Pistole.«

»Erst mal die Lage peilen«, entschied ich, »damit wir wissen, was wir kapern.«

»Wahr gesprochen«, sagte er und ging vor mir her, zurück in den Schutz der Häuser.

Wir preßten uns an die Häuserwände und schlichen auf das Boot zu.

Es nahm allmählich deutlichere Konturen an. Es war gut fünfundvierzig Fuß lang, eine Motorjacht, und mit dem Heck zum Ufer an einem kleinen Landungssteg vertäut. Irgend etwas ragte über das Heck hinaus. Ich konnte nicht erkennen, was es war. Hin und wieder schlurften Ledersohlen über die Deckplanken. Plötzlich tauchten ein Kopf und zwei Schultern über dem rätselhaften Ding am Heck auf.

Der junge Russe hatte bessere Augen als ich.

»Maskiert«, hauchte er mir ins Ohr. »Hat einen Strümpf oder sowas über dem Gesicht.«

Der Maskierte verharrte bewegungslos. Auch wir verharrten bewegungslos.

»Könnten Sie ihn von hier aus treffen?« fragte der junge Mann.

»Vielleicht, aber Nacht und Regen sind keine sonderlich guten Bedingungen, wenn man ein Scharfschießen veranstalten will.

Das Beste wäre wohl, so nahe wie möglich heranzuschleichen und erst zu schießen, wenn er uns bemerkt hat.«

»Recht haben Sie«, räumte er ein.

Kaum hatten wir den nächsten Schritt getan, waren wir auch schon entdeckt. Der Mann auf der Jacht grunzte. Der junge Russe an meiner Seite sprang nach vorn. Ich erkannte gerade noch rechtzeitig, worum es sich bei dem Ding am Heck des Bootes handelte. Ich stellte ihm ein Bein, und er schlug lang hin, im Kies alle viere von sich streckend. Ich ließ mich hinter ihm fallen.

Das Maschinengewehr am Heck des Bootes versprühte sein Metall über uns aus.

»Besser nichts überstürzen«, sagte ich. »Wälzen wir uns davon!«

Ich ging mit gutem Beispiel voran und robbte zu dem Gebäude zurück, dessen Schatten wir gerade verlassen hatten.

Der Mann, der das Maschinengewehr bediente, beharkte den Strand, aber er nahm ihn nur aufs Geratewohl unter Beschuß: seine Augen waren ohne Zweifel durch das Mündungsfeuer geblendet.

Wir hatten das Haus umrundet und richteten uns auf.

»Sie haben mir das Leben gerettet, als Sie mir ein Bein stellten«, sagte der Jüngling kühl.

»Ja. Ich frage mich, ob sie das Maschinengewehr von der Straße abgezogen haben, oder ob sie ...«

Die Antwort erfolgte unverzüglich. Das Maschinengewehr auf der Straße fiel mit seiner boshaften Stimme in das Getrommel des Maschinengewehrs auf der Jacht ein.

»Gleich zwei!« beschwerte ich mich. »Wissen Sie Näheres über ihre Gefechtsstärke?«

»Ich glaube nicht, daß es mehr als zehn bis zwölf sind«, sagte er, »obwohl man im Dunkeln schlecht zählen kann. Die wenigen, die ich gesehen habe, sind total maskiert; genau wie die Männer auf dem Schiff. Anscheinend haben sie zuerst die Telegrafendrähte und Stromleitungen unterbrochen und danach die Brücke zerstört. Als sie die Bank plünderten, haben wir sie angegriffen, aber vor der Bank hatten sie ein Maschinengewehr aufgestellt, das auf ein Auto montiert war, und das wäre dann ein reichlich ungleicher Kampf.«

»Wo sind die Insulaner jetzt?«

»In alle Winde zerstreut, und die meisten haben sich versteckt, möchte ich meinen, es sei denn, es wäre General Plezhskjew gelungen, sie wieder zusammenzutrommeln.«

Ich blickte finster drein und zermarterte mir das Hirn. Man kann nicht mit friedvollen Dörflern und pensionierten Kapitalisten gegen Maschinengewehre und Handgranaten ankämpfen. Sie können noch so gut geführt und bewaffnet sein; man kann nichts mit ihnen anfangen. Und davon abgesehen, was konnte man schon gegen so gefährliche Burschen ausrichten?

»Ich würde sagen, Sie bleiben hier und behalten das Boot im Auge«, schlug ich vor. »Ich werde herumschnüffeln und nachsehen, was weiter oben läuft, und wenn es mir gelingen sollte, noch ein paar gute Leute aufzutreiben, versuche ich noch mal, das Boot zu kapern, am besten von der anderen Seite. Verlassen können wir uns allerdings nicht darauf. Sie werden versuchen, mit dem Boot abzuhauen. Darauf können wir uns verlassen. Und das können wir verhindern. Vielleicht. Legen Sie sich hin, dann können Sie um die Ecke das Boot beobachten, ohne selbst ein allzu gutes Ziel abzugeben. Ich würde an Ihrer Stelle nichts unternehmen, um Aufmerksamkeit zu erregen, bis wir das Boot kapern. Danach dürfen Sie nach Herzenslust herumballern.«

»Ausgezeichnet!« sagte er. »Die meisten Insulaner dürften Sie hinter der Kirche finden. Wenn Sie direkt den Hügel hochgehen, kommen Sie an einen Drahtzaun. Dann gehen Sie am Zaun entlang nach rechts.«

»In Ordnung.«

Ich entfernte mich in der angegebenen Richtung.

An der Hauptstraße blieb ich stehen, um mich umzusehen, bevor ich mich hinüber wagte. Hier war alles ruhig. Der einzige Mensch in Sichtweite lag nahebei bäuchlings auf dem Bürgersteig hingestreckt.

Ich kroch auf allen vieren zu ihm hin. Er war tot. Ich verlor keine Zeit damit, ihn zu untersuchen. Ich sprang auf und raste auf die andere Straßenseite.

Niemand versuchte mich aufzuhalten. In einem Hauseingang drückte ich mich flach gegen die Mauer und spähte hinaus. Der Wind hatte sich gelegt. Der Regen war keine stürmische Sintflut mehr, sondern ein stetiger Landregen mit kleinen Tropfen. Die Hauptstraße von Couffignal war allem Anschein nach völlig ausgestorben.

Ich fragte mich, ob der Rückzug zum Boot bereits begonnen hatte. Auf dem Bürgersteig, rasch der Bank zustrebend, hörte ich die Antwort auf meine Frage.

Hoch oben auf dem Abhang, der Lautstärke nach schon fast am Rande des Kliffs, begann ein Maschinengewehr, sein heißes Blei herauszuspeien.

In den Lärm des Maschinengewehrs mengten sich die Geräusche kleinerer Waffen und das Krachen von einer oder zwei Granaten.

Bei der ersten Kreuzung verließ ich die Hauptstraße und lief den Hügel hinauf. Männer kamen mir entgegen. Zwei liefen an mir vorüber, ohne sich um meinen Ruf »Was ist denn jetzt los?« zu kümmern.

Der dritte blieb stehen, weil ich ihn am Arm packte, ein Fettwanst, der blubbernd nach Luft schnappte und so bleich im Gesicht war wie ein Fischbauch.

»Sie sind mit dem Maschinengewehr-Auto hinter uns her«, keuchte er, als ich ihm meine Frage ein zweites Mal ins Ohr gebrüllt hatte.

»Was machen Sie hier ohne Waffe?« fragte ich.

»Ich ... ich habe sie fallengelassen.«

»Wo ist General Plezhskjew?«

»Irgendwo da hinten. Er versucht, den Wagen zu stürmen, aber das wird ihm nie gelingen. Selbstmord ist das! Warum kommt denn keine Hilfe?«

Während dieser Unterhaltung rannten immer mehr Männer an

uns vorbei, den Hügel hinunter. Ich ließ den bleichgesichtigen Mann stehen und hielt vier Männer an, die es offenbar nicht ganz so eilig hatten.

»Was ist im Augenblick los?« befragte ich sie.

»Jetzt nehmen sie sich die Häuser oben am Hügel vor«, sagte ein Mann mit scharfgeschnittenen Gesichtszügen, einem Schnurrbart und einer Flinte.

»Ist schon jemand von der Insel mit Nachrichten unterwegs?«

»Geht nicht«, informierte mich ein anderer. »Als erstes haben sie die Brücke in die Luft gejagt.«

»Kann denn keiner schwimmen?«

»Nicht bei dem Wind. Der junge Catlan hat es versucht und kann noch von Glück sagen, daß er mit ein paar gebrochenen Rippen wieder herausgekommen ist.«

»Der Wind hat sich aber gelegt«, warf ich ein.

Der Mann mit den scharfgeschnittenen Gesichtszügen gab einem anderen seine Flinte und zog sich die Jacke aus. »Ich versuch's mal«, versprach er.

»Gut! Wecken Sie das ganze Land auf und benachrichtigen Sie die Polizei von San Franzisko und die Marinewerft von Mare Island. Die werden Ihnen behilflich sein, wenn Sie ihnen sagen, daß die Banditen mit Maschinengewehren ausgerüstet sind. Sagen Sie ihnen, daß die Banditen auf dem Fluchtboot ein Maschinengewehr installiert haben. Es ist übrigens der Kahn von Hendrixson.«

»Ein Boot?« fragten zwei der Männer gleichzeitig.

»Ja. Mit einem Maschinengewehr. Wenn wir überhaupt etwas unternehmen wollen, dann muß das jetzt geschehen, solang wir ihnen noch die Flucht abschneiden können. Trommelt jeden Mann und jedes Schießeisen zusammen. Beharkt das Boot von den Dächern aus, wenn ihr könnt. Wenn das Banditenauto kommt, pumpt es mit Blei voll. Aus den Fenstern und vom Dach geht das besser als auf der Straße.«

Die drei Männer gingen den Hügel hinunter. Ich stieg hügelan, dem Knattern der Waffen entgegen. Das Maschinengewehr arbeitete unregelmäßig. Sekundenlang ratterte es, und dann schwieg es wieder mehrere Sekunden. Das Feuer wurde nur schwächlich und vereinzelt erwidert.

Ich begegnete weiteren Inselbewohnern und erfuhr von ihnen, daß der General noch immer mit weniger als einem Dutzend Leuten gegen das Auto kämpfte. Ich wiederholte den Rat, den ich den anderen Männern gegeben hatte. Meine Berichterstatter schickten sich an, ihnen den Hügel hinunter zu folgen. Ich ging weiter hügelan.

Nach hundert Metern kamen mir die Männer, die von dem Dutzend des Generals noch übrig waren, entgegen; in wilder Flucht stürzten sie aus der Nacht hervor, den Hügel hinab, und hinter ihnen hagelte es Kugeln.

Die Straße war nicht der rechte Ort für einen Sterblichen. Ich stolperte über zwei Leichen und zerschrammte mich an gut zwölf verschiedenen Stellen, als ich versuchte, über eine Hecke zu klettern. Auf weichem, nassem Gras setzte ich meinen Weg fort.

Das Maschinengewehr auf dem Hügel hatte sein Geratter eingestellt, das auf dem Boot war nach wie vor in Betrieb.

Jetzt begann auch das Maschinengewehr-Auto wieder zu ballern. Es feuerte aber zu hoch, um irgend etwas zu treffen. Es unterstützte lediglich seinen Genossen weiter unten, indem es die Hauptstraße unter Beschuß hielt.

Bevor ich näher heran konnte, verstummte es. Ich hörte den Motor des Autos aufheulen. Der Wagen kam näher.

Ich rollte mich in die Hecke, legte mich auf die Lauer und strengte meine Augen an, um zwischen den Zweigen hindurchsehen zu können. Ich hatte immer noch sechs Kugeln in der Trommel; keine war bisher abgefeuert worden, und das in einer Nacht, in der man tonnenweise Schießpulver verbrannt hatte.

Als ich auf dem helleren Untergrund der Fahrbahn Räder sah, hielt ich meinen Revolver tief und entleerte ihn.

Das Auto fuhr weiter.

Ich sprang aus meinem Versteck hervor.

Plötzlich war das Auto von der leeren Straße verschwunden.

Ich hörte ein knirschendes Geräusch. Einen Aufprall. Den Lärm von Metall, das sich zusammenfaltet. Das Klirren von Glas.

Ich rannte auf die Quelle dieser Geräusche zu.

Aus dem schwarzen Haufen, in dem noch irgendwo ein Motor stotterte, sprang eine dunkle Gestalt und flitzte über den durchweichten Rasen. Ich rannte der Gestalt nach und hoffte, daß die anderen im Autowrack gut und endgültig aufgehoben waren.

Ich war kaum noch fünf Meter hinter dem Flüchtenden, als dieser über eine Hecke setzte. Ich bin kein Sprinter, aber das war er auch nicht. Auf dem nassen Gras rutschte man leicht aus.

Er stolperte, als ich mich über die Hecke schwang. Und als wir beide weiterliefen, war ich auf drei Meter an ihn herangekommen.

Einmal zielte ich auf ihn und drückte mit leerem Klicken ab. Ich hatte vergessen, daß meine Kanone längst gähnend leer war. In meiner Westentasche befanden sich noch sechs in Ölpapier gewickelte Patronen, aber jetzt war keine Zeit zum Nachladen.

Ich war versucht, ihm den leeren Revolver an den Kopf zu schmeißen. Aber das war zu riskant.

Vorne ragte ein Gebäude auf. Mein Flüchtling bog nach rechts ab, um sich seitwärts aus dem Staube zu machen.

Links ging eine schwere Flinte los.

Der Läufer verschwand um die Ecke des Hauses.

»Gott, der Gerechte!« beklagte sich die sanfte Stimme des Generals. »Daß ich einen Mann auf so kurze Entfernung mit dem Gewehr verfehle! Das mir!«

»Laufen Sie in der anderen Richtung!« schrie ich und setzte meiner Beute um die Ecke nach.

Vor mir tappten dumpf seine Füße. Sehen konnte ich ihn nicht. Der General keuchte mir von der anderen Seite entgegen.

»Haben Sie ihn?«

»Nein.«

Vor uns war eine mit Steinen bepflasterte Böschung, auf der ein Pfad entlanglief. Links und rechts von uns wuchsen hohe, dichte Hecken.

»Aber lieber Freund«, protestierte der General. »Wie konnten wir...«

Oben auf dem Pfad war ein helles Dreieck zu sehen – ein Dreieck, das zu einem Hemd gehören mochte, das sich über einem Westenausschnitt zeigt.

»Bleiben Sie hier und reden Sie!« flüsterte ich dem General zu und schlich von dannen.

»Er muß in der anderen Richtung entkommen sein«, führte der General meine Anweisungen aus, indem er drauflos schwadronierte, als stünde ich neben ihm, »denn wenn er an mir vorbeigekommen wäre, hätte ich ihn auf jeden Fall gesehen, und wenn er versucht hätte, über eine der Hecken oder auf die Böschung zu klettern, hätte einer von uns beiden sicher gesehen, wie er sich gegen den...«

So sprach er munter weiter, während ich den Schutz der Böschung erreichte und einen Platz für meine Schuhspitzen in der groben Steinverkleidung suchte.

Der Mann auf der Straße, der sich, seinen Rücken in einen Busch geschmiegt, so klein zu machen versuchte wie möglich, beobachtete den redenden General. Mich sah er erst, als ich mit den Füßen bereits auf dem Pfad stand.

Er sprang auf und riß eine Hand hoch.

Ich sprang und hatte beide Hände ausgestreckt.

Ein Stein, der unter meinem Fuß ins Rollen gekommen war, warf mich beiseite, wobei er mein Fußgelenk ruinierte, meinen Kopf aber vor der Kugel bewahrte, die sich gerade auf dem besten Wege dorthin befunden hatte.

Als ich zu Boden ging, erwischte mein ausgestreckter linker Arm den Mann an den Beinen. Er prallte voll auf mich drauf. Ich trat einmal nach ihm, bekam seinen Revolver-Arm zu fassen und hatte gerade beschlossen, ihm in diesen Arm zu beißen, als der

General sich keuchend auf die Böschung gehangelt hatte und den Mann mit der Mündung seiner Flinte von mir herunter drückte.

Als ich mit Aufstehen an der Reihe war, gefiel mir das gar nicht. Mein verknackster Knöchel machte nicht die geringsten Anstalten, diejenigen meiner 180 Pfunde, für die er zuständig war, abzustützen. Ich verlegte das meiste Gewicht auf das andere Bein und richtete den Strahl meiner Taschenlampe auf den Gefangenen.

»Tag, Flippo!« entfuhr es mir.

»Hallo, hallo«, sagte er ohne die mindeste Wiedersehensfreude.

Er war ein rundlicher junger Italiener von dreiundzwanzig oder vierundzwanzig Jahren. Vor vier Jahren hatte ich mitgeholfen, ihn wegen einer Lohngelder-Schote nach San Quentin zu schicken. Er war nun schon seit einigen Monaten auf Bewährung wieder draußen.

»Das wird der Staatsanwalt aber gar nicht komisch finden«, sagte ich zu ihm.

»Das sehen Sie grundfalsch«, maulte er. »Ich hab überhaupt nichts getan. Ich war nur hier, um ein paar Freunde zu besuchen. Und als das hier losging, mußte ich mich verstecken, weil ich doch Register habe, und wenn ich jetzt gegriffen werde, kriege ich nicht mal mehr einen Prozeß. Und jetzt haben Sie mich geschnappt und glauben sicher, ich hätte was damit zu tun.«

»Du kannst ja Gedanken lesen«, lobte ich. Den General fragte ich: »Wo können wir dieses Prachtstück eine Zeitlang sicher aufbewahren?«

»In meinem Haus ist eine Rumpelkammer mit starker Tür und ohne Fenster.«

»Das ist wohl ausreichend. Vorwärts, Flippo!«

General Plezhskjew packte den jungen Mann beim Schlafittchen, während ich hinter den beiden herhinkte und Flippos Revolver untersuchte, der bis auf die eine Kugel, die Flippo auf mich abgefeuert hatte, geladen war. Dann lud ich meinen Revolver.

Wir hatten unseren Gefangenen auf dem Grundstück des Russen gefaßt, brauchten also nicht weit zu gehen.

Der General klopfte an die Tür und rief etwas in seiner Sprache. Riegel klickten und knirschten, und ein russischer Diener mit buschigem Schnurrbart stieß die Tür auf. Hinter ihm standen die Fürstin und eine stämmige ältere Frauensperson.

Wir traten ein, der General berichtete seinem Haushalt von unserem Fang und schaffte den Häftling in die Rumpelkammer. Ich durchsuchte ihn und nahm ihm Taschenmesser und Streichhölzer ab – mehr hatte er nicht, was ihm zur Flucht hätte verhelfen können. Dann verrammelte ich sorgfältig die Tür mit einem langen Brett. Wir gingen wieder treppab.

»Sie sind verletzt!« schrie die Fürstin, als sie mich heranhumpeln sah.

»Nur ein verknackster Knöchel«, sagte ich. »Er beunruhigt mich aber nicht wenig. Gibt es hier irgendwo Klebestreifen?«

»Ja.« Und sie sprach mit dem schnauzbärtigen Diener, der aus dem Zimmer ging und sofort zurückkam. Bündelweise schleppte er Gaze und Klebestreifen an sowie ein Becken voller dampfendem Wasser.

»Wenn Sie sich vielleicht hinsetzen wollen«, sagte die Fürstin und nahm dem Diener die Sachen ab.

Ich schüttelte jedoch den Kopf und griff nach dem Klebestreifen.

»Ich brauche kaltes Wasser, weil ich wieder in die Nässe hinaus muß. Wenn Sie mir das Badezimmer zeigen, werde ich mich in null komma nichts verarzten.«

Zu diesem Thema entspann sich ein kleines Streitgespräch, aber schließlich schaffte ich es bis zum Badezimmer. Ich ließ mir kaltes Wasser über Fuß und Knöchel laufen und verkleisterte das Ganze mit Klebestreifen so stramm wie möglich, ohne die gesamte Blutzirkulation zu unterbrechen. Es war eine ziemliche Schinderei, den nassen Schuh wieder anzuziehen, aber als ich es geschafft hatte, besaß ich wieder zwei feste Beine unter mir, wenn auch das eine der beiden ziemlich schmerzte.

Als ich mich dann den anderen anschloß, bemerkte ich, daß das Schießen verstummt war, daß das Pochen der Regentropfen weniger heftig geworden war und daß sich der graue Streifen beginnenden Tageslichts unter der herabgezogenen Markise zeigte.

Ich knöpfte gerade meine Öljacke zu, als ich hörte, wie der Klopfer an der Haustür betätigt wurde. Russische Worte waren vernehmbar, und der junge Russe, den ich am Strand getroffen hatte, trat ein.

»Aleksandr, du bist ja...«, kreischte die stattliche ältere Frauensperson, als sie das Blut auf seiner Wange sah, und fiel in Ohnmacht.

Er würdigte sie nicht der geringsten Aufmerksamkeit, als sei er mit diesen Anfällen nur allzu vertraut.

»Sie sind mit dem Schiff verschwunden«, berichtete er mir, während das Mädchen mit zwei Dienern die Frau aufsammelte und auf eine Ottomane bettete.

»Wie viele?« fragte ich.

»Ich habe zehn gezählt, und ich glaube nicht, daß mir mehr als einer oder zwei entgangen sind, wenn überhaupt.«

»Die Männer, die ich dort hinuntergeschickt habe, konnten sie also nicht aufhalten?«

Er zuckte die Achseln. »Was sollten sie denn machen? Man braucht einen kräftigen Magen, um es mit einem Maschinengewehr aufzunehmen. Ihre Leute waren ausgeschaltet, bevor sie noch richtig angekommen waren.«

Inzwischen war die Ohnmächtige wieder zu sich gekommen und überschüttete den jungen Burschen mit ängstlichen, in russischer Sprache vorgebrachten Fragen. Die Fürstin zog sich ihr blaues Cape über. Die ältere Frauensperson hielt im Verhör des jungen Mannes inne und fragte sie etwas.

»Es ist alles vorbei«, sagte die Fürstin. »Ich werde nur noch die Trümmer besichtigen.«

Dieser Vorschlag gefiel allen. Fünf Minuten später waren wir vollzählig, die Dienerschaft eingeschlossen, auf dem Weg den

Hügel hinunter. Hinter uns, um uns herum, vor uns strebten noch andere Leute hügelab. Sie eilten durch den Nieselregen, der sich nun schon sehr beruhigt hatte; müd waren ihre Gesichter und aufgeregt im schwachen Morgenlicht.

Auf halbem Wege stürzte eine Frau aus einer Seitengasse und redete auf mich ein. Ich erkannte sie. Sie war eines der Dienstmädchen von Hendrixson.

Einige ihrer Worte verstand ich.

»Die Geschenke weg ... Mr. Brophy ermordet ... Oliver ...«

»Ich komme später nach«, sagte ich zu den anderen und humpelte hinter dem Dienstmädchen her. Laufen konnte ich nicht, ich konnte nicht einmal schnell gehen. Sie stand bereits mit Hendrixson und anderen seiner Dienstboten auf der Veranda, als ich ankam.

»Sie haben Oliver und Brophy umgebracht«, sagte der alte Mann.

»Wie das?«

»Wir waren im Hinterhaus, im ersten Stock, und beobachteten das Mündungsfeuer unten im Dorf. Oliver war bei uns, im Parterre; er stand gleich hinter der Haustür, und Brophy war in dem Raum mit den Geschenken. Da hörten wir einen Schuß aus der Richtung, und im selben Moment erschien ein Mann in der Tür zu unserem Zimmer. Er bedrohte uns mit zwei Pistolen und hielt uns etwa zehn Minuten lang fest. Dann machte er die Tür hinter sich zu, schloß ab und verschwand. Wir traten die Tür ein – und fanden Oliver und Brophy tot vor.«

»Ich will mir das mal ansehen.«

Den Chauffeur fand ich gleich bei der Haustür. Er lag auf dem Rücken, sein brauner Hals war vorne säuberlich durchtrennt, fast bis hin zur Wirbelsäule. Unter ihm lag seine Flinte. Ich zog sie hervor und untersuchte sie. Sie war nicht abgefeuert worden.

Im ersten Stock lag der Butler gegen eines der Beine des Tisches gelehnt, auf dem die Geschenke ausgebreitet gewesen waren. Seine Flinte war nicht mehr da. Ich drehte ihn um, legte ihn flach auf den Boden und entdeckte eine Schußwunde in seinem Brustkorb. Seine Jacke war um das Einschußloch herum stark versengt.

Die meisten Geschenke waren noch da; die wertvollen Stücke jedoch waren abgeräumt. Alles lag in heilloser Unordnung herum; sämtliche Verpackungen waren aufgerissen.

»Wie sah der Typ aus, den Sie gesehen haben?« fragte ich.

»Ich konnte ihn nicht erkennen«, sagte Hendrixson. »Wir hatten kein Licht in unserem Zimmer. Gegen das Kerzenlicht auf dem Flur hob er sich nur als schwarze Gestalt ab. Ein großer Mann mit einem schwarzen Gummimantel; irgendeine schwarze Maske mit kleinen Augenschlitzen bedeckte Kopf und Gesicht.«

»Kein Hut?«

»Nein, nur die Maske. Und die verhüllte Kopf und Gesicht.«

Als wir die Treppe hinuntergingen, gab ich Hendrixson eine kurze Zusammenfassung alles dessen, was ich gesehen, gehört und getan hatte, seit ich ihn verlassen hatte. Für eine lange Geschichte reichte es nicht.

»Glauben Sie, Sie können von dem einen, den Sie gefaßt haben, Informationen über die anderen bekommen?« fragte er, während ich mich zum Gehen wandte.

»Nein. Ich rechne aber damit, daß ich sie trotzdem zu fassen kriege.«

Die Hauptstraße von Couffignal wimmelte von Menschen, als ich da entlanghumpelte. Eine Abteilung Marine-Infanterie von Mare Island war da sowie die Besatzung eines Polizeiboots aus San Franzisko. Um das Militär wuselten aufgeregte Bürger – verschieden spärlich bekleidet – herum. Hundert Stimmen sprachen auf einmal und gaben persönliche Abenteuer, tapfere Aktionen, Verluste und Beobachtungen zum besten. Worte wie ›Maschinengewehr‹, ›Bombe‹, ›Bandit‹, ›Auto‹, ›Schuß‹, ›Dynamit‹ und ›umgebracht‹ waren immer wieder, in jeder Stimmlage und Intonation, zu hören.

Die Bank war von der Ladung, die den Tresor gesprengt hatte, völlig zerstört. Der Laden des Juweliers war ebenfalls eine Ruine. Eine Gemischtwarenhandlung auf der anderen Straßenseite diente als Feldlazarett. Dort mühten sich zwei Ärzte, blessierte Dorfbewohner zu verpflastern.

Ich erkannte ein vertrautes Gesicht unter einer Uniformmütze – Sergeant Roche von der Hafenpolizei – und drängte durch die Menge zu ihm hin.

»Eben erst angekommen?« fragte er, als wir uns die Hand gaben. »Oder hatten Sie selbst damit zu tun?«

»Letzteres.«

»Was wissen Sie?«

»Alles.«

»Wer hätte je von einem Privatdetektiv gehört, der nicht alles wüßte«, frozzelte er, als ich ihn von den Leuten wegzog.

»Seid ihr auf ein leeres Boot in der Bucht gestoßen?« fragte ich, als wir kein Publikum mehr hatten.

»Die ganze Nacht sind leere Boote in der Bucht herumgetrieben«, sagte er.

Daran hatte ich nicht gedacht.

»Wo ist euer Boot jetzt?« fragte ich ihn.

»Ausgelaufen, um die Banditen zu erwischen. Ich bin mit ein paar Leuten hiergeblieben, um ein wenig Hand anzulegen.«

»Sie haben Glück«, sagte ich ihm. »Jetzt sehen Sie mal unauffällig über die Straße. Sehen Sie den stämmigen alten Knaben mit dem schwarzen Schnurrbart, der vor der Drogerie steht?«

Dort stand General Plezhskjew, und bei ihm standen die Frauensperson, die in Ohnmacht gefallen war, der junge Russe, dessen blutige Backe die Ohnmacht verursacht hatte, und ein bleicher, dicklicher Mann in den Mittvierzigern, der auch auf dem Empfang gewesen war. Ein wenig abseits stand Ignati, einer der beiden Diener, die ich im Haus gesehen hatte, und noch einer, der offensichtlich ebenfalls dazugehörte. Sie schwatzten miteinander und beobachteten die aufgeregten Possen eines rotgesichtigen Grundeigentümers, der einem barschen Marine-Infanterieleutnant berichtete, es sei sein eigenes, persönliches, privates Automobil gewesen, welches die Banditen gestohlen hatten, um ihr Maschinengewehr draufzumontieren, und was er ferner deswegen anzuordnen gedenke.

»Ja«, sagte Roche, »ich sehe den Kerl mit dem Schnurrbart.«

»Nun, das ist Ihr Kunde. Die Frau und die beiden Männer, die bei ihm stehen, sind ebenfalls Ihre Kunden. Und die vier Russen, die links davon stehen, gehören auch zur Kundschaft. Eine fehlt noch, aber um die kümmere ich mich selber. Geben Sie das an den Leutnant weiter, und Sie können die Herzchen festnehmen, ohne daß sie sich wehren. Sie glauben, sie sind so sicher wie in Abrahams Schoß.«

»Glauben Sie wirklich?« fragte der Sergeant.

»Machen Sie sich doch nicht lächerlich«, knurrte ich, als hätte ich noch nie im Leben einen Fehler gemacht.

Ich hatte auf meinem gesunden Bein gestanden. Als ich das Gewicht auf das andere Bein verlagerte, um mich vom Sergeant abzuwenden, schmerzte es bis hinauf zur Hüfte. Ich biß die Backenzähne zusammen und arbeitete mich unter Schmerzen durch die Menge über die Straße.

Die Fürstin schien nicht unter den Anwesenden zu weilen. Ich hatte mir überlegt, daß sie – nächst dem General – die wichtigste Figur der Bande sein mußte. Wenn sie zu Hause war und noch keinen Verdacht geschöpft hatte, taxierte ich, daß ich nah genug an sie heran konnte, um sie ohne größeren Terror einbuchten zu können.

Das Gehen war die Hölle. Meine Temperatur stieg an. Schweiß perlte aus mir hervor.

»Mister, von denen ist noch keiner vorbeigekommen.«

Der einbeinige Zeitungsjunge stand neben mir. Ich begrüßte ihn wie meine leibhaftige Lohntüte.

»Komm mit«, sagte ich und nahm seinen Arm. »Das hast du hier unten ganz prima gemacht, und jetzt möchte ich, daß du mir noch einen Gefallen tust.«

Als wir uns einen halben Block weit von der Hauptstraße entfernt hatten, führte ich ihn auf die Veranda eines kleinen gelben Sommerhauses. Die Haustür stand offen; sicher hatten die Bewohner sie offengelassen, als sie ins Dorf stürmten, um Polizei und Marine-Infanterie zu begrüßen. Gleich hinter der Tür, neben einem Garderobenständer, stand ein bequemer Korbstuhl. Ich beging Hausfriedensbruch, indem ich einen Korbstuhl auf die Veranda zog.

»Setz dich, mein Junge«, drängte ich.

Er setzte sich und sah mich mit einem verdutzten, sommersprossigen Gesicht an. Ich packte seine Krücke mit festem Griff und wand sie ihm aus der Hand.

»Hier sind fünf Dollar Miete«, sagte ich, »und wenn ich sie verliere, kaufe ich dir eine aus Elfenbein und Gold.«

Ich klemmte mir die Krücke unter die Achsel und begann mich hügelan zu staken.

Es war meine erste Erfahrung mit einer Krücke. Ich brach keine nennenswerten Rekorde. Aber es war wesentlich besser, als mit einem verkorksten Knöchel herumzuwanken.

Der Weg den Hügel hinauf war länger und steiler als mancher Berg, den ich bisher erlebt hatte, aber schließlich hatte ich den Kiesweg zum Haus des Russen unter den Füßen.

Ich war noch ein paar Meter vom Portal entfernt, als Fürstin Zhukowskij die Tür öffnete.

»Oh!« rief sie, und dann, nachdem sie sich von ihrer Verwunderung erholt hatte: »Ihr Knöchel hat sich verschlimmert!« Sie kam die Stufen herunter, um mir hinaufzuhelfen. Als sie näherkam, bemerkte ich, daß sich in der rechten Tasche ihrer grauen Flanelljacke etwas Schweres wölbte und hin und her schwang.

Sie stützte mit einer Hand meinen Ellbogen, legte den anderen Arm um meinen Rücken und half mir die Treppe hinauf und durch die Vorhalle. Das beruhigte mich: sie vermutete also nicht, daß ich ihr auf die Schliche gekommen war. Andernfalls hätte sie sich nicht so vertrauensvoll in den Bereich meiner Hände begeben. Warum, so fragte ich mich, war sie zum Haus zurückgegangen, nachdem sie mit den anderen schon ins Dorf hinunter aufgebrochen war?

Während ich noch rätselte, traten wir in den Salon, und sie pflanzte mich in einen großen, weichen Ledersessel.

»Nach so einer anstrengenden Nacht müssen Sie ja schier am Verhungernsein«, sagte sie, »ich werde mal nachsehen, was ich ...«

»Nein, setzen Sie sich.« Ich wies mit dem Kopf auf einen Stuhl, der meinem Stuhl gegenüberstand. »Ich will mit Ihnen reden.«

Sie setzte sich und faltete ihre schlanken, weißen Hände im Schoß. Sie zeigte weder durch Gesichtsausdruck noch Körperhaltung die geringsten Zeichen von Nervosität, nicht einmal von Neugier. Und das war eine Spur zu dick aufgetragen.

»Wo habt ihr die Sore versteckt?« fragte ich.

Daß ihr Gesicht so weiß war, hatte gar nichts zu bedeuten. Als ich sie zum erstenmal gesehen hatte, war ihr Gesicht auch von marmorner Blässe gewesen. Die Schwärze ihrer Augen war natürlich. Ihr gesamtes Mienenspiel war unverändert. Ihre Stimme war sanft und kühl.

»Tut mir leid«, sagte sie. »Ich sehe den Sinn Ihrer Frage nicht.«

»Der Witz ist dieser«, erläuterte ich, »ich beschuldige Sie der Mittäterschaft beim Überfall auf Couffignal sowie der Beihilfe zu allen damit verbundenen Morden. Außerdem frage ich Sie, wo die Beute versteckt ist.«

Sie erhob sich langsam, reckte das Kinn und blickte auf mich aus einer Höhe von mindestens einer Meile herab.

»Wie können Sie es wagen? Wie können Sie es wagen, so mit mir, einer Zhukowskij, zu sprechen!«

»Von mir aus könnten Sie einer von den Smith Brothers sein!« Ich hatte mich vorgebeugt und war dabei mit meinem verstauchten Knöchel gegen ein Stuhlbein geraten, und die daraus resultierende Pein trug nicht im mindesten dazu bei, mein Allgemeinbefinden zu heben. »Ich spreche auch nur mit Ihnen, um Ihnen zu sagen, daß Sie eine Diebin und Mörderin sind.«

Ihr langer, schlanker Körper wurde zum Körper eines mageren, geduckten Tieres. Ihr weißes Antlitz wurde zur Fratze einer zutiefst gereizten Bestie. Eine Hand – oder Klaue – glitt zu jener schweren Jackentasche.

Dann, bevor ich auch nur mit der Wimper zucken konnte – und mein Leben hing davon ab, jetzt nicht mit der Wimper zu zucken –, war das wilde Tier verschwunden. Statt dessen stieg daraus – und jetzt weiß ich, woher die Autoren der alten Märchen und Sagen ihre Ideen haben – die Fürstin hervor, kühl und schlank und hochgewachsen.

Sie setzte sich, schlug die Beine übereinander, stützte einen Ellbogen auf die Armlehne ihres Sessels, das Kinn auf den Handrücken und sah mir neugierig voll ins Gesicht.

»Welcher unselige Umstand«, murmelte sie, »mag Sie bewogen haben, auf eine so seltsame und phantastische Theorie zu verfallen?«

»Es war weder ein unseliger Umstand noch ist die Theorie seltsam und phantastisch«, sagte ich. »Wir können vielleicht Zeit und Mühen sparen, wenn ich Ihnen ein paar Punkte nenne, die Sie auf der Latte haben. Dann wissen Sie, wie es um Sie steht, und Sie brauchen sich Ihr kostbares Hirn nicht mit dem Entwerfen einer Verteidigungsrede zu zermartern.«

»Dafür wäre ich dankbar.« Sie lächelte. »Aber schon sehr dankbar.«

Ich verstaute die Krücke zwischen Knie und Armlehne, damit ich die Hände freihatte und die einzelnen Punkte an den Fingern abzählen konnte.

»Erstens. Wer immer den Coup geplant haben mag, kannte die Insel, und zwar nicht nur einigermaßen, sondern Zoll für Zoll. Braucht man sich nicht weiter drüber zu streiten. Zweitens. Das Auto, auf dem das Maschinengewehr montiert war, gehörte hierher, es wurde seinem hiesigen Besitzer gestohlen. Dasselbe gilt für das Boot, mit dem die Banditen angeblich entkommen wollten. Banditen von außerhalb hätten sowieso einen Wagen oder ein Boot gebraucht, um Maschinengewehre, Sprengstoff und Granaten herzuschaffen, und ich sehe keinen rechten Grund, warum sie nicht so ein Auto oder Boot benutzt haben sollen, anstatt ein neues zu stehlen. Drittens. Die ganze Angelegenheit wies nicht die geringste Spur professioneller Banditenarbeit auf. Wenn Sie mich fragen, war es von Anfang bis Ende eine militärisch durchgeführte Aktion. Selbst der schlechteste Schränker der Welt wäre an den Tresorraum und den Safe des Juweliers gekommen, ohne die betreffenden Gebäude total kaputtzumachen. Viertens. Banditen von außerhalb hätten die Brücke nicht gesprengt. Blockiert, meinetwegen, aber nicht gesprengt. Sie hätten sie sich für die Flucht aufgespart. Fünftens. Banditen, die mit dem Boot abhauen wollen, hätten sich ein bißchen mehr getummelt und nicht die ganze Nacht lang herumgetrödelt. Statt dessen haben Sie hier genug Radau gemacht, um ganz Kalifornien von Sacramento bis Los Angeles aufzuwecken. Ihr habt einen Mann mit dem Boot hinausgeschickt; er sollte schießen und ist nicht weit hinausgefahren. Sobald er in sicherer Entfernung war, ging er über Bord und schwamm zur Insel zurück. Für Big Ignati zum Beispiel wäre das ein Kinderspiel gewesen.«

Damit waren die Finger meiner rechten Hand aufgebraucht. Ich wechselte auf die linke über.

»Sechstens. Einen von eurer Bande habe ich unten am Strand getroffen. Den jungen Mann. Er kam vom Boot. Und er schlug vor, daß wir es kapern sollen. Wir wurden zwar beschossen, aber der Mann, der das Maschinengewehr bediente, spielte nur mit uns. In einer Sekunde hätte er uns wegfegen können, wenn er es ernst gemeint hätte, aber er schoß über unsere Köpfe hinweg. Siebtens. Der eben erwähnte junge Mann ist der einzige Mensch auf der Insel, der den Abzug der Banditen gesehen haben will. Achtens. Ihr wart alle, soweit ihr mit mir zu tun hattet, ganz ausgesucht nett zu mir; der General hat sogar eine geschlagene Stunde lang auf dem Empfang heute nachmittag mit mir geplaudert. Damit verrät sich zweifelsfrei der Amateurgangster. Neuntens. Nachdem das Auto mit dem Maschinengewehr zu Bruch gegangen war, rannte ich dem Fahrer nach. Irgendwo hier ums Haus herum ist er mir entwischt. Der kleine Italiener, den ich aufgesammelt habe, war es nicht. Er hätte nicht zum Pfad hinaufklettern können, ohne von mir gesehen zu werden. Sehr wohl hätte er aber zu der Seite des Hauses hinüberrennen können, die der General bewachte, und sich dort ins Haus verdrücken. Der General mochte ihn und hätte ihm geholfen. Das weiß ich, weil der General ein echtes Wunder vollbrachte, als er ihn mit seiner Flinte aus einer Entfernung von knapp zwei Metern verfehlte. Zehntens. Sie sind im Haus von den Hendrixsons zu keinem anderen Zweck aufgetaucht, als um mich von dort wegzulotsen.«

Damit war die linke Hand aufgebraucht. Ich nahm wieder die Rechte.

»Elftens. Die beiden Diener von Hendrixson wurden von jemandem ermordet, den sie kannten und dem sie vertrauten. Beide wurden aus nächster Nähe getötet, ohne selbst einen Schuß abgegeben zu haben. Ich würde sagen, Sie haben Oliver dazu gebracht, daß er Sie ins Haus ließ, und während Sie mit ihm sprachen, schnitt einer Ihrer Männer ihm von hinten die Kehle durch. Dann sind Sie nach oben gegangen und haben Brophy wahrscheinlich eigenhändig erschossen. Gegen Sie hegte er ja kein Mißtrauen. Zwölftens... aber das dürfte genügen, und langsam werde ich vom Aufzählen heiser.«

Sie erhob ihr Kinn vom Handrücken, entnahm einem dünnen schwarzen Etui eine dicke weiße Zigarette und steckte sie sich in den Mund, während ich ihr Feuer gab. Sie nahm einen langen Zug, einen Zug, bei dem ein Drittel der Zigarette dran glauben mußte, und nebelte sich mit dem Rauch die Knie ein.

»Das dürfte allerdings genügen«, sagte sie, als sie mit diesen Verrichtungen fertig war, »wenn Sie nicht selbst sehr wohl wüßten, daß es uns unmöglich gewesen wäre, all dieses auszuführen. Haben Sie uns nicht – hat uns nicht jeder – immer wieder gesehen?«

»Nichts leichter als das«, wandte ich ein. »Mit ein paar Maschinengewehren, einem Koffer voll Granaten, wenn man die Insel von vorn bis hinten kennt, im Dunkeln, wenn es stürmt, gegen verängstigte Zivilisten... Kunststück. Ihr seid, soviel ich weiß, neun Personen einschließlich zwei Frauen. Jeweils fünf von euch hätten den Überfall weiter ausführen können, nachdem der Anfang erst mal gemacht war, während die anderen abwechselnd mal hier, mal dort auftauchten und für Alibis sorgten. Und genau das habt ihr getan. Abwechselnd seid ihr aufgetaucht, um euch gegenseitig mit Alibis zu versorgen. Überall stieß man auf einen von euch. Und der General! Dieser bärtige alte Spaßvogel! Wie er durch die Gegend lief und die Bürger in die Schlacht führte! Wirklich eine echte Führerpersönlichkeit! Seine Gefolgschaft kann von Glück sagen, daß sie heute morgen wenigstens noch teilweise am Leben ist!«

Sie inhalierte noch einmal, und damit war es um die Zigarette geschehen. Die Kippe warf sie auf den Teppich, trat mit einem Fuß die Glut aus, seufzte erschöpft, stützte die Hände in die Hüften und fragte: »Und wie soll es jetzt weitergehen?«

»Jetzt geht es damit weiter, daß ich wissen will, wo ihr die Sore versteckt habt.«

Die Bereitwilligkeit, mit der sie antwortete, überraschte mich.

»Unter der Garage, in einem Keller, den wir vor einigen Monaten heimlich ausgehoben haben.«

Das glaubte ich natürlich nicht; später stellte es sich aber als die Wahrheit heraus.

Weiter fiel mir nichts ein. Als ich ungeschickt mit meiner geborgten Krücke hantierte und mich zum Aufstehen rüstete, hob sie die Hand und begann leise zu sprechen. »Warten Sie bitte einen Augenblick. Ich möchte etwas vorschlagen.«

Halb aufgerichtet, beugte ich mich zu ihr hinüber und streckte eine Hand aus, bis ich sie fast berührte.

»Die Pistole will ich«, sagte ich.

Sie nickte und hielt still, während ich die Pistole aus ihrer Tasche hervorklaubte, sie in meiner Tasche verstaute und mich wieder niederließ.

»Sie sagten vorhin, es sei Ihnen gleich, wer ich bin«, begann sie sofort. »Ich möchte aber, daß Sie es wissen. Es gibt von uns Russen, die wir einst jemand waren und nun niemand mehr sind, so viele, daß ich Sie nicht mit einer Geschichte langweilen möchte, die die Welt schon bis zum Überdruß gehört hat. Aber vergessen Sie nicht, daß diese Geschichte für uns, ihre Opfer, die Wirklichkeit ist. Wie auch immer, wir flohen aus Rußland mit all der Habe, die wir tragen konnten, und das war glücklicherweise genug, um uns ein paar Jahre lang unter erträglichen Umständen über Wasser zu halten.

In London eröffneten wir ein russisches Restaurant, aber plötzlich war London voll von russischen Restaurants, und unser Restaurant wurde, anstatt uns zu ernähren, ein Zuschußgeschäft. Wir versuchten uns als Musik- und Sprachlehrer und so weiter. Kurz: wir haben alles versucht, um unseren Lebensunterhalt zu verdienen, was auch andere russische Emigranten versuchten, und so waren wir immer in übervölkerten und damit wenig profitträchtigen Branchen tätig. Aber was hatten wir denn sonst gelernt... was konnten wir denn sonst tun?

Ich hatte versprochen, Sie nicht zu langweilen. Nun, unser Vermögen schmolz, und der Tag rückte immer näher, da wir abgerissen und hungrig sein würden, der Tag, da wir den Lesern Ihrer Sonntagszeitungen vertraut werden würden – Putzfrauen, die Fürstinnen gewesen waren, Herzöge, die nun Butler waren. Für uns gab es keinen Platz auf der Welt. Ausgestoßene werden leicht zu Gesetzlosen. Warum auch nicht? Ließe sich denn behaupten, wir seien der Welt einen Dank schuldig? Hatte denn die Welt nicht tatenlos zugesehen, wie man uns Wohnung, Besitz und Vaterland raubte?

Wir hatten die Sache geplant, als wir noch gar nichts von Couffignal wußten. Wir versuchten, eine kleine Ansiedlung wohlhabender Leute zu finden, die genügend isoliert lag, und nachdem wir uns dort niedergelassen hatten, wollten wir sie plündern. Couffignal schien, als wir es gefunden hatten, der ideale Ort. Wir mieteten dies Haus für sechs Monate, wobei wir noch gerade genug Geld übrigbehielten, um hier angemessen zu leben, während unsere Pläne reiften. Vier Monate verbrachten wir damit, die Leute an uns zu gewöhnen, unsere Waffen und unseren Sprengstoff zu sammeln, unsere Offensive auszuarbeiten und auf eine günstige Nacht zu warten. Gestern nacht schien der richtige Zeitpunkt gekommen, und wir hatten uns, so dachten wir, für alle Zwischenfälle gerüstet. Aber natürlich hatten wir nicht mit Ihrer Gegenwart und Ihrem Genie gerechnet. Diese beiden Umstände gehören einfach zu den unvorhersehbaren Mißgeschicken, zu denen uns ein ungnädiges Los auf ewig verurteilt zu haben scheint.«

Sie verstummte und begann, mich mit traurigen, großen Augen zu studieren, die mich ganz zappelig machten.

»Es hat keinen Sinn, mich ein Genie zu nennen«, warf ich ein. »Ihr Leute habt lediglich die ganze Sache von vorn bis hinten versaut. Ihr General hätte sich bei jedem Menschen, der sich anmaßt, ohne militärische Ausbildung eine Armee zu führen, vor Lachen ausgeschüttet. Aber jetzt erscheint ihr, Leute mit absolut nicht der geringsten kriminellen Erfahrung, und versucht, einen Coup zu landen, zu dem ein Höchstmaß kriminellen Könnens erforderlich ist. Wie ihr allein schon mit mir herumgespielt habt! Ein profimäßiger Gangster von etwas Intelligenz hätte mich entweder in Frieden gelassen oder umgenietet. Kein Wunder, daß ihr baden gegangen seid! Und was das übrige betrifft – Ihr trauriges Los –, daran kann ich auch nichts ändern.«

»Warum?« fragte sie zaghaft. »Warum können Sie das nicht?«

»Warum sollte ich?« Ich machte es auf die unverblümte Tour.

»Außer Ihnen weiß niemand davon.« Sie beugte sich vor, um eine weiße Hand auf mein Knie zu legen. »Wohlstand wartet in jenem Keller unter der Garage. Was immer Sie haben wollen – Sie werden es bekommen.«

Ich schüttelte den Kopf.

»Sie sind doch kein Narr!« protestierte sie. »Sie wissen ...«

»Ich will mal eben etwas in aller Klarheit ansagen«, unterbrach ich. »Vergessen wir einstweilen alle Ehrlichkeit, die mir möglicherweise innewohnt, vergessen wir das Gefühl der Loyalität meinem Arbeitgeber gegenüber und so weiter. Diese Regungen nehmen Sie mir wahrscheinlich sowieso nicht ab; vergessen wir das also. Also. Ich bin Detektiv, weil mir zufällig diese Arbeit zusagt. Ich bekomme ein anständiges Gehalt, obwohl ich auch Jobs finden könnte, die mehr abwerfen. Schon hundert Dollar pro Monat wären eintausendzweihundert pro Jahr. Sagen wir mal: fünfundzwanzig- bis dreißigtausend Dollar zwischen heute und meinem sechzigsten Geburtstag.

Ich lasse nun aber fünfundzwanzig- bis dreißigtausend ehrlich verdiente Dollars sausen, weil ich gern Detektiv bin, weil ich die Arbeit mag. Und wenn man eine Arbeit mag, versucht man, sie so gut wie möglich zu tun. Sonst hätte sie keinen Sinn. Aber das ist nun wieder mein Problem. Etwas anderes kann ich nicht; etwas anderes macht mir keinen Spaß; ich will nichts anderes können; ich will nicht, daß mir etwas anderes Spaß macht. Das können Sie gegen keine noch so hohe Summe Geldes aufwiegen. Geld ist etwas Schönes. Ich habe nicht das geringste dagegen. Aber in den letzten achtzehn Jahren habe ich all meinen Spaß aus der Jagd von Gangstern und dem Knacken harter Nüsse bezogen; meine Befriedigung bestand darin, daß ich Gangster gejagt und Rätsel gelöst habe. Das ist der einzige Sport, von dem ich etwas verstehe, und ich kann mir keine angenehmere Zukunft vorstellen als weitere dingsundzwanzig ebenso verbrachte Jahre. Und das alles werde ich nicht aufs Spiel setzen!«

Langsam schüttelte sie den Kopf und senkte ihn, so daß mich nun ihre dunklen Augen unter den dünnen Bögen ihrer Brauen hervor ansahen.

»Sie reden immer nur von Geld«, sagte sie. »Ich sagte, Sie würden bekommen, was immer Sie haben wollten.«

Das war ja wohl das letzte. Man fragt sich, was in manchen Frauen vorgeht.

»Sie sind immer noch ziemlich verwirrt«, sagte ich brüsk. Inzwischen stand ich und ordnete meine geborgte Krücke. »Sie glauben, ich sei ein Mann, und Sie seien eine Frau. Das ist falsch. Ich bin ein Menschenjäger, und Sie sind ein Wild, das vor mir flieht. Daran ist nichts Menschliches. Genausogut könnten Sie von einem Jagdhund erwarten, daß er mit dem Fuchs, den er gerade gefangen hat, ›Dichterquartett‹ spielt. Wir verschwenden sowieso Zeit. Ich hatte geglaubt, die Polizei oder die Marine-Infanterie würde heraufkommen und mir einen Gang ersparen. Und Sie haben ununterbrochen auf Ihre Bande gewartet; die sollte kommen und mich schnappen. Ich hätte Ihnen gleich sagen können, daß sie verhaftet wurde, als ich sie verließ.«

Das erschütterte sie. Sie war aufgestanden. Dann wich sie einen Schritt zurück und suchte mit einer Hand Halt an ihrem Stuhl. Ein Ausruf, den ich nicht verstand, entrang sich ihrem Mund. Russisch, dachte ich, aber im nächsten Augenblick wußte ich, daß es Italienisch gewesen war.

»Heben Sie mal die Hände hoch.« Das war Flippos heisere Stimme. Flippo stand wichtig im Türrahmen und hatte eine Automatic in der Hand.

Ich hob die Hände so hoch, wie ich konnte, ohne meine hilfreiche Krücke fallenzulassen, und verfluchte mich inzwischen, weil ich zu sorglos gewesen war – oder zu eitel –, eine Pistole in der Hand zu behalten, während ich mit dem Mädchen sprach.

Deshalb also hatte sie zum Haus zurückkommen müssen. Wenn sie den Italiener befreite, hatte sie sich gedacht, würden wir keinen Grund dafür haben, an seiner Mittäterschaft beim Raubüberfall zu zweifeln und deshalb in seinem Bekanntenkreis nach den Banditen suchen. Als Gefangener dagegen hätte er natürlich versucht, uns von seiner Unschuld zu überzeugen. Sie hatte ihm die Pistole gegeben, damit er sich entweder seine Flucht freischießen konnte oder, was genauso günstig für sie gewesen wäre, bei diesem Versuch getötet wurde.

Während ich diese Gedanken in meinem Kopf noch ordnete, war Flippo hinter mich getreten. Seine leere Hand strich über meinen Körper und nahm mir meine Pistole ab sowie auch die Pistole, die ich dem Mädchen abgenommen hatte.

»Wie wär's mit einem Handel, Flippo«, sagte ich, als er sich – ein wenig seitlich – von mir entfernt hatte, so daß wir, er, das Mädchen und ich ein Dreieck bildeten. »Du bist auf Bewährung draußen und hast noch ein paar Jahre zu sitzen. Ich habe dich mit einer Kanone angetroffen. Das ist mehr als genug, um dich ins Große Haus zurückzuschicken. Ich weiß, daß du mit diesem Job nichts zu tun hattest. Ich habe das Gefühl, du warst auf eigene Faust hier und mit einer eigenen kleineren Sache beschäftigt, aber beweisen kann ich das nicht, und ich habe auch gar keine Lust dazu. Hau hier ab, allein und neutral, und ich werde vergessen, daß ich dich gesehen habe.«

Kleine, nachdenkliche Falten furchten das dunkle, runde Jungengesicht.

Die Fürstin trat einen Schritt auf ihn zu.

»Sie haben doch das Angebot gehört, das ich ihm eben gemacht habe?« fragte sie. »Nun, Ihnen mache ich dasselbe Angebot, wenn Sie ihn töten.«

Die nachdenklichen Falten im Gesicht des Jungen vertieften sich.

»Da hast du die Wahl, Flippo«, faßte ich für ihn zusammen. »Alles, was ich für dich tun kann: ich kann dir San Quentin ersparen. Die Fürstin dagegen kann dir einen fetten Anteil von einem Coup verschaffen, der in die Hose gegangen ist, einschließlich der Gelegenheit, gehängt zu werden.«

Dem Mädchen fiel der Vorteil ein, den es mir gegenüber hatte, und sie schwallte heftig italienisch auf ihn ein, eine Sprache, von der ich nur vier Worte beherrsche. Davon sind zwei unanständig und zwei säuisch. Ich sagte alle vier auf.

Der Junge schwankte. Wäre er zehn Jahre älter gewesen, hätte er mein Angebot angenommen und sich obendrein bedankt. Er war aber ein junger Spund, und sie war – jetzt, da ich darüber nachdachte – ausgesprochen schön. Die Antwort war nicht schwer zu erraten.

»Ich niete ihn aber nicht um«, sagte er auf Englisch zu ihr, damit ich auch etwas davon hatte. »Wir sperren ihn da ein, wo ich auch eingesperrt war.«

Ich hegte den Verdacht, daß Flippo nicht von großen Vorurteilen belastet war, was Mord betraf. Er hielt wohl nur gerade diesen Mord für unnötig; falls er mich nicht nur in Sicherheit wiegen wollte, um mich entsprechend leichter umbringen zu können.

Das Mädchen war von diesem Vorschlag nicht erbaut. Sie überschüttete ihn mit noch mehr heißem Italienisch. Ihr Spiel schien idiotensicher, aber es hatte einen Fehler. Sie konnte ihn nicht davon überzeugen, daß seine Chance, mit einem Teil der Beute davonzukommen, auch nur im mindesten begründet war. Sie mußte sich auf ihren Charme verlassen, um ihn umzustimmen. Und deshalb mußte sie dafür sorgen, daß er sie nicht aus den Augen verlor.

Er stand nicht weit von mir entfernt.

Sie ging ganz nah an ihn heran. Sie sang, skandierte, schmalzte italienische Silben in sein rundes Gesicht.

Sie hatte ihn geschafft.

Er zuckte die Achseln. Sein ganzes Gesicht sagte: »Ja!« Er drehte sich um...

Ich knallte ihm meine ausgeliehene Krücke über die Rübe.

Die Krücke zersplitterte. Flippo gab in den Knien nach. Dann erhob er sich zu voller Größe und fiel anschließend mit dem Gesicht auf den Fußboden. Dort lag er nun, reglos, wie tot, wenn man von dem dünnen Würmchen aus Blut absah, das langsam aus seinem Haar auf den Teppich kroch.

Ein Schritt, ein Taumeln; auf Händen und Knien robbte ich mich einen halben Meter voran, um an Flippos Kanone zu kommen.

Das Mädchen sprang mir aus dem Weg und hatte die Tür schon fast erreicht, als ich mich, die Pistole in der Hand, aufsetzte.

»Halt!« befahl ich.

»Nein«, sagte sie, blieb aber doch stehen, wenigstens vorläufig. »Ich gehe jetzt.«

»Wenn Sie gehen, dann nur mit mir.«

Sie lachte. Ein angenehmes Lachen war das, leise und voll Selbstvertrauen.

»Ich gehe sogar noch vorher«, meinte sie nachdrücklich und nicht unfreundlich. Ich schüttelte den Kopf.

»Was schlagen Sie vor? Wie wollen Sie mich aufhalten?« fragte sie.

»Ich werde Sie wahrscheinlich gar nicht aufhalten müssen«, erklärte ich. »Sie sind zu intelligent, um abzuhauen, während ich mit einer Pistole auf Sie ziele.«

Wieder lachte sie. Amüsiertes, nachsichtiges Gelächter.

»Ich bin zu intelligent, um hierzubleiben«, berichtigte sie mich. »Ihre Krücke ist kaputt, und Sie sind ein Krüppel. Sie können mich also nicht einfangen, wenn ich weglaufe. Sie behaupten zwar, Sie würden mich erschießen, aber ich glaube Ihnen nicht. Natürlich würden Sie auf mich schießen, wenn ich Sie angriffe, aber das werde ich nicht tun. Ich werde jetzt ganz einfach fortgehen, und daß Sie mich deshalb nicht erschießen werden, wissen Sie selber. Sie wären froh, wenn Sie es könnten. Sie können es aber nicht. Sie werden sehen.«

Sie sah sich über die Schulter nach mir um. Ihre dunklen Augen funkelten mich an. Sie ging einen Schritt auf die Tür zu.

»Darauf würde ich mich nicht verlassen!« drohte ich.

Als Antwort lachte sie gurrend. Und ging noch einen Schritt weiter.

»Bleiben Sie stehen, Sie dämliche Kuh!« blaffte ich.

Ihr Gesicht lachte mich immer noch über die Schulter an. Ohne Eile ging sie zur Tür, wobei sich ihr kurzer Rock aus grauem Flanell gegen die Wade des einen Beines schmiegte, während dessen Genosse bereits den nächsten Schritt türwärts unternahm.

Schweiß fettete die Pistole in meiner Hand.

Als ihr rechter Fuß die Türschwelle betrat, kam ein kleines kicherndes Geräusch aus ihrer Kehle.

»Adieu!« sagte sie milde.

Und ich pumpte eine Kugel in die Wade ihres linken Beins.

Sie setzte sich – boff – hin. Ihr weißes Gesicht war von äußerster Bestürzung gezeichnet. Für Schmerzen war es noch zu früh.

Ich hatte noch nie auf eine Frau geschossen. Unbehaglich war mir.

»Sie hätten wissen sollen, daß ich es tue!« Meine Stimme klang mir schroff und wild in den Ohren, wie die Stimme eines Fremden. »Immerhin habe ich einem Krüppel die Krücke gestohlen.«

Fliegenpapier

In diesem Fall ging es um eine Tochter auf Abwegen.

Die Hambletons waren eine alteingesessene, wohlhabende New Yorker Familie von einigem Ansehen. Die Familiengeschichte bot keinerlei Erklärung für Sue, die jüngste Tochter des Hauses. Seit ihren Backfischjahren zeigte sie die abartige Neigung, die Feinheiten des Lebens zu verachten und ihnen rohe Sitten vorzuziehen. Als sie 1926 volljährig wurde, gefiel sie sich entschieden besser auf der Zehnten Avenue in Gesellschaft von Gaunern und ihrem Ballermann-Hymie als auf der heimatlichen Fünften, wo nur Bankdirektoren verkehrten und wo der wohlgeborene Cecil Windown sich um ihre Hand bemüht hatte.

Die Hambletons versuchten alles mögliche, um Sue bessere Manieren beizubringen, aber da war es schon zu spät. Sie war mündig. Und als sie sie schließlich allesamt zum Teufel schickte und endgültig die Tür hinter sich zuschlug, war nicht mehr viel zu machen. Ihr Vater, Major Waldo Hambleton, hatte die Hoffnung aufgegeben, sie auf den Pfad der Tugend zurückzuführen, aber er wollte nicht, daß sie sich vermeidlichen Ärger einbrockte. Daher kam er zum New Yorker Büro der Continental Detective Agency und bat, daß man sie im Auge behalte.

Ballermann-Hymie war ein Gangster aus Philadelphia, der sich nach einer Meinungsverschiedenheit mit seinen Kumpeln in die große Stadt im Norden abgesetzt hatte. Sein stolzester Besitz, eine in blaukariertes Wachstuch eingewickelte Thompson-Maschinenpistole, die er mitgebracht hatte, lag etwa ein Jahr lang nutzlos bei ihm herum, da New York kein gutes Feld für Schießereien war wie Philadelphia. Inzwischen bestritt er seinen Lebensunterhalt mit einem Revolver und gezinkten Würfeln in Harlem.

Hymie und Sue hatten so drei oder vier Monate zusammen gelebt, als sich eine neue Chance zu bieten schien. Hymie hatte eine Verbindung aufgenommen, von der er sich viel versprach. Die ersten Chikago-Gangster waren nach New York gekommen, um ihre Wildwestmethoden in der Stadt einzuführen. Doch die Jungen aus Chi fanden Hymie weniger interessant als seine Thompson. Als er sie ihnen voller Stolz als das Glanzstück seiner Fähigkeiten vorwies, schossen sie ihm ein paar Löcher in den Kopf und zogen mit der Waffe ab.

Sue Hambleton begrub Hymie, verbrachte ein paar einsame Wochen, versetzte einen Ring, um sich vorläufig über Wasser zu halten, und bekam schließlich eine Stelle als Bardame in einer Flüsterkneipe, die dem Griechen Vassos gehörte.

Dort verkehrte unter anderen Babe McCloor, ein schwarzhaariger, blauäugiger, dunkelhäutiger Riese schottisch-irisch-indianischer Abstammung, der aus zweihundertfünfzig Pfund Muskeln und Knochen bestand. Babe ruhte sich gerade nach einem fünfzehnjährigen Aufenthalt in Leavenworth aus, wo er wegen Ausplünderung kleiner Postämter zwischen New Orleans und Omaha gesessen hatte. Er verdiente sich sein Geld zum Trinken, indem er in dunklen Straßen mit Passanten ›Licht aus, Messer raus‹ spielte.

Babe mochte Sue. Vassos mochte Sue. Sue mochte Babe. Und das gefiel Vassos nicht. Die Eifersucht machte den Griechen unvernünftig. Eines Abends verriegelte er die Tür seiner Kneipe, als Babe hineinwollte. So kam Babe mit einem Teil der Tür herein. Vassos zog seine Pistole, konnte aber Sue nicht von seinem Arm abschütteln. Als Babe ihn mit dem mitgebrachten Teil der Tür traf, an dem noch die Messingklinke steckte, gab er es endgültig auf. Babe und Sue verließen die Kneipe zusammen.

Bis dahin war es dem New Yorker Büro gelungen, mit Sue in Verbindung zu bleiben. Sie war nicht unter ständiger Bewachung. Das wollte ihr Vater auch nicht. Man hatte einfach etwa jede Woche einen Mann hingeschickt, der sich erkundigen sollte, ob sie noch lebte, und der bei Freunden und Nachbarn ein wenig herumschnüffelte, ohne sie natürlich merken zu lassen, daß sie beschattet wurde. Das war an sich sehr einfach gewesen, aber nachdem sie und Babe den zertrümmerten Schnapsladen verlassen hatten, war jede Spur von ihnen verschwunden.

Das New Yorker Büro durchstöberte die ganze Stadt und sandte schließlich einen Steckbrief an alle Filialen der Continental im Lande, mit Fotos und Personalbeschreibungen Sues und ihres neuen Spielgefährten. Das war Ende 1927.

Wir hatten genügend Fotos und Unterlagen, und wer von uns in den nächsten vier oder fünf Wochen über freie Zeit verfügte, schaute sich in San Franzisko und Oakland nach dem vermißten Paar um. Wir fanden sie nicht. Mitarbeiter in anderen Städten taten das gleiche und hatten auch keinen Erfolg.

Dann kam, fast ein Jahr später, ein Telegramm vom New Yorker Büro an. Wir entschlüsselten es und lasen:

»Major Hambleton erhielt heute Telegramm von Tochter San Franzisko ANF Bitte sende telegrafisch tausend Dollar Apt zweihundertsechs Eddis Street sechshunderteins STOP Heimkehre wenn erlaubst STOP Erbitte Nachricht ob ich kommen kann aber bitte drahte Geld zuerst ABF Hambleton bewilligt sofortige Zahlung STOP Beauftragen fachkundigen Mitarbeiter Sue mit Geld aufzusuchen und Rückkehr einzuleiten STOP Rückreise möglichst in Begleitung männlicher und weiblicher Mitarbeiter STOP Hambleton kabelt ihr STOP Telegrafische Meldung erbeten.«

Der Alte gab mir das Telegramm und einen Scheck und sagte: »Sie kennen die Lage. Sie werden schon wissen, was zu tun ist.«

Ich tat, als wisse ich es, ging auf die Bank, wechselte den Scheck gegen ein Bündel Scheine verschiedener Größe ein, nahm die Straßenbahn und fuhr zur Eddis Street 601, einem ziemlich großen Apartmenthaus an der Ecke der Larkin Street.

Auf dem Briefkasten in der Halle stand bei Nummer 206 der Name J. M. Wales.

Ich drückte den Knopf bei zweihundertsechs. Als der Summer ertönte, ging ich ins Haus, am Fahrstuhl vorbei und stieg die Treppe einen Stock hoch. 206 lag von der Treppe aus gerade um die Ecke.

Ein großer, schlanker Mann von etwa dreißig Jahren in einem gutsitzenden dunklen Anzug öffnete mir die Wohnungstür. Er hatte ein längliches, bleiches Gesicht und schmale dunkle Augen. Sein glattgebürstetes schwarzes Haar war leicht angegraut.

»Fräulein Hambleton«, sagte ich.

»Ach – um was geht es denn?« Seine Stimme war sanft, aber eigentlich nicht unsympathisch.

»Ich möchte sie sprechen.«

Seine Augenlider senkten sich etwas, und die Brauen zogen sich ein wenig zusammen. Er fragte: »Ist es –?« und hielt inne. Er sah mich prüfend an.

Ich sagte nichts. Jetzt beendete er seine Frage: »– vielleicht wegen eines Telegramms?«

»Genau.«

Sein langes Gesicht hellte sich sofort auf. Er fragte: »Kommen Sie von ihrem Vater?«

»Genau.«

Er trat zurück, stieß die Tür weit auf und sagte: »Kommen Sie herein. Sie hat das Telegramm von Major Hambleton gerade erst vor ein paar Minuten erhalten. Es wurde erwähnt, daß jemand kommen würde.«

Wir traten durch einen engen Gang in ein sonniges Wohnzimmer, das billig möbliert, aber recht ordentlich und sauber war.

»Bitte nehmen Sie Platz«, sagte der Mann und wies auf einen braunen Schaukelstuhl.

Ich setzte mich. Er setzte sich auf das mit grober Leinwand bezogene Sofa mir gegenüber. Ich sah mich im Zimmer um. Eigentlich wies nichts darauf hin, daß eine Frau hier wohnte.

Er rieb sich den langen Nasenrücken mit einem noch längeren Zeigefinger und fragte langsam: »Haben Sie das Geld mitgebracht?«

Ich bemerkte, ich würde das Gespräch lieber in ihrer Anwesenheit fortsetzen.

Er betrachtete seinen Finger, mit dem er sich die Nase gerieben hatte, dann blickte er mich an und sagte leise: »Aber ich bin doch ihr Freund.«

»Kann sein«, war meine Antwort.

»Ja«, wiederholte er. Er runzelte ein wenig die Stirn und verzog seinen schmallippigen Mund. »Ich habe ja nur gefragt, ob Sie das Geld mitgebracht haben.«

Ich erwiderte nichts.

»Die Sache ist nämlich die«, sagte er ganz vernünftig. »Wenn Sie das Geld bei sich haben, erwartet sie natürlich nicht, daß Sie es jemandem anders als ihr aushändigen. Haben Sie es aber nicht, so will sie Sie nicht sehen. Das ist nun einmal ihr Standpunkt. Deshalb habe ich Sie gefragt, ob Sie es mitgebracht haben.«

»Das habe ich.«

Er sah mich zweifelnd an. Ich zeigte ihm das Geld, das ich von der Bank geholt hatte. Er sprang sogleich vom Sofa auf.

»Ich hole sie gleich herein«, rief er mir über die Schulter zu, während seine langen Beine ihn zur Tür beförderten. An der Schwelle blieb er noch einmal stehen und fragte: »Kennen Sie sie? Oder soll ich ihr sagen, daß sie Ihnen irgendwelche Ausweispapiere mitbringt?«

»Das wäre wohl am besten«, sagte ich.

Er ging hinaus und ließ die Tür hinter sich offen.

Fünf Minuten später kam er mit einer schlanken, grünseiden gekleideten dreiundzwanzigjährigen Blondine zurück. Trotz ihres schlaffen, kleinen Mundes und ihrer leicht verquollenen blauen Augen sah sie noch ganz hübsch aus.

Ich erhob mich.

»Das ist Fräulein Hambleton«, sagte er.

Sie warf mir einen raschen Blick zu, senkte dann wieder die Augen und spielte nervös mit dem Griff ihrer Handtasche.

»Können Sie sich ausweisen?« fragte ich.

»Natürlich«, sagte der Mann. »Zeig's ihm, Sue.«

Sie öffnete die Handtasche, holte ein paar Papiere und anderes Zeug heraus und reichte es mir.

»Setzen Sie sich doch«, sagte der Mann, als ich sie nahm.

Sie setzten sich auf das Sofa, ich setzte mich wieder in den Schaukelstuhl und sah mir die Sachen an, die sie mir gegeben hatte. Da waren zwei an diese Wohnung adressierte Briefe an Sue Hambleton, das Telegramm ihres Vaters, der sie daheim herzlich willkommen hieß, einige quittierte Warenhausrechnungen, ein Führerschein und ein Sparbuch mit einem Guthaben von weniger als zehn Dollar.

Als ich die Prüfung beendet hatte, war die Verlegenheit aus dem Gesicht des Mädchens gewichen. Sie sah mich ruhig und gefaßt an, und der Mann neben ihr ebenfalls. Ich griff in meine Tasche, holte den Abzug des Fotos heraus, das man uns bei Beginn der Jagd aus New York geschickt hatte, und verglich es mit ihr.

»Ihr Mund kann vielleicht etwas zusammengeschrumpft sein«, sagte ich, »aber warum ist Ihre Nase um soviel länger geworden?«

»Wenn Ihnen meine Nase nicht gefällt«, sagte sie, »dann können Sie sich gefälligst zum Teufel scheren.« Sie war rot vor Wut.

»Darum geht es ja gar nicht. Es ist eine tolle Nase sogar, aber leider nicht die von Sue.« Ich hielt ihr das Foto hin. »Überzeugen Sie sich doch selbst.«

Sie starrte auf das Bild und dann auf den Mann.

»Du bist mir weiß Gott ein schlauer Bursche«, sagte sie zu ihm.

Er beobachtete mich mit dunklen, leicht zusammengekniffenen Augen. Und er ließ auch nicht den Blick von mir, als er ihr aus dem Mundwinkel kurz befahl: »Hör auf!«

Sie gehorchte. Er saß da und glotzte mich an. Ich saß da und glotzte ihn an. Eine Uhr hinter mir tickte Sekunden um Sekunden. Sein starrer Blick begann unstet zu werden. Das Mädchen seufzte.

Schließlich sagte er mit leiser Stimme: »Und was geschieht jetzt?«

Ich sagte: »Sie sitzen ganz schön in der Klemme.«

»Na und? Was können Sie mir schon nachweisen?« fragte er gelassen.

»Versuchten Betrug.«

Das Mädchen sprang auf und schlug ihm mit dem Handrücken wütend auf die Schulter. Sie schrie: »Das hast du mal wieder fein angestellt, du Trottel, mich in so einen Mist hineinzuziehen. Ach ja. Es war ja alles so einfach. Wie geschmiert sollte es gehen. Große Töne hast du geredet, wie leicht das Ding zu drehen sei. Und jetzt? Schau dich nur einmal an! Du hast ja nicht mal den Mumm, diesen Kerl hier vor die Tür zu setzen.« Sie wirbelte zu mir herum und hielt mir ihr rotes Gesicht vor die Nase – ich saß noch immer im Schaukelstuhl –, und sie fauchte: »Worauf warten Sie eigentlich noch? Wollen Sie vielleicht einen Abschiedskuß? Wir schulden Ihnen nichts, verstanden? Raus mit Ihnen! Verduften Sie. Hauen Sie endlich ab!«

»Regen Sie sich ab, junge Dame«, brummte ich, »sonst platzt Ihnen was.«

Der Mann sagte: »Herrgott noch mal, Peggy, hör mit dem Gekreisch auf und laß mal jemand anders reden.« Er wandte sich an mich. »Nun sagen Sie schon, was wollen Sie?«

»Wie sind Sie da reingekommen?« fragte ich.

Er sprach schnell und voller Eifer: »Ein Kerl namens Kenny hat mir das Zeugs da gegeben und mir von dieser Sue Hambleton erzählt, und daß ihr alter Herr stinkreich sei. Da habe ich mir gedacht, ich könne da auch mal mitmischen. Ich hab mir überlegt, entweder schickt der alte Herr das Geld auf der Stelle, oder er schickts überhaupt nicht. An die Tour mit dem persönlichen Überbringer hatte ich natürlich gar nicht gedacht. Als dann das Telegramm kam, daß jemand kommen würde, um mit ihr zu reden, hätte ich eigentlich die Sache fallenlassen sollen. Aber verdammt noch mal! Der Mann sollte schließlich mit einem Tausender anrücken. Das war doch zu schön. Da konnte man es immerhin auf einen Versuch ankommen lassen. Es sah ja auch so aus, als ob das Geschäft noch zu machen wäre, und da habe ich mir Peggy geholt, die Sues Rolle übernehmen sollte. Kam der Mann schon heute, dann war es doch einleuchtend, daß es jemand von der Westküste sein mußte, und in dem Falle stand die Chance eins zu eins, daß er Sue nicht kannte und nur eine Beschreibung von ihr hatte. Ich kann mir immer noch nicht erklären, wie Sie zu dem Foto gekommen sind. Ich hab dem alten Herrn doch erst gestern telegrafiert. Und gestern habe ich auch ein paar Briefe an Sue mit dieser Adresse hier abgeschickt, so daß wir sie mit dem restlichen Ausweiskram vorzeigen konnten, um uns beim Telegrafenamt das Geld zu holen.«

»Kenny hat Ihnen also die Adresse des alten Herrn gegeben?«

»So ist es. Genau.«

»Und die von Sue? Hat er die Ihnen auch gegeben?«

»Nein.«

»Wie ist Kenny an das Zeug gelangt?«

»Hat er mir nicht erzählt.«

»Und wo ist dieser Kenny jetzt?«

»Keine Ahnung. Er war mit einer anderen heißen Sache unterwegs nach Osten und konnte sich mit dieser Sache hier nicht selbst befassen. Deshalb hat er es an mich weitergereicht.«

»Kenny scheint ziemlich großzügig zu sein«, sagte ich. »Kennen Sie Sue Hambleton?«

»Nein. Ganz bestimmt nicht. Habe noch nie von ihr gehört, bis Kenny mir von ihr erzählt hat.«

»Dieser Kenny gefällt mir nicht«, sagte ich. »Aber ohne ihn klingt Ihre Geschichte gar nicht so schlecht. Könnten Sie mir das Ganze noch einmal erzählen und ihn einfach weglassen?«

Er schüttelte langsam den Kopf und sagte: »Dann würde es aber nicht mehr der Wahrheit entsprechen.«

»Zu schade! Mir kommt es letzten Endes weniger auf eine Anzeige wegen versuchten Betruges an, denn ich will Sue finden. Vielleicht wäre da sogar ein Geschäft für Sie drin gewesen.«

Er schüttelte nochmals den Kopf, aber seine Augen waren nachdenklich, und seine Unterlippe schob sich ein wenig hervor.

Das Mädchen war zurückgetreten, um uns beide beim Gespräch beobachten zu können. Sie wandte ihr Schmollgesicht, das offenbar Ablehnung für uns ausdrückte, von einem zum anderen, während wir uns angeregt unterhielten. Jetzt starrte sie auf den Mann, und ihre Augen funkelten vor Wut.

Ich erhob mich und sagte zu ihm: »Wie Sie wünschen. Aber wenn Sie das Spiel von dieser Seite aufziehen wollen, werde ich Sie beide mitnehmen müssen.«

Er lächelte mit zusammengepreßten Lippen und stand auf.

Das Mädchen warf sich zwischen uns und bellte ihn an.

»Ausgerechnet jetzt mußt du den Blödmann markieren.« Sie spuckte nach ihm. »Nun pack schon aus, du halbe Portion, sonst tue ichs. Du hast wohl nicht alle Tassen im Schrank, wenn du dir einbildest, ich lasse mich mit dir zusammen in die Pfanne hauen.«

»Halt's Maul!« rief er krächzend.

»Halt du mirs doch«, schrie sie.

Er versuchte es mit beiden Händen. Ich griff über ihre Schulter, packte ihn am Handgelenk und schlug seine andere Hand nach oben. Sie glitt zwischen uns hervor, rannte hinter mich und rief: »Joe kennt sie. Von ihr hat er ja das Zeug. Sie ist im St. Martin in der O'Farrell Street – sie und Babe McCloor.«

Während ich ihr zuhörte, mußte ich den Kopf zur Seite ziehen, um Joes rechtem Haken auszuweichen. Ich drehte ihm den linken Arm auf den Rücken, schnellte mit den Hüften herum, um seine Knie abzufangen, und stemmte meine linke Handfläche unter sein Kinn. Ich war gerade im Begriff, ihm den japanischen Kehlschlag zu verpassen, als er den Kampf aufgab und brummte: »Ich werde es Ihnen erzählen.«

»Na, dann mal los«, stimmte ich zu, ließ die Hände von ihm und trat zurück. Er rieb sich das Handgelenk, das ich ein wenig hart angefaßt hatte, und warf dem Mädchen einen finsteren Blick zu. Er bezeichnete sie mit vier höchst unliebenswürdigen Ausdrücken, von denen der mildeste ›blöde Kuh‹ war, und sagte zu ihr: »Der hat doch bloß geblufft. Glaubst du, der will uns wirklich in den Knast bringen? Bildest du dir etwa ein, der alte Hambleton hat jetzt gerade Zeitungsreklame nötig?« Damit hatte er allerdings nicht ganz unrecht.

Er setzte sich wieder auf das Sofa und rieb sich das Handgelenk. Das Mädchen blieb am anderen Ende des Zimmers und lachte ihn höhnisch durch die Zähne an.

Ich sagte: »Na also, jetzt erzählt mal schön, wie es gewesen ist. Wer will anfangen?«

»Sie haben ja schon alles mitgekriegt«, murmelte er. »Letzte Woche, als ich bei Babe war, hab ich mir das Zeug mitgenommen, weil ich die Geschichte kannte und es zu schade fand, eine so gute Gelegenheit einfach wegschwimmen zu lassen.«

»Was treibt Babe eigentlich dieser Tage?« wollte ich wissen.

»Weiß ich nicht.«

»Immer noch die alte Tour?«

»Weiß ich nicht.«

»Wissen Sie nicht. Sie wollen mich wohl auf den Arm nehmen?«

»Ehrenwort«, beteuerte er. »Wenn Sie Babe kennen, würden Sie wissen, daß man aus dem nichts rausbekommt.«

»Wie lange sind er und Sue schon hier?«

»Vielleicht ein halbes Jahr, soviel ich weiß.«

»Mit welcher Bande arbeitet er?«

»Weiß ich nicht. Wenn Babe mit einer Bande arbeitet, gabelt er sie sich auf der Straße auf, und da läßt er sie auch wieder liegen.«

»Wie ist er denn so bei Kasse?«

»Schwer zu sagen. Jedenfalls gibt es immer genug Essen und Schnaps in seiner Bude.«

Nach einer halben Stunde in diesem Stil gelangte ich zur Überzeugung, daß hier an Auskünften über meine Leute nicht viel zu holen war.

Ich ging ans Telefon im Flur und rief die Agentur an. Der Junge in der Vermittlung sagte mir, MacMan sei gerade bei einer Besprechung. Ich ließ ihm ausrichten, er solle hierherkommen, und ging ins Wohnzimmer zurück. Joe und Peggy unterbrachen ihr Flüstergespräch, als ich eintrat.

Keine zehn Minuten später war MacMan da. Ich ließ ihn herein und erklärte: »Dieses Bürschchen hier sagt, er heiße Joe Wales, und das Mädchen ist angeblich eine Peggy Carroll, die oben in Nummer 421 wohnt. Wir haben sie wegen versuchten Betrugs in der Zange, aber ich habe mich mit ihnen auf ein Geschäft geeinigt. Und das werde ich mir jetzt einmal ansehen. Bleib inzwischen bei ihnen in diesem Zimmer. Keiner darf raus, und keiner darf rein, und keiner außer dir geht ans Telefon. Vor dem Fenster ist eine Feuerleiter. Das Fenster ist jetzt zu. Ich würde es nicht aufmachen. Wenn sich herausstellt, daß sie mich nicht vermacht haben, lassen wir sie laufen, aber sollten sie versuchen, inzwischen irgendwelche Mätzchen zu machen, so kannst du sie dir nach Belieben vornehmen.«

MacMan nickte mit seinem harten runden Schädel und schob einen Stuhl zwischen die beiden und die Tür. Ich nahm meinen Hut.

Joe Wales rief: »He, Sie werden mich doch nicht bei Babe verpfeifen? Das muß zu unserer Abmachung gehören.«

»Nur wenn ich nicht anders kann.«

»Sonst würde ich mich nämlich lieber gleich einbuchten lassen«, meinte er. »Im Knast bin ich sicherer.«

»Ich werde sehen, was sich machen läßt«, versprach ich, »aber Sie müssen es halt nehmen, wie es kommt.«

Auf dem Wege zum St. Martin – nur ein halbes Dutzend Querstraßen von Wales' Wohnung – überlegte ich mir, wie ich am besten an McCloor und das Mädchen herankäme. Ich würde mich als ein Agent der Continental vorstellen, der Babe im Verdacht habe, in der vorigen Woche bei einem Bankfilialenüberfall in Alameda mitgemacht zu haben. Er hatte nichts damit zu tun – denn die Bankleute hatten eine halbwegs genaue Beschreibung der Räuber abgegeben – und mein angeblicher Verdacht würde ihm keinen großen Schrecken einjagen. Aber irgendwie mußte er sich ja herausreden, und da konnte er mir vielleicht einen nützlichen Hinweis liefern. Vor allem aber hatte ich vor, mir das Mädchen anzusehen, so daß ich ihrem Vater etwas zu berichten hatte. Es bestand kein Grund zu der Annahme, daß sie und Babe über die bisherigen Bemühungen des alten Herrn im Bilde waren, sie durch die Continental ausfindig zu machen. Babe war schließlich aktenkundig, und da lag es durchaus nahe, daß hie und da ein Schnüffler bei ihm aufkreuzte, um ihm etwas anzuhängen.

Das St. Martin war ein kleines dreistöckiges Apartmenthaus aus roten Ziegeln. Es lag zwischen zwei höher gebauten Hotels. Auf den Klingelschildern im Eingang fand ich ›R. K. McCloor, 313‹, wie mir Wales und Peggy gesagt hatten.

Ich drückte auf den Klingelknopf. Keine Antwort. Als sich auch beim vierten Mal nichts rührte, drückte ich auf den Knopf mit dem Schild ›Hausverwalter‹. Die Tür schnappte auf. Ich ging hinein. Eine kräftig gebaute Frau in einem rosagestreiften Baumwollkleid, dem Bügel und Reinigung nicht geschadet hätten, stand in einer Wohnungstür nahe dem Eingang.

»Ich suche Leute, die McCloor heißen«, sagte ich. »Wohnen die hier?«

»Drei-dreizehn«, sagte sie.

»Wohnen die schon lange hier?«

Sie spitzte ihren fettigen Mund, sah mich scharf an, zögerte, antwortete schließlich. »Seit letzten Juni.«

»Was wissen Sie über die McCloors?«

Jetzt wurde sie stutzig. Sie hob das Kinn und die Augenbrauen.

Ich gab ihr meine Karte. Das war unverfänglich, denn es paßte ja zu dem Vorwand, mit dem ich oben aufzutreten gedachte.

Sie las die Karte und wandte mir darauf ihr von Neugier triefendes Gesicht entgegen.

»Kommen Sie herein«, flüsterte sie mir heiser zu und trat in die Tür.

Ich folgte ihr in die Wohnung. Wir setzten uns auf ein Sofa, und sie flüsterte: »Was ist denn los?«

»Vielleicht gar nichts.« Ich sprach leise, um auf ihr theatralisches Gehabe einzugehen. »Er hat schon einmal wegen Einbruchdiebstahls gesessen. Ich möchte da etwas über ihn in Erfahrung bringen, da eine leise Möglichkeit besteht, daß er bei einem kürzlich stattgefundenen Ding mitgemacht hat. Ich weiß natürlich nicht, ob das stimmt. Es mag ja sein, daß er sich gebessert hat und jetzt sauber ist.« Ich zog sein Foto aus der Tasche – Vorder- und Profilaufnahme aus dem Zuchthaus Leavenworth – und hielt es ihr hin.

»Ist er das?«

Sie griff gierig danach, nickte und sagte: »Ja, das ist er genau.« Sie drehte das Bild um, las die Beschreibung auf der Rückseite und wiederholte: »Ja, das ist er. Ganz bestimmt.«

»Ist seine Frau hier bei ihm?« fragte ich.

Sie nickte lebhaft.

»Ich kenne sie nicht«, sagte ich. »Wie sieht sie eigentlich aus?«

Sie beschrieb ein Mädchen, das durchaus Sue Hambleton sein konnte. Ich wollte ihr Sues Bild nicht zeigen, denn damit hätte ich mich verraten, falls sie und Babe davon hören sollten.

Ich fragte die Frau, was sie sonst noch über die McCloors wisse. Es war nicht gerade viel: sie zahlten die Miete regelmäßig, lebten ohne festen Zeitplan, gaben gelegentlich Saufabende und zankten sich oft.

»Glauben Sie, sie sind jetzt zu Hause?« fragte ich. »Als ich eben geklingelt habe, hat sich niemand gemeldet.«

»Ich weiß es nicht«, flüsterte sie. »Ich hab die beiden seit vorgestern abend nicht gesehen. Da hatten sie Krach.«

»Großen Krach?«

»Nicht schlimmer als gewöhnlich.«

»Könnten Sie mal nachsehen, ob sie da sind?« fragte ich.

Sie sah mich aus den Augenwinkeln an.

»Ich will Ihnen keine Unannehmlichkeiten bereiten«, versicherte ich ihr. »Aber wenn sie getürmt sind, hätte ichs gerne gewußt – und Sie höchstwahrscheinlich auch.«

»Na schön, dann werde ich mal nachsehen.« Sie erhob sich und klopfte auf eine Tasche, in der Schlüssel klimperten. »Sie warten hier.«

»Ich werde Sie bis zum dritten Stock begleiten«, sagte ich, »und dort bei der Treppe warten, wo man mich nicht sieht.«

»Na schön«, sagte sie widerstrebend.

Im dritten Stock blieb ich beim Fahrstuhl stehen. Sie verschwand um die Ecke eines schwach beleuchteten Flurs, und bald darauf ertönte eine gedämpfte elektrische Klingel. Sie läutete dreimal. Ich hörte die Schlüssel klappern. Ich hörte sie aufschließen. Das Schloß schnappte auf. Die Türklinke quietschte, als sie sie drückte.

Dann war es eine lange Zeit still. Plötzlich gellte ein Schrei durch den Flur und hallte wider an den Wänden. Ich sprang zur Ecke, raste den Flur entlang, sah eine offenstehende Tür, trat ein und schlug die Tür hinter mir zu.

Der Schrei war verstummt.

Ich stand in einer kleinen dunklen Diele mit drei Türen zusätzlich der Wohnungstür, durch die ich gekommen war. Eine war verschlossen, eine führte ins Badezimmer, und ich ging zur dritten.

Die dicke Hausverwalterin stand da und kehrte mir den runden Rücken zu. Ich drängte mich an ihr vorbei und sah, was sie anstarrte.

Sue Hambleton lag quer auf dem Bett. Sie trug einen blaßgelben, mit schwarzer Spitze besetzten Pyjama. Die Arme waren über ihrem Kopf ausgestreckt. Ein Bein lag angewinkelt unter ihr, das andere war ausgestreckt, und der nackte Fuß berührte den Boden. Dieser nackte Fuß war entschieden zu weiß, um lebendig zu wirken, und ihr Gesicht war so weiß wie ihr Fuß, bis auf eine fleckige geschwollene Stelle zwischen der rechten Augenbraue und dem Backenknochen und dunklen Schürfungen am Hals.

»Rufen Sie die Polizei an«, sagte ich zu der Frau und begann in Ecken, Schränken und Schubladen herumzustöbern.

Es war spät am Nachmittag, als ich zur Agentur zurückkehrte. Ich bat die zuständige Angestellte, im Archiv nachzusehen, ob wir etwas über Joe Wales und Peggy Carroll hätten, und ging zum Alten ins Büro.

Er legte einige Berichte beiseite, die er gerade gelesen hatte, forderte mich mit einem Nicken auf, Platz zu nehmen, und fragte: »Haben Sie sie gesehen?«

»Ja. Sie ist tot.«

»Soso«, sagte der Alte, als hätte ich ihm gerade mitgeteilt, es regne draußen. Er lächelte höflich und aufmerksam, während ich ihm berichtete – vom Klingeln an Wales' Wohnung angefangen bis zum Augenblick, als ich der dicken Hausverwalterin im Zimmer des toten Mädchens zu Hilfe geeilt war.

»Sie ist ganz schön zusammengeschlagen worden; Gesicht und Hals weisen Blutergüsse und Schürfungen auf«, schloß ich. »Aber das hat sie nicht umgebracht.«

»Sie ist also Ihrer Ansicht nach ermordet worden?« fragte er, immer noch freundlich lächelnd.

»Ich weiß nicht. Dr. Jordan meint, es könnte Arsen gewesen sein. Er sucht noch in ihr danach herum. Wir haben nämlich eine komische Entdeckung in der Bude gemacht. Ein paar dicke, dunkelgraue Bogen Papier steckten in einem Buch – *Der Graf von Monte Christo* –, das Ganze war in eine alte Zeitung vom letzten Monat eingeschlagen und in eine dunkle Ecke zwischen Kochherd und Küchenwand geklemmt.«

»Soso, Arsen-Fliegenpapier«, murmelte der Alte. »Der Maybrick-Seddons-Trick. Man weicht es in Wasser auf. Pro Bogen kann man vier bis sechs Gran Arsen daraus gewinnen – das genügt, um zwei Leute umzubringen.«

Ich nickte und sagte: »1916 habe ich in Louisville an so einem Fall gearbeitet. Jedenfalls hat der farbige Hauswart McCloor gestern früh um halb zehn aus der Wohnung gehen sehen. Da mußte sie schon tot sein. Seitdem ist er verschwunden. Gestern früh haben die Leute in der Wohnung nebenan sie noch reden gehört. Das Mädchen soll gestöhnt haben. Aber die beiden hatten so viel Krach miteinander, daß die Nachbarn sich nichts weiter dabei dachten. Die Hauswirtin hat mir erzählt, daß sie am Abend vorher noch Krach hatten. Jetzt ist die Polizei hinter ihm her.«

»Haben Sie der Polizei gesagt, wer sie war?«

»Nein. Wie sollen wir uns da überhaupt verhalten? Wir können ihnen doch nichts über Wales erzählen, ohne alles auszupacken.«

»Ich fürchte, das wird sich auf die Dauer nicht vermeiden lassen«, sagte er nachdenklich. »Ich werde nach New York telegrafieren.«

Ich verabschiedete mich. Das Mädchen von der Ablage reichte mir ein paar Zeitungsausschnitte. Dem ersten entnahm ich, daß Joseph Wales, auch Holy Joe genannt, vor fünfzehn Monaten verhaftet worden war. Ein Bauer namens Toomey hatte ihn angezeigt, weil Wales und drei andere ihn mit einem Schwindelgeschäft hereingelegt und um zweitausendfünfhundert Dollar erleichtert hatten. Im zweiten Ausschnitt stand, daß der Fall niedergeschlagen worden war. Toomey war nicht vor Gericht erschienen und hatte sich in der üblichen Art mit Wales ›geeinigt‹, d. h. er hatte einen Teil oder vielleicht sogar sein ganzes Geld wiederbekommen. Das war alles über Wales, und über Peggy Carroll war nichts zu finden.

MacMan öffnete mir die Tür, als ich zu Wales' Wohnung zurückkehrte.

»Ist was los gewesen?« fragte ich ihn.

»Nichts – die haben bloß ständig gejammert.«

Wales kam auf mich zu und fragte aufgeregt: »Sind Sie nun endlich zufrieden?«

Das Mädchen stand am Fenster und sah mich ungeduldig an.

Ich sagte kein Wort.

»Haben Sie sie gefunden?« fragte Wales mit besorgter Miene. »Sie war doch da, wo ich gesagt habe?«

»Ja, da war sie schon«, sagte ich.

»Na also«, sein Gesicht hellte sich auf. »Damit sind Peggy und ich jetzt doch aus dem Schneider, nicht...« Er unterbrach sich, fuhr mit der Zunge über die Unterlippe, faßte sich ans Kinn und fragte bissig: »Sie haben mich bei denen doch nicht etwa verpfiffen?«

Ich schüttelte den Kopf.

Er ließ die Hand vom Kinn und fragte gereizt: »Was ist eigentlich mit Ihnen los? Was soll das? Warum stieren Sie mich so an?«

Hinter ihm ließ sich die verbitterte Stimme des Mädchens vernehmen: »Verdammt noch mal, ich hab's doch gewußt, daß der uns erst recht in die Tinte setzen würde. Ach, was bist du mir bloß für ein schlauer Bursche!«

»Bring Peggy in die Küche und mach beide Türen zu«, befahl ich MacMan. »Ich möchte mich mal mit Holy Joe hier etwas gründlich unterhalten.«

Das Mädchen ließ sich willig abführen, aber als MacMan gerade die Tür schließen wollte, steckte sie noch einmal den Kopf herein und sagte zu Wales: »Ich hoffe, er schlägt dir die Nase ein, falls du nicht endlich auspackst.«

MacMan schloß die Tür.

»Ihre Spielgefährtin scheint ja ganz der Meinung zu sein, Sie wüßten etwas«, bemerkte ich.

Wales warf einen wütenden Blick zur Tür und brummte: »Eine Hilfe ist die! Ein gebrochenes Bein wäre mir lieber!« Er wandte sich mir zu und war sichtlich bemüht, offen und freundlich auszusehen. »Was wollen Sie? Ich hab Ihnen doch mein Wort gehalten. Was ist eigentlich los mit Ihnen?«

»Raten Sie mal.«

Er biß sich auf die Lippen. »Was soll ich denn jetzt schon wieder raten?« fragte er. »Ich wills Ihnen ja nur recht machen. Aber was kann ich denn tun, wenn Sie mir nicht sagen, was Sie wollen? Ich kann Ihnen doch nicht ins Gehirn gucken.«

»Sie hätten Ihre reine Freude dran, wenn Sie das könnten, mein Lieber.«

Er schüttelte überdrüssig den Kopf und setzte sich wieder auf das Sofa, ließ den Kopf hängen und verschränkte die Hände zwischen den Knien. »Na schön«, seufzte er. »Dann lassen Sie sich halt Zeit mit Ihren Fragen. Ich kann warten.«

Ich trat auf ihn zu und stellte mich vor ihn hin. Ich nahm ihn mit dem Daumen und Finger meiner linken Hand am Kinn, hob seinen Kopf und beugte mich über ihn, bis unsere Nasen sich fast berührten. Ich sagte:

»Sie haben einen Fehler gemacht, Joe. Es war dumm, das Telegramm gleich nach dem Mord zu schicken.«

»Er ist tot?« schoß es aus ihm heraus, ehe er die Augen richtig aufreißen konnte.

Die Frage warf mich aus dem Gleichgewicht. Ich mußte mich sehr beherrschen, um nicht die Stirn zu runzeln, und ich legte zuviel Ruhe in meine Stimme, als ich fragte: »Ist *wer* tot?«

»Wer? Wie soll ich das wissen? Wen meinen Sie denn?«

»Wen – glauben Sie – meine ich wohl?«

»Wie soll ich das wissen? Na schön. Wie Sie wollen. Der alte Hambleton. Sues Vater.«

»Stimmt«, sagte ich und ließ sein Kinn los.

»Und Sie sagen, der sei ermordet worden?« Er hatte sein Gesicht nicht um einen Zentimeter bewegt und hielt es, wie ich es gehoben hatte. »Wie denn?«

»Arsen-Fliegenpapier.«

»Arsen-Fliegenpapier!« Er sah nachdenklich aus. »Komische Sache, das.«

»Ja, sehr komisch sogar. Wo würden Sie wohl hingehen und welches kaufen, falls Ihnen danach zumute wäre?«

»Welches kaufen? Keine Ahnung. Ich hab nie welches gesehen, seit ich ein Kind war. Außerdem benutzt niemand hier in San Franzisko Fliegenpapier. Es gibt nicht genug Fliegen.«

»Jemand hat hier aber welches benutzt«, sagte ich. »Für Sue.«

»Sue?« Er sprang so hastig auf, daß das Sofa quietschte.

»Jawohl, gestern früh ermordet – Arsen-Fliegenpapier.«

»Beide?« fragte er ungläubig.

»Beide wer?«

»Sie und ihr Vater.«

»Ja.«

Er senkte das Kinn auf die Brust und rieb sich die Hände. »Dann sitze ich weiß Gott im Schlamassel«, sagte er langsam.

»Da haben Sie recht«, stimmte ich ihm fröhlich zu. »Wollen Sie mal versuchen, sich da rauszureden?«

»Lassen Sie mich überlegen.«

Ich ließ ihn überlegen und horchte auf das Ticken der Uhr, während er nachdachte. Das Nachdenken trieb Schweißtropfen auf sein grauweißes Gesicht. Nach einer Weile setzte er sich gerade hin und wischte sich die Stirn mit einem buntfarbigen Taschentuch. »Ich werde reden«, sagte er. »Ich muß ja jetzt reden. Sue war im Begriff, Babe abzuhängen. Wir wollten zusammen hier weg. Sie... Warten Sie, ich zeig es Ihnen.«

Er griff in seine Tasche und reichte mir einen gefalteten Bogen dicken Briefpapiers. Ich nahm ihn und las:

»Lieber Joe!

Ich halte es nicht länger aus – wir müssen so schnell wie möglich fort von hier. Babe hat mich heute nacht wieder verprügelt. Bitte, wenn Du mich wirklich liebst, tue mir den Gefallen und laß mich nicht länger warten. Sue.«

Es war die Handschrift einer nervösen Frau, hoch, eckig und gedrängt.

»Deshalb habe ich das Ding mit Hambletons Tausender gedreht«, sagte er. »Ich bin schon seit Monaten völlig blank, und als dieser Brief gestern kam, mußte ich irgendwie frische Piepen auftreiben, um Sue hier wegzubringen. Sie war allerdings dagegen, daß ich ihren alten Herrn anzapfe, und da habe ich es eben versucht, die Sache so zu schaukeln, daß sie nichts davon zu wissen brauchte.«

»Wann haben Sie sie zum letztenmal gesehen?«

»Vorgestern. Am Tag, an dem sie den Brief abgeschickt hat. Nur habe ich sie am Nachmittag gesehen – da war sie hier –, und am Abend hat sie dann geschrieben.«

»Hatte Babe eine Ahnung von euren Plänen?«

»Das glaubten wir eben nicht. Ich weiß nicht. Er war ja ständig eifersüchtig und hat sich wie ein Wahnsinniger benommen, ob er nun Grund hatte oder nicht.«

»Wieviel Grund hatte er denn?«

Wales sah mich offen an und sagte: »Sue war ein gutes Kind.«

Ich sagte. »Möglich, aber sie ist ermordet worden.«

Er sagte nichts.

Der Tag dunkelte in den Abend über. Ich ging zur Tür und drückte auf den Lichtschalter. Während ich das tat, ließ ich Holy Joe nicht aus den Augen.

Kaum hatte ich das Licht angeknipst, da pochte etwas ans Fenster. Das Pochen war laut und hart.

Ich sah zum Fenster.

Ein Mann hockte auf der Feuerleiter und blickte durch die Scheibe und den Spitzenvorhang. Er hatte ein dunkles, grobschlächtiges Gesicht, und seiner Größe nach mußte er Babe McCloor sein. Die Mündung einer großen schwarzen Pistole drückte gegen die Scheibe vor ihm. Er hatte ans Fenster geklopft, um unsere Aufmerksamkeit zu erregen.

Unsere Aufmerksamkeit hatte er.

Im Augenblick konnte ich gar nichts tun. Ich stand einfach da und sah ihn an. Ich konnte nicht erkennen, ob er mich oder Wales anstarrte. Ich sah ihn zwar recht deutlich, aber der Spitzenvorhang verdeckte solche Einzelheiten meinem Blick. Vermutlich hatte er uns beide scharf genug im Auge, und der Spitzenvorhang konnte nicht viel vor ihm verbergen, denn er war näher dran als wir, und ich hatte das Licht eingeschaltet.

Wales saß totenstill auf dem Sofa und blickte auf McCloor. Sein Gesicht hatte einen merkwürdig eigensinnigen, starren Ausdruck angenommen. Die Augen waren bewegungslos und finster. Er atmete kaum.

McCloor klopfte mit dem Pistolenlauf gegen die Scheibe, und ein dreieckiges Stück Glas fiel heraus und zerklirrte auf dem Fußboden. Der Lärm war aber leider, wie ich befürchtete, nicht laut genug, um MacMan in der Küche zu alarmieren. Durch die beiden geschlossenen Türen konnte er es nicht hören.

Wales blickte auf die eingeschlagene Scheibe und schloß die Augen. Er tat es langsam, nach und nach, als wenn er einschliefe. Sein starres, finster ausdrucksloses Gesicht hatte sich nicht gerührt.

McCloor schoß dreimal auf ihn.

Die Kugeln schlugen Wales zuerst in das Sofa und dann an die Wand. Seine Augen öffneten sich weit und traten aus den Stirnhöhlen hervor. Seine Lippen schoben sich zu einem entsetzlichen Grinsen zurück und entblößten die Zähne bis auf das Zahnfleisch. Die Zunge schoß hervor. Dann sank sein Kopf, und er rührte sich nicht mehr.

Kaum war McCloor vom Fenster weggesprungen, als ich auf es zuraste. Ich riß den Vorhang zur Seite, riegelte das Fenster auf, schob den Rahmen hoch und hörte gerade seine Füße unten auf dem Zementboden landen.

MacMan stieß die Tür auf und kam herein. Das Mädchen folgte ihm.

»Du übernimmst das hier«, befahl ich und kletterte über den Sims. »McCloor hat ihn abgeknallt.«

Wales' Wohnung lag im zweiten Stock. Die Feuertreppe endete dort mit einer gegenbeschwerten Eisenleiter, die ein Mann mit seinem Körpergewicht bis auf den zementierten Hinterhof hinunterschwingen konnte. Ich ließ mich hinunter wie Babe McCloor vor mir, schwang die Feuerleiter, bis ich in Sprungweite vom Hof war, und ließ los.

Der Hof hatte nur einen Ausgang zur Straße. Den nahm ich.

Ein verdutzt aussehender kleiner Mann stand mitten auf dem Bürgersteig nahe beim Hofausgang und glotzte mich an, als ich herausstürzte.

Ich packte ihn am Arm und schüttelte ihn. »Ein großer Kerl – hier vorbeigerannt.« Vielleicht schrie ich. »Wohin?«

Er versuchte etwas zu sagen, brachte kein Wort heraus und

winkte mit dem Arm zu einem mit Plakaten beklebten Bretterzaun hin, der vor einem unbebauten Grundstück auf der anderen Straßenseite stand.

Ich vergaß, ihm danke zu sagen, denn ich hatte es viel zu eilig.

Ich kroch unter dem Zaun hindurch, um mir den Umweg bis zu den Öffnungen auf beiden Seiten zu sparen. Das Grundstück war ziemlich groß und hoch mit Unkraut bewachsen. Hier konnte jeder Deckung finden; man brauchte sich nur hinzulegen und war für jeden Verfolger außer Sicht – selbst der riesige Babe McCloor konnte hier Versteck spielen.

Während ich mir das überlegte, hörte ich an einer Ecke des Grundstücks einen Hund bellen. Das paßte ins Bild. Vielleicht hatte er einem vorbeirennenden Mann nachgebellt. Ich rannte hin. Der Hund war in einem von Lattenzäunen umgebenen Hinterhof, an der Ecke eines kleinen Durchgangs, der vom Grundstück auf die Straße führte.

Ich stemmte mich auf den Zaun, sah einen Drahthaarterrier auf einem leeren Hof, raste den Durchgang entlang, während der Köter auf den Zaun zusprang.

Ich steckte mein Schießeisen wieder ein, bevor ich wieder auf die Straße trat.

Ein kleiner Wagen parkte vor einem Zigarrenladen, knappe fünf Meter vom Durchgang entfernt. In der Ladentür stand ein schlanker dunkelhäutiger Mann und unterhielt sich mit einem Polizisten.

»Der große Kerl, der hier eben aus dem Durchgang gekommen ist«, sagte ich, »– in welche Richtung ist er gelaufen?«

Der Polizist machte ein blödes Gesicht. Der Schlanke nickte in Richtung die Straße hinunter, sagte: »Da entlang«, und setzte seine Unterhaltung fort. Diesmal sagte ich danke und ging bis zur nächsten Straßenecke. Dort war eine Taxihaltestelle mit Telefon und zwei freien Taxis. Anderthalb Straßenecken weiter entfernte sich eine Straßenbahn. »Hat der große Kerl, der hier eben aufkreuzte, ein Taxi genommen oder die Straßenbahn?« fragte ich die beiden Taxifahrer, die an einen der Wagen gelehnt standen. Der rattengesichtigere von beiden sagte: »Er hat kein Taxi genommen.«

»Aber ich nehme jetzt eins«, sagte ich und stieg ein. »Fahren Sie der Straßenbahn nach.«

Die Straßenbahn hatte bereits drei Straßenzüge Vorsprung, als wir endlich losfuhren, und man hatte nicht genug Sicht, um erkennen zu können, wer ein- und ausstieg. Wir erreichten sie, als sie bei der Market Street hielt.

»Fahren Sie mir nach«, rief ich dem Fahrer zu, sprang aus dem Wagen und auf die Bahn.

Von der hinteren Plattform aus spähte ich durch die Scheibe. Nur etwa acht bis zehn Personen saßen im Wagen.

»An der Hyde Street ist ein großer, schwerer Kerl eingestiegen«, sagte ich zum Schaffner. »Wo ist er ausgestiegen?«

Der Schaffner sah den Silberdollar, den ich in meinen Fingern drehte, und erinnerte sich zufällig, daß der Mann bei der Taylor Street abgestiegen war. Damit hatte er sich den Silberdollar verdient.

Ich sprang ab, als die Bahn in die Market Street einbog. Das Taxi war in kurzer Distanz gefolgt, bremste nun, und der Fahrer öffnete die Tür. »Sechste und Mission Street«, rief ich und stieg ein.

Von der Taylor Street aus hätte McCloor praktisch jede Richtung einschlagen können. Ich konnte nur noch raten. Am wahrscheinlichsten schien es mir, daß er auf die andere Seite der Market Street wollte. Inzwischen war es ziemlich dunkel geworden. Wir mußten zuerst die Fünfte herunterfahren, dann von der Market abbiegen, zur Mission Street weiter und dann wieder die Sechste herauf. Wir kamen schließlich in die Sechste – aber McCloor hatten wir nirgends entdeckt. Ich spähte die Sechste hinauf, auf beide Straßenseiten – keine Spur von McCloor.

»Zur Neunten«, befahl ich jetzt. Unterwegs beschrieb ich dem Fahrer, nach was für einem Mann ich suchte. Wir kamen in der Neunten an. Kein McCloor. Ich fluchte und strengte mein Köpfchen an.

Babe war ein krimineller Typ mit Erfahrung. San Franzisko war glühendheißes Pflaster für ihn. Seinem Verbrecherinstinkt nach würde er per Güterzug verduften, um sich aus dem Schlamassel zu hauen. Der Güterbahnhof lag in diesem Teil der Stadt. Vielleicht war er schlau genug, sich einzubuddeln, statt abzuhauen. In dem Fall war er wahrscheinlich gar nicht über die Market Street gekommen. Hatte er sich in eine Absteige verkrochen, so gab es noch eine Möglichkeit, ihn morgen zu schnappen. Wollte er aber türmen, so hieß es jetzt oder nie.

»Runter zur Harrison«, sagte ich zum Fahrer.

Wir fuhren die Harrison Street hinunter, nahmen die Dritte hinauf durch die Bryant bis zur Achten, dann die Brannan hinunter, kamen wieder in die Dritte und rasten bis zur Townsend – aber McCloor sahen wir nicht.

»Ausgesprochenes Pech«, sagte der Fahrer mitfühlend, als wir gegenüber dem Passagierbahnhof der Southern Pacific hielten.

»Ich geh mal rüber und schau mich im Bahnhof um«, sagte ich. »Halten Sie die Augen auf, während ich weg bin.«

Als ich dem wachhabenden Bullen im Bahnhof von meinem Kummer erzählte, stellte er mich zwei Kriminalbeamten in Zivil vor, die man dort auf McCloor angesetzt hatte. Sie suchten ihn, nachdem man Sue Hambletons Leiche entdeckt hatte. Daß Babe inzwischen Joe Wales abgeknallt hatte, war ihnen neu.

Ich ging wieder hinaus und fand mein Taxi vor dem Eingang. Die Hupe heulte, was sie hergab, aber sie war so asthmatisch, daß ich sie drinnen nicht gehört hatte. Der Fahrer mit der Rattenvisage war ganz aufgeregt.

»Der Kerl, den Sie mir beschrieben haben, ist eben aus der King Street gekommen und auf die 16 gesprungen, als sie gerade abfuhr.«

»In welche Richtung?«

»Da lang.« Er zeigte nach Südosten.

»Fahren Sie hin«, rief ich und sprang ein.

Die Straßenbahn war außer Sicht. Sie war in der Dritten Straße, zwei Querstraßen weiter, abgebogen. Als wir um die

Kurve kamen, war sie vier Straßen vor uns und verringerte gerade die Geschwindigkeit. Sie fuhr nicht sehr viel langsamer, als ein Mann sich weit hinausbeugte und absprang. Er war groß, wirkte aber nicht so groß wegen seiner breiten Schultern. Er bremste seinen Schwung nicht ab, sondern nutzte ihn, um über den Bürgersteig irgendwo im Nichts zu verschwinden.

Wir hielten, wo er ausgestiegen war.

Ich gab dem Fahrer ein viel zu großes Trinkgeld und sagte ihm: »Fahren Sie zur Townsend Street zurück und sagen Sie dem Polizisten im Bahnhof, ich hätte Babe McCloor bis in den S.-P.-Güterbahnhof verfolgt.

Ich glaubte, mich lautlos zwischen zwei Reihen von Güterwagen vorwärts zu bewegen, aber ich war noch keine zehn Meter gegangen, als mir das Licht einer Taschenlampe ins Gesicht leuchtete und eine scharfe Stimme befahl: »Stehenbleiben. Sie da.«

Ich stand still. Ein paar Männer kamen zwischen den Wagen hervor. Einer von ihnen nannte mich beim Namen und fügte hinzu: »Was machst du denn hier? Hast du dich verlaufen?« Es war Harry Pebble von der Kriminalpolizei.

Ich atmete erleichtert auf und sagte: »'n Abend, Harry. Auch auf der Suche nach Babe?«

»Ja. Wir haben eben die Wagen durchgekämmt.«

»Er ist hier. Ich bin ihm gerade von der Straße aus gefolgt.«

Pebble fluchte und knipste die Lampe aus.

»Paß auf, Harry«, riet ich ihm. »Mit dem ist nicht zu spaßen. Der ist schwer bewaffnet und hat eine lockere Hand. Einen hat er heute abend schon abgeknallt.«

»Den hole ich mir schon«, versprach Pebble. Er beauftragte einen seiner Leute, auf die andere Seite des Bahnhofs hinüberzugehen, dort Bescheid zu sagen, daß McCloor hier sei, sie zu warnen und telefonisch Verstärkung anzufordern.

»Wir bleiben hier einfach in Deckung, bis sie kommen«, sagte er. Das schien mir ein vernünftiger Plan zu sein. Wir hockten uns nieder und warteten. Ein schlaksiger Pennbruder, der sich in den Güterbahnhof einschleichen wollte, wurde von Pebble und mir rausgeschmissen, und weiter unten faßte einer der Männer einen vor Kälte zitternden Halbwüchsigen, der sich hinausschleichen wollte. Sonst geschah nichts, bis Leutnant Duff mit zwei Wagenladungen Polizei ankam. Der größte Teil unserer Truppe bildete einen Absperrgürtel um den ganzen Güterbahnhof. Die übrigen arbeiteten sich in Gruppen von Wagen zu Wagen durch. Wir fanden noch einige Penner, die Pebble und seine Leute vorher übersehen hatten, aber McCloor fanden wir nicht.

Wir fanden keine Spur von ihm, bis jemand über einen Walzbruder stolperte, der im Schatten einer Lore zusammengesackt lag. Es dauerte eine Weile, bis wir ihn wachgeschüttelt hatten, und auch dann konnte er nicht sprechen. Sein Kiefer war gebrochen. Aber als wir ihn fragten, ob McCloor ihn niedergeschlagen hatte, nickte er; darauf fragten wir, in welche Richtung er sich davongemacht hatte, und er winkte nach Osten.

Jetzt suchten wir den Santa-Fe-Güterbahnhof ab. McCloor fanden wir nicht.

Ich fuhr mit Duff zum Gerichtsgebäude. MacMan saß mit drei oder vier Polizeischnüfflern im Büro der Fahndungsstelle.

»Ist Wales tot?« fragte ich.

»Ja.«

»Hat er vorher noch was gesagt?«

»Der war schon weg, ehe du aus dem Fenster sprangst.«

»Und das Mädchen?«

»Sie ist hier.«

»Hat sie irgendwas erzählt?«

»Wir wollten warten, bis Sie da sind«, sagte Detektivwachtmeister O'Gar. »Hatte keinen Sinn, sie auszuquetschen, solange wir nicht wußten, was gegen sie vorliegt.«

»Nehmen wir sie uns gleich mal vor. Ich habe noch nicht zu Abend gegessen. Wie stehts mit der Autopsie von Sue Hambleton?«

»Chronische Arsenvergiftung.«

»Chronisch? Heißt das, man hat ihr das Zeug nach und nach in kleinen Dosen verpaßt, und nicht alles auf einmal?«

»Hm. Jordan meint, nach dem, was er in den Nieren, Darm, Leber, Magen und Blut gefunden hat, dürfte sie kaum mehr als ein Gran in sich gehabt haben. Das hätte an sich natürlich nicht gereicht, sie ins Jenseits zu befördern. Aber er sagt, er habe Arsen in den Haarspitzen gefunden, und demnach müßte sie das Zeug schon vor mindestens einem Monat geschluckt haben, sonst wäre es nicht so weit vorgedrungen.«

»Besteht die Möglichkeit, daß sie gar nicht mit Arsen umgebracht wurde?«

»Nein. Dann müßte Jordan schon ein Stümper sein.«

Eine Polizistin brachte Peggy Carroll herein. Das blonde Mädchen war sichtlich müde. Die Augen waren verquollen, der Mund hing schlaff, und als ich ihr einen Stuhl hinschob, sank sie erschöpft darauf nieder.

O'Gar nickte mir mit seinem grauen Rundschädel zu.

»Also, Peggy«, begann ich. »Nun erzählen Sie uns mal, was Sie mit dieser Schweinerei zu tun haben.«

»Ich habe nichts damit zu tun.« Sie blickte nicht auf. Ihre Stimme klang müde. »Joe hat mich da hereingezogen. Das hat er Ihnen ja gesagt.«

»Sind Sie seine feste Freundin?«

»Wenn Sie es so nennen wollen«, gab sie zu.

»Sind Sie eifersüchtig?«

»Was?« fragte sie und sah mich erstaunt an. »Was hat denn das damit zu tun?«

»Sue Hambleton war im Begriff, mit ihm durchzubrennen, als sie ermordet wurde.«

Das Mädchen richtete sich in ihrem Stuhl auf und sagte mit Überzeugung: »Ich schwöre bei Gott, daß ich von dem Mord nichts gewußt habe.«

»Aber daß sie tot war, das wußten Sie«, sagte ich und legte Nachdruck in meine Stimme.

»Das wußte ich nicht«, antwortete sie im selben Ton.

Ich stieß O'Gar mit dem Ellenbogen an. Er streckte seinen hervorspringenden Unterkiefer in ihre Nähe und bellte sie an:

»Wollen Sie uns vielleicht auf den Arm nehmen? Was soll das heißen? Natürlich haben Sie gewußt, daß sie tot ist. Wie können Sie das nicht wissen? Sie haben sie ja selbst umgebracht.«

Während sie ihn anstarrte, winkte ich die anderen herbei. Sie drängten sich dicht um sie und stimmten in das von O'Gar begonnene Lied mit ein. In den folgenden paar Minuten wurde sie ununterbrochen angebellt, angeschrien und angefaucht.

Sie war bereits so mürbe, daß sie gar nicht mehr versuchte zu widersprechen. Diesen Augenblick benutzte ich, um mich wieder einzumischen.

»Wartet mal«, erklärte ich sehr ernsthaft. »Vielleicht hat sie sie nicht ermordet.«

»Quatschen Sie doch keinen Blödsinn«, brummte O'Gar und stellte sich in die Mitte des Zimmers, so daß sich die anderen von ihr zurückziehen konnten, ohne daß Peggy die Regieanweisung merkte. »Wollen Sie mir vielleicht weismachen, daß diese Puppe...«

»Ich habe nicht behauptet, daß sie es nicht war«, verteidigte ich mich. »Ich habe nur gesagt, vielleicht hat sie sie nicht ermordet.«

»Wer soll es denn sonst gewesen sein?«

Ich gab die Frage an das Mädchen weiter: »Wer war es?«

»Babe«, sagte sie prompt.

O'Gar schnaufte. Sie sollte ruhig glauben, daß er sie für schuldig hielt.

Jetzt fragte ich mit gespieltem Erstaunen. »Woher wissen Sie denn das? Sie wußten doch nicht einmal, daß sie tot ist?«

»Ist doch klar, daß er es gewesen sein muß«, sagte sie. »Das sieht doch jeder. Er hat erfahren, daß sie mit Joe abhauen wollte, und da hat er sie umgelegt. Und dann ist er zu Joe gekommen und hat ihn umgelegt. Das ist jedenfalls genau, was Babe machen würde, wenn er es erfährt.«

»Was Sie nicht sagen! Und seit wann haben *Sie* gewußt, daß die beiden zusammen durchbrennen wollten?«

»Seit sie es beschlossen haben. Joe hat es mir vor ein oder zwei Monaten erzählt.«

»Und das hat Ihnen gar nichts ausgemacht?«

»Ach, Sie haben ja das noch alles gar nicht richtig mitgekriegt«, sagte sie. »Natürlich hat es mir nichts ausgemacht. Ich sollte doch an der Sache beteiligt werden. Sie wissen, daß ihr Vater die Piepen hat. Und auf die war Joe aus. Die Puppe hat ihm nichts weiter bedeutet. An die Brieftasche vom Alten wollte er ran. Und dazu brauchte er sie. Und ich sollte meinen Anteil einkassieren. Und bilden Sie sich bloß nicht ein, ich sei so belämmert, daß ich für Joe oder irgend jemand sonst aus dem Fenster springen würde. Babe hat eben die Sache spitzgekriegt und gleich alle beide umgelegt. Das liegt doch auf der Hand.«

»Meinen Sie? Und wie soll Babe sie denn umgelegt haben?«

»Der Kerl? Sie glauben doch nicht, der hätte...«

»Ich meine, wie würde er es gemacht haben? Wie hätte er sie umgelegt?«

»Ach so!« Sie zuckte mit den Schultern. »Mit seinen Händen höchstwahrscheinlich.«

»Wenn er einmal dazu entschlossen war, hätte er es schnell und gewaltsam gemacht«, versuchte ich es zu erklären.

»Genau. Das würde zu Babe passen«, stimmte sie zu.

»Aber daß er sie langsam vergiftet hätte – daß er einen ganzen Monat dazu gebraucht hätte –, das können Sie sich wohl nicht vorstellen?«

Besorgnis trat in ihre blauen Augen. Sie biß sich auf die Unterlippe und sagte dann langsam: »Nein. Daß er es so gemacht hätte, kann ich mir nicht vorstellen. Bei Babe nicht.«

»Können Sie sich vorstellen, wer es so hätte machen können?«

Sie machte die Augen weit auf und fragte: »Meinen Sie Joe?«

Ich gab keine Antwort.

»Joe könnte das gemacht haben«, sagte sie nachdenklich. »Ich frage mich allerdings, warum. Gott weiß, welche Gründe er hatte, ausgerechnet das Huhn mit den goldenen Eiern zu vergiften, denn das sollte sie ja für ihn werden. Aber bei ihm wußte man sowieso nie, worauf er hinauswollte. Er hat schon allerlei Blödheiten verzapft. Er war zu hinterfotzig, um wirklich schlau zu sein. Immerhin, wenn er sie umbringen wollte, hätte er es wohl auf diese Weise gemacht.«

»War er mit Babe befreundet?«

»Nein.«

»Ist er oft zu Babe gegangen?«

»Nicht daß ich wüßte. Er hatte viel zu großen Schiß vor Babe und hatte keine Lust, sich von ihm erwischen zu lassen. Ich bin ja extra deshalb nach oben gezogen, damit er sich mit Sue bei uns treffen konnte.«

»Wie konnte dann Joe das Fliegenpapier, mit dem er sie vergiftet hatte, in ihrer Wohnung verstecken?«

»Fliegenpapier?« Ihre Bestürzung wirkte durchaus echt.

»Zeigen Sie es ihr«, sagte ich zu O'Gar.

Er nahm einen Bogen aus dem Schreibtisch und hielt ihn ihr vor die Nase. Sie starrte es einen Augenblick lang an, sprang auf und packte mich mit beiden Händen am Arm.

»Ich hab nicht gewußt, was es ist«, sagte sie aufgeregt. »Joe hatte solches Zeug vor ein paar Monaten. Ich kam einmal gerade ins Zimmer, als er es sich anschaute. Da habe ich ihn gefragt, was das sei, und da hat er mich mit seinem oberschlauen Lächeln angegrinst und gesagt: ›Damit macht man Engel.‹ Dann hat er es wieder eingewickelt und in die Tasche gesteckt. Damals habe ich mir nichts weiter dabei gedacht. Er hat ja ständig an allen möglichen Tricks herumgebastelt, die ihn reich machen sollten, aber nachher hat es nie geklappt.«

»Haben Sie es später noch mal gesehen?«

»Nein.«

»Haben Sie Sue gut gekannt?«

»Ich kannte sie überhaupt nicht. Ich hab sie nicht einmal gesehen. Ich habe mich immer schön abseits gehalten, um Joe sein Spielchen mit ihr nicht zu vermasseln.«

»Aber Babe kannten Sie doch?«

»Ja. Ich bin auf ein paar Parties gewesen, wo er auch war. Sonst kenne ich ihn nicht weiter.«

»Wer hat Sue ermordet?«

»Joe«, sagte sie. »Er hatte doch dieses Fliegenpapier, mit dem sie – wie Sie sagten – umgebracht worden ist.«

»Warum hat er sie ermordet?«

»Weiß ich nicht. Er hat ja schon immer so dämliches Zeug angestellt.«

»Haben Sie sie nicht ermordet?«

»Nein, nein, nein!«

Ich gab O'Gar ein Zeichen.

»Sie lügen«, schrie er sie an und fuchtelte mit dem Fliegenpapier vor ihrem Gesicht herum. »Sie haben sie umgebracht.« Die anderen Beamten drängten sich wieder um sie und ließen ein wahres Trommelfeuer von Anschuldigungen über sie ergehen. Sie setzten das Spiel fort, bis sie völlig erschöpft war. Die Polizistin machte schon ein besorgtes Gesicht.

Dann rief ich in ärgerlichem Ton: »Schön. Sperrt sie in eine Zelle. Soll sie dort noch mal drüber nachdenken.« Zu ihr: »Sie wissen doch noch, was Sie heute nachmittag zu Joe gesagt haben? ›Dies ist nicht der Augenblick, den Blödmann zu markieren.‹ Also denken Sie mal schön gründlich nach heute nacht.«

»Ehrenwort, ich schwör's bei Gott, ich habe sie nicht umgebracht.«

Ich drehte ihr den Rücken zu. Die Polizistin führte sie hinaus.

»Hm –«, gähnte O'Gar. »Der haben wir in der kurzen Zeit eine ganz schöne Abreibung verpaßt.«

»Nicht schlecht«, stimmte ich zu. »Wenn wir die Wahl hätten und noch jemand anders in Frage käme, würde ich sagen, sie hat Sue nicht umgebracht. Wenn sie aber die Wahrheit sagt, dann muß es Holy Joe gewesen sein. Und wie gesagt – warum sollte er ausgerechnet seine voraussichtliche Milchkuh vergiften? Und wie und warum hat er dann das Gift in der Wohnung versteckt? Das will mir einfach nicht in den Kopf. Babe andrerseits hatte ein

Motiv, aber verdammt noch mal, er ist einfach nicht der Typ, der das auf die langsame Tour mit Gift machen würde. Allerdings kann man ja nie wissen; am Ende haben er und Holy Joe die Sache zusammen ausgeheckt. Es könnte ja sein.«

»Könnte«, sagte Duff. »Aber es gehört schon eine ziemliche Portion Phantasie dazu, sich das vorzustellen. Das nimmt Ihnen keiner ab. Sie können es drehen und wenden, wie Sie wollen, Peggy ist bis jetzt noch unser bester Tip. Wollen wir sie uns morgen früh noch mal richtig vorknöpfen?«

»Meinetwegen«, sagte ich. »Und Babe müssen wir finden.«

Die anderen hatten schon zu Abend gegessen. MacMan und ich gingen jetzt auch in die Imbißstube. Als wir nach einer Stunde ins Büro der Kriminalpolizei zurückkehrten, war praktisch kein diensthabender Beamter mehr zu finden.

»Alle sind weg zum Pier 42«, erklärte uns Steve Ward.

»Wir haben einen Tip bekommen, daß McCloor dort aufgetaucht ist.«

»Wie lange ist das her?«

»Zehn Minuten.«

MacMan und ich nahmen ein Taxi zum Pier 42. Aber wir kamen nicht bis zum Pier 42.

Auf der Ersten Straße, einen halben Block vom Embarcadero, trat der Fahrer plötzlich hart auf die Bremse. Das Taxi kreischte, schleuderte und blieb stehen.

»Was...?« begann ich wütend und sah einen Mann vor dem Wagen stehen. Es war ein großer Mann mit einer großen Kanone. »Babe«, stammelte ich und legte MacMan meine Hand auf den Arm, damit er nicht seine Pistole zog.

»Fahren Sie mich in die...« McCloor sprach zu dem verängstigten Fahrer, aber dann sah er uns. Er kam auf meine Seite zu, riß die Tür auf und hielt uns die Pistole vor die Nase.

Er war ohne Hut. Sein Haar war naß und klebte ihm am Kopf. Kleine Wasserbäche rannen ihm von der Stirn, und seine Kleider waren pitschnaß.

Er sah uns erstaunt an und kommandierte: »Raus.«

Als wir ausstiegen, brüllte er den Fahrer an: »Du Blödmann, wozu machste dein beschissenes Freischild hoch, wenn du 'ne Fuhre hast?«

Der Fahrer war nicht mehr da. Er war auf der anderen Seite ausgesprungen und flitzte die Straße hinunter.

McCloor fluchte ihm nach, stieß mit der Pistole nach mir und zischte: »Los! Abhauen!«

Anscheinend hatte er mich nicht erkannt. Die Straßenbeleuchtung war schlecht, und ich trug jetzt einen Hut. Er hatte mich auch nur ein paar Sekunden lang in Wales' Zimmer gesehen.

Ich trat zur Seite. MacMan ging auf die andere Seite. McCloor trat einen Schritt rückwärts, um zu verhindern, daß wir ihn zwischen uns bekamen.

Er setzte gerade zu einem neuen Kraftwort an, als MacMan sich auf seinen bewaffneten Arm stürzte. Ich knallte McCloor meine Faust aufs Kinn. Ich hätte ebensogut danebenhauen und jemand anders treffen können, denn es störte ihn nicht im geringsten.

Er schob mich aus dem Wege und verpaßte MacMan einen Schlag auf den Mund. MacMan taumelte zurück, fiel gegen das Taxi, spuckte einen Zahn aus und ging wieder auf ihn los.

Ich versuchte, mich von links an McCloor hochzuziehen.

MacMan kam von rechts auf ihn zu, wich einem Hieb mit dem Schießeisen nicht rechtzeitig aus, der ihn mit voller Wucht auf den Schädel traf, schlug hart auf den Boden und blieb liegen.

Ich trat McCloor gegen den Knöchel, konnte aber den Fuß darunter nicht wegstoßen, rammte ihm die rechte Faust ins Kreuz, packte ihn mit der Linken am Kopf, griff in sein nasses Haar und riß es hin und her. Er schüttelte heftig den Kopf und zerrte mich, bis ich mit den Füßen in der Luft baumelte.

Er boxte mich in die Seite und drückte mir dabei die Rippen und Eingeweide so platt wie ein Laubblatt in einem Buch – jedenfalls fühlte es sich so an.

Ich schwang ihm meine Faust ins Genick. Das irritierte ihn. Er machte ein knurrendes, rasselndes Geräusch tief aus der Brust, versuchte, mir mit der linken Hand die Schulter zu zermalmen, und schlug mit der Pistole in der rechten nach mir.

Ich trat ihn in verschiedene Stellen und knallte ihm einen weiteren Schlag ins Genick.

Weiter unten auf der Straße, beim Embarcadero, ertönte eine Polizeipfeife. Männer rannten die Erste Straße herauf in unsere Richtung.

McCloor schnaufte wie eine Lokomotive. Er schleuderte mich von sich ab. Ich wollte aber an ihm hängenbleiben und versuchte es. Er schleuderte mich nochmals ab und raste die Straße hinauf.

Ich rappelte mich wieder auf die Beine, zerrte meine Pistole aus dem Halfter und rannte ihm nach.

An der ersten Ecke blieb er stehen, um mit Blei nach mir zu spucken – er gab drei Schüsse ab, ich einen, aber keiner hatte getroffen.

Er verschwand um die Ecke. Ich lief in weitem Bogen um sie herum, damit er mich nicht abknallte, falls er flach an die Wand gedrückt auf mich wartete. Er hatte nicht gewartet. Er hatte etwa dreißig Meter Vorsprung und lief gerade durch eine zwischen zwei Lagerhäusern liegende Gasse. Ich folgte ihm hinein und hinaus und holte ein wenig auf, da ich mit meinen fünfundachtzig Kilo besser dran war als er mit seinen hundertzwanzig.

Er überquerte eine Straße, die vom Hafen wegführte. An der Ecke stand eine Laterne. Sowie ich in ihren Lichtkreis kam, wirbelte er herum und richtete seine Pistole auf mich. Ich hatte das Klicken nicht gehört, aber es mußte geklickt haben, denn jetzt warf er mit dem Ding nach mir. Das Schießeisen verfehlte mich um ein paar Zentimeter und landete krachend an einer Tür hinter mir.

McCloor raste weiter die Straße hinauf und ich hinter ihm her.

Ich schoß einmal an ihm vorbei, damit die anderen wußten, wo wir waren. An der nächsten Ecke wollte er zuerst links einbiegen, besann sich aber anders und lief geradeaus stadtwärts.

Ich sprintete, holte weitere zehn bis fünfzehn Meter auf, und rief: »Halt, oder ich knall dich ab.«

Er sprang zur Seite und verschwand in einer engen Gasse.

Ich überquerte sie mit einem Sprung, sah, daß er nicht auf mich lauerte, und lief hinein. Von der Straße aus fiel gerade genug Licht hinein, daß wir uns und unsere Umgebung erkennen konnten. Es war eine Sackgasse – an beiden Seiten und am hinteren Ende ragten Betonbauten mit vergitterten Fenstern und Türen.

McCloor stand mir gegenüber, in etwa fünf Meter Entfernung. Er reckte sein Kinn hervor, ließ die Arme lässig an den Seiten schlenkern und spannte die Schultern.

»Nimm die Pfoten hoch«, befahl ich mit gezücktem Revolver.

»Verkrümle dich, Kleiner«, knurrte er und machte einen steifbeinigen Schritt in meine Richtung. »Ich mach dich zu Hackfleisch.«

»Komm nur her«, sagte ich, »und ich leg dich um.«

»Probiers doch mal.« Er nahm einen weiteren Schritt in leicht geduckter Stellung. »Dich kann ich mir jederzeit holen. Auch mit ein paar blauen Bohnen im Bauch.«

»Kommt nur drauf an, wo ich sie dir hinknallen werde.« Ich versuchte, ihn mit Worten hinzuhalten, bis die anderen kamen, und wurde gesprächig. Ich wollte ihn nicht totschießen. Das hätten wir ihm ja leicht schon beim Taxi besorgen können. »Ich bin vielleicht nicht der beste Schütze, aber wenn ich dir nicht aus dieser Entfernung beide Kniescheiben zertrümmern kann, bist du mir herzlich willkommen. Und bilde dir bloß nicht ein, daß kaputte Kniescheiben ein Spaß sind. Du kannst es dir aussuchen.«

»Du kannst mich mal«, sagte er und startete zum Angriff.

Ich schoß ihm ins rechte Knie.

Er torkelte auf mich zu.

Ich schoß ihm ins linke Knie.

Er taumelte und sackte ab.

»Du hast es gewollt«, sagte ich bedauernd.

Er wand sich herum, stützte sich mit den Armen und hockte mir gegenüber.

»Du hast es tatsächlich geschafft. Ich hätte dir den Grips nicht zugetraut«, sagte er durch die Zähne.

Ich besuchte McCloor im Krankenhaus. Er lag auf dem Rükken im Bett und hatte den Kopf mit ein paar Kissen schräg aufgestützt. Seine Haut war blaß und um Mund und Augen herum gespannt. Sonst wies nichts darauf hin, daß er Schmerzen hatte.

»Mann, Sie haben mich vielleicht fertiggemacht«, sagte er, als ich eintrat.

»Tut mir leid«, sagte ich, »aber...«

»Ich jammre ja nicht. Ich hab's ja so gewollt.«

»Warum haben Sie eigentlich Holy Joe umgelegt?« fragte ich geradeheraus und zog mir einen Stuhl ans Bett.

»Hmhm – da drücken Sie aber auf die falsche Klingel.«

Ich lachte und erzählte ihm, daß ich der Mann in Joes Zimmer war, als es passierte.

McCloor grinste und sagte: »Dachte ich mirs doch, daß ich Sie schon irgendwo mal gesehen habe. Da war es also. Allerdings habe ich mir da Ihre Visage gar nicht richtig angesehen; ich mußte Ihnen ja vor allem auf die Finger gucken und aufpassen, daß Sie keine falsche Bewegung machten.«

»Warum haben Sie ihn umgebracht?«

Er spitzte die Lippen, heftete den Blick auf mich, schien über irgend etwas nachzudenken und sagte: »Er hat eine Puppe umgebracht, die ich kannte.«

»Er hat Sue Hambleton ermordet?« fragte ich.

Er betrachtete mich nachdenklich und antwortete nach einer Weile: »So ist es.«

»Wie haben Sie denn das herausgefunden?«

»Mensch«, sagte er. »Das brauchte ich doch gar nicht. Sue hats mir gesagt. Geben Sie mir eine Kippe.«

Ich reichte ihm eine Zigarette, gab ihm Feuer und sagte: »Das stimmt aber nicht ganz mit anderen Dingen überein, die mir bekannt sind. Also, was ist nun genau passiert, und was hat sie gesagt? Am besten fangen Sie mal von vorne an – vielleicht bei dem Abend, als Sie ihr ein Veilchen verpaßt haben.«

Er schien angestrengt nachzudenken, paffte langsam den Rauch aus der Nase und sagte: »Ich hätte sie nicht ins Auge hauen sollen, das steht nun mal fest. Aber sehen Sie, sie war den ganzen Nachmittag weggewesen und wollte mir nicht sagen, wo. Und da gab es eben Krach. Was haben wir heute – Donnerstag früh? – Dann war es also am Montag. Nach dem Krach bin ich weggegangen und habe die Nacht in so einer Bruchbude da unten in der Army Street totgeschlagen. Um sieben Uhr morgens bin ich nach Hause gekommen. Sue lag im Bett, und ihr war kotzübel, aber sie wollte nicht, daß ich einen Gesundbeter hole. Das war eigentlich schon komisch, denn sie hatte einen Mordsbammel davor.«

McCloor kratzte sich nachdenklich am Kopf und machte plötzlich einen tiefen Lungenzug, der praktisch die ganze Zigarette aufsaugte. Er ließ den Rauch aus Mund und Nase fahren und sah mich durch die Wolke blinzelnd an. Dann sagte er schroff: »Naja, dann ist sie abgekratzt. Aber vorher hat sie mir noch gesagt, daß Holy Joe sie vergiftet hat.«

»Hat sie gesagt, wie er es ihr gegeben hat?«

McCloor schüttelte den Kopf.

»Ich habe sie gefragt, was eigentlich los ist, aber ich habe nichts aus ihr rausgekriegt. Dann hat sie zu jammern angefangen. ›Babe, ich bin vergiftet‹, hat sie gejammert. ›Arsen. Der verdammte Holy Joe‹, hat sie gesagt. Dann hat sie nichts mehr gesagt, und es hat auch nicht mehr lange gedauert, da war sie weg.«

»So? Und was haben Sie dann getan?«

»Da bin ich mit dem Schießeisen los und habe Holy Joe gesucht. Ich kannte ihn, wußte aber nicht, wo er seinen Bau hatte. Erst gestern bin ich drauf gestoßen. Sie waren ja da, als ich kam. Das wissen Sie ja alles. Ich hatte mir eine Schaukel geschnappt und sie in der Turk Street geparkt zum Abhauen. Aber als ich gerade türmen wollte, stand ein Polyp direkt davor. Da habe ich mir gedacht, der weiß vielleicht, daß der Schlitten heiß ist und sagt sich, mal sehen, wer ihn abholt. Ich also nichts wie weg, in die Straßenbahn und runter zum Güterbahnhof. Dort bin ich fast einer ganzen Horde Bullen in die Arme gelaufen und mußte im China-Becken über Bord gehen. Ich bin an einen Pier geschwommen, aber da steht schon wieder so ein Wachmann. Also zum nächsten Pier, und schließlich bin ich auch durch die Absperre gekommen, aber bloß um in ein neues Schlamassel hineinzurennen. Ich hätte die Taxe gar nicht angehalten, wenn das Freischild nicht nach oben gestanden hätte.«

»Wußten Sie, daß Sue vorhatte, Ihnen mit Joe durch die Latten zu gehen?«

»Das weiß ich immer noch nicht«, sagte er. »Ich wußte verdammt genau, daß sie mich anschiß und fremdging, aber mit wem, das wußte ich nicht.«

»Was hätten Sie getan, wenn Sie es gewußt hätten?«

»Ich?« Er grinste hämisch. »Genau, was ich getan habe.«

»Nämlich alle beide umgebracht.«

Er strich sich mit dem Daumen über die Unterlippe und fragte mich ganz ruhig: »Sie glauben, ich habe Sue umgebracht?«

»Das haben Sie auch.«

»Geschieht mir recht«, sagte er. »Ich muß tatsächlich trottlig geworden sein, auf meine alten Tage. Da laß ich mich von einem lausigen Schnüffler einseifen. Sowas kann einem auch nichts wie Kummer einbringen. Junge, Junge, jetzt ist aber Feierabend. Hauen Sie bloß ab. Ich habe ausgesungen.«

Und das hatte er. Ich bekam kein einziges Wort mehr aus ihm heraus.

Der Alte saß da und hörte mir zu. Er klopfte mit der Spitze eines langen gelben Bleistifts leise auf den Schreibtisch und starrte mit seinen sanften blauen Augen durch seine randlose Brille an mir vorbei. Als ich ihm meine Geschichte bis zum letzten Stand der Dinge erzählt hatte, fragte er freundlich: »Wie geht es MacMan?«

»Er hat zwei Zähne verloren, aber sein Schädel ist nicht gebrochen. In ein paar Tagen ist er wieder raus.«

Der Alte nickte und fragte: » Was wäre jetzt noch zu tun?«

»Nichts. Wir können Peggy noch einmal ausquetschen, aber wahrscheinlich werden wir nichts mehr aus ihr herausholen. Im übrigen haben wir ja so ziemlich alles Beweismaterial.«

»Und was schließen Sie daraus?«

Ich wand mich in meinem Stuhl und sagte: »Selbstmord.«

Der Alte lächelte mich skeptisch, aber höflich an.

»Mir gefällt es ja auch nicht besonders«, brummte ich. »Und ich bin noch nicht bereit, das in meinen Bericht zu schreiben. Aber es ist im Augenblick die einzige Rechnung, die aufgeht. Das Fliegenpapier lag hinter dem Kochherd versteckt. Es wäre ja reiner Wahnsinn, wenn jemand etwas vor einer Frau ausgerechnet in ihrer eigenen Küche verstecken wollte. Aber die Frau selbst könnte es dahin getan haben.

Nach Peggys Aussage hat Holy Joe das Fliegenpapier gehabt. Wenn Sue es versteckt hat, mußte sie es von ihm bekommen haben. Aber wofür? Sie beabsichtigten, zusammen durchzubrennen, und sie warteten, bis Joe, der mal wieder völlig blank war, den nötigen Zaster beisammen hatte. Vielleicht hatten sie Schiß vor Babe und bewahrten das Gift auf, um ihn umzulegen, falls er Lunte roch, bevor sie abhauten. Vielleicht wollten sie es ihm auf alle Fälle geben, bevor sie abhauten.

Als ich Holy Joe zuerst etwas von Mord erzählte, glaubte er, Babe sei derjenige, der umgelegt worden ist. Kann sein, daß er überrascht war, aber vielleicht war er das nur, weil es so früh passierte. Er war noch mehr überrascht, als er hörte, daß es auch Sue erwischt hatte, aber die größte Überraschung kam für ihn, als er McCloor lebendig am Fenster erblickte. Als sie starb, hat sie auf Holy Joe geflucht; sie wußte, daß sie vergiftet war, und sie wollte nicht, daß McCloor den Arzt holte. Könnte man daraus nicht schließen, daß sie plötzlich auf Joe sauer war und das Gift selbst nahm, anstatt Babe damit zu füttern? Das Gift war vor Babe versteckt. Aber selbst wenn er es gefunden hätte, kann ich ihn mir nicht als einen Giftmörder vorstellen. Dazu ist er zu gewalttätig. Höchstens könnte er sie überrascht haben, als sie es ihm verabreichen wollte, und hat sie gezwungen, das ganze Zeug zu schlucken. Aber das erklärt wieder nicht das Arsen in ihren Haarspitzen.«

»Und Ihre Selbstmordtheorie würde es erklären?« fragte der Alte.

»Könnte«, sagte ich. »Hauen Sie bloß keine Löcher in meine Theorie. Sie hat schon so genug. Aber wenn sie dieses Mal Selbstmord begangen hat, dann gibt es keinen Grund, warum sie es nicht früher schon versucht haben sollte – zum Beispiel vor einem Monat, nachdem Babe sie wieder einmal verprügelt hatte. Nur ist es ihr damals nicht gelungen. Das würde das Arsen in ihrem Körper erklären. Es gibt doch keinen Beweis, daß sie seit einem Monat – bis vorgestern – welches genommen hat.«

»Keinen eindeutigen Beweis«, wandte der Alte milde ein. »Außer dem Autopsiebefund – chronische Arsenvergiftung.«

Das waren Vermutungen von Sachverständigen, die mich nie sonderlich beeindrucken konnten. Ich sagte: »Die gehen doch nur von den kleinen Mengen Arsen aus, die sie in der Leiche gefunden haben – und das ist weniger als eine tödliche Dosis. Und die Menge, die sie nach dem Tod im Magen finden, hängt doch ganz davon ab, wieviel sie erbrochen hat, bevor sie starb.«

Der Alte lächelte wohlwollend und fragte: »Aber wie Sie sagen, sind Sie noch nicht bereit, diese Theorie in Ihrem Bericht anzuführen. Was gedenken Sie nun in der Zwischenzeit zu unternehmen?«

»Wenn sonst nichts Eiliges vorliegt, gehe ich nach Hause, räuchere mir die Gehirnzellen mit Fatimazigaretten aus und versuche, die Geschichte klar in den Kopf zu kriegen. Ich denke, ich werde mir ein Exemplar des *Graf von Monte Christo* besorgen und es mir einmal durchlesen. Ich habe das Buch mal als Kind gehabt. Das Fliegenpapier soll doch mit dem Buch zusammen eingewickelt worden sein, damit das Bündel dick genug war, um es zwischen den Herd und die Küchenwand zu klemmen, so daß es nicht runterfiel. Aber irgendwas könnte doch in dem Buch stehen. Ich sehe es mir auf jeden Fall einmal an.«

»Das habe ich gestern abend getan«, murmelte der Alte.

Ich fragte: »Und?«

Er holte ein Buch aus seiner Schreibtischschublade, öffnete es an einer mit einem Papierstreifen markierten Stelle und reichte es mir. Sein rosiger Finger wies auf einen Absatz.

»Vorausgesetzt, Sie nähmen am ersten Tag ein Milligramm dieses Giftes ein, am zweiten Tag zwei und so fort. Am zehnten Tage hätten Sie also ein Zentigramm eingenommen: am zwanzigsten Tage hätten Sie, stets ein Milligramm mehr nehmend, dreihundert Zentigramm eingenommen; das heißt, eine Dosis, die Sie ohne Beschwerden vertragen würden, die aber für jede Person, die nicht dieselben Vorsichtsmaßnahmen wie Sie getroffen hat, außerordentlich gefährlich wäre. Nun können Sie nach einem Monat eine Person, die mit Ihnen das Wasser aus derselben Karaffe tränke, töten, ohne die Anwesenheit der Giftstoffe im Wasser anders als durch ein leichtes Übelsein an sich selbst zu spüren.«

»Da haben wir es«, sagte ich. »Da haben wir es. Sie hatten Angst abzuhauen, ohne Babe umzubringen, weil sie sicher waren, daß er ihnen nachkommen würde. Sie hat versucht, sich gegen Arsenvergiftung immun zu machen und hat ihren Körper durch ständig zunehmende Dosen daran gewöhnt. Dann konnte sie Babe die große Portion ins Essen mischen und sich ruhig mit ihm zu Tisch setzen. Ihr wäre bloß ein bißchen übel gworden, sie wäre aber nicht gestorben, und die Polizei hätte ihr seinen Tod nicht anhängen können, weil sie ja das gleiche vergiftete Essen geschluckt hätte.

Das paßt. Nach diesem Krach am Montagabend schrieb sie dann an Joe diesen Brief und drängte ihn, möglichst schnell mit ihr abzuziehen. Da hat sie versucht, schneller immun zu werden und hat einfach zuviel auf einmal genommen. Deshalb hat sie auch zum Schluß auf Joe geflucht. Der Plan stammte von ihm.«

»Möglicherweise hat sie die Überdosis genommen, um es schneller zu schaffen«, stimmte mir der Alte zu, »aber nicht unbedingt. Es gibt Leute, die imstande sind, ohne weiteres große

Dosen von Arsen einzunehmen und eine Gewöhnung zu züchten, aber bei denen ist es eine Art von natürlicher Gabe, irgendeine Besonderheit im Organismus. Normalerweise wird es jedem, der so etwas versucht, nicht anders als Sue Hambleton ergehen. Man vergiftet sich langsam, bis der Anhäufungseffekt stark genug ist, um den Tod herbeizuführen.«

Babe McCloor wurde sechs Monate später wegen Mordes an Holy Joe Wales gehängt.

Glut am Gesicht

»Wir haben sie gestern zurückerwartet«, beendete Alfred Banbrock seine Geschichte. »Als sie bis heute morgen nicht gekommen waren, rief meine Frau Mrs. Walden an. Mrs. Walden sagte, sie wären gar nicht dort unten gewesen, und man hätte sie auch nicht erwartet.«

»Auf den ersten Blick«, meinte ich, »sieht es so aus, als wären Ihre Töchter aus eigenem Antrieb weggegangen und als blieben sie auch aus eigenem Antrieb fort.«

Banbrock nickte ernst. Schlaffe Muskeln schwabbelten in seinem fleischigen Gesicht.

»Es scheint so«, stimmte er mir zu. »Deshalb bin ich ja auch nicht zur Polizei gegangen, sondern habe mich an Ihre Agentur um Hilfe gewandt.«

»Sind sie früher schon mal verschwunden?«

»Nein. Wenn Sie Zeitungen und Illustrierte lesen, ist Ihnen sicher nicht entgangen, daß die jüngere Generation zum Schlendrian neigt. Meine Töchter kamen und gingen so ziemlich, wie es ihnen paßte. Aber obwohl ich nie wußte, was sie vorhatten, war uns im großen und ganzen immer bekannt, wo sie waren.«

»Können Sie sich irgendeinen Grund für ihr Verschwinden denken?«

Er schüttelte müde den Kopf.

»Hat es in letzter Zeit Streit gegeben?« bohrte ich weiter.

»N-« Er verbesserte sich: »Ja, doch ich habe ihm keine Bedeutung beigemessen und hätte mich nicht daran erinnert, wenn Sie nicht meinem Gedächtnis nachgeholfen hätten. Es war am Donnerstagabend – am Abend, bevor sie fortgingen.«

»Und worum drehte es sich?«

»Natürlich um Geld. Das war das einzige, weshalb es zwischen uns Streit gab. Ich gab jeder meiner Töchter ein angemessenes Taschengeld – vielleicht ein sehr reichliches. Und ich war auch sonst nicht kleinlich. Es gab nur wenige Monate, in denen sie nicht mehr brauchten. Am Donnerstagabend baten sie mich um eine Summe, die noch höher als üblich war und das, was zwei junge Mädchen brauchen, weit überschritt. Ich wollte sie ihnen nicht geben, gab ihnen aber schließlich einen etwas kleineren Betrag. Wir haben nicht direkt gestritten, aber es herrschte eine ziemlich gereizte Stimmung zwischen uns.«

»Und nach dieser Auseinandersetzung sagten sie, daß sie übers Wochenende zu Mrs. Walden nach Monterey fahren wollten?«

»Möglich. Ich bin mir dessen nicht ganz sicher. Ich glaube, daß ich erst am nächsten Morgen davon hörte, aber vielleicht haben sie es meiner Frau schon vorher gesagt.«

»Und Sie können sich keinen anderen Grund denken, warum sie verschwunden sind?«

»Keinen. Ich kann mir nicht vorstellen, daß unser Streit wegen des Geldes – der überhaupt nichts Ungewöhnliches war – etwas damit zu tun hatte.«

»Was hält ihre Mutter von der Sache?«

»Ihre Mutter ist tot«, korrigierte mich Banbrock. »Meine Frau ist ihre Stiefmutter. Sie ist nur zwei Jahre älter als Myra, meine ältere Tochter. Sie ist genauso ratlos wie ich.«

»Sind Ihre Töchter und ihre Stiefmutter gut miteinander ausgekommen?«

»Aber ja! Ausgezeichnet! Bei Familienstreitigkeiten standen sie meistens zusammen gegen mich.«

»Ihre Töchter sind am Freitagnachmittag aufgebrochen?«

»Mittags – vielleicht ein paar Minuten danach. Sie wollten mit dem Wagen fahren.«

»Der Wagen ist natürlich auch verschwunden?«

»Klar.«

»Was für einer ist es?«

»Ein Locomobile, mit einer speziellen Kabriolett-Karosserie. Schwarz.«

»Können Sie mir das Kennzeichen und die Motornummer geben.«

»Sicher.«

Er drehte sich auf seinem Stuhl zu dem großen Rollpult um, das ein Viertel der einen Bürowand verdeckte, kramte zwischen den Papieren in einem Fach herum und las mir die Nummern über seine Schulter hinweg vor. Ich schrieb sie auf die Rückseite eines Briefumschlags.

»Ich werde den Wagen auf die polizeiliche Fahndungsliste für gestohlene Autos setzen lassen«, sagte ich ihm. »Das läßt sich machen, ohne Ihre Töchter zu erwähnen. Vielleicht findet die Polizei den Wagen. Das würde uns helfen, Ihre Töchter zu finden.«

»Einverstanden«, sagte er, »aber hoffentlich kann unliebsames Aufsehen vermieden werden. Wie ich Ihnen schon sagte, möchte ich nicht mehr Publicity als unbedingt nötig – außer es erweist sich als wahrscheinlich, daß den Mädchen etwas zugestoßen ist.«

Ich nickte verständnisvoll und stand auf.

»Ich möchte hinausfahren und noch mit Ihrer Frau sprechen«, sagte ich. »Ist sie zu Hause?«

»Ja, ich denke schon. Ich werde sie anrufen und ihr sagen, daß Sie kommen.«

In einer großen Kalksteinfestung auf einem Hügel in Sea Cliff, mit Blick auf Meer und Bucht, hatte ich meine Unterredung mit Mrs. Banbrock. Sie war ein großes dunkelhaariges Mädchen von nicht mehr als zweiundzwanzig Jahren, mit einer Anlage zur Molligkeit.

Sie konnte mir nichts sagen, was ihr Mann nicht bereits erwähnt hatte, doch sie ging mehr ins Detail.

Ich bekam eine Beschreibung der zwei Mädchen:

Myra – 20 Jahre alt; 1,66 Meter; 150 Pfund; athletisch; lebhaft, beinahe männliches Auftreten und Benehmen; brauner Bubikopf; braune Augen; eckiges Gesicht mit großem Kinn und kurzer Nase; Narbe über dem linken Ohr, unter dem Haar verborgen; sie liebte Pferde und sämtliche Freiluftsportarten. Als sie das Haus verließ, trug sie ein blaugrünes Wollkleid, einen kleinen blauen Hut, einen kurzen schwarzen Sealmantel und schwarze Halbschuhe.

Ruth – 18 Jahre alt; 1,58 Meter; 105 Pfund; braune Augen; brauner Bubikopf; schmales ovales Gesicht; still, schüchtern, mit einer Neigung, sich auf ihre kräftigere Schwester zu stützen. Als sie zuletzt gesehen wurde, trug sie einen tabakbraunen Mantel mit braunem Pelzbesatz, dazu ein graues Seidenkleid und einen großen braunen Hut.

Ich bekam von jedem Mädchen zwei Fotos und außerdem einen Schnappschuß von Myra, auf dem sie vor dem Kabriolett stand. Man gab mir eine Liste der Dinge, die sie mitgenommen hatten – Dinge, die man normalerweise für einen Wochenendbesuch einpackt. Das Wertvollste war mir jedoch eine Liste ihrer Freunde, Verwandten und sonstigen Bekannten, soweit Mrs. Banbrock von ihnen wußte.

»Haben sie Mrs. Waldens Einladung vor ihrem Streit mit Mr. Banbrock erwähnt?« fragte ich, als ich die Listen verstaut hatte.

»Ich glaube nicht«, sagte Mrs. Banbrock nachdenklich. »Ich habe die zwei Dinge überhaupt nicht in Zusammenhang gebracht. Sie haben nicht richtig mit ihrem Vater gestritten, wissen Sie. Der Ausdruck ist viel zu hart dafür.«

»Haben Sie sie gesehen, als sie gingen?«

»Natürlich! Sie brachen Freitag mittag gegen halb eins auf. Sie küßten mich wie immer beim Abschied, und an ihrem Benehmen war überhaupt nichts Ungewöhnliches.«

»Und Sie haben keine Ahnung, wohin sie gefahren sein können?«

»Nicht die geringste.«

»Sie haben auch keine Vermutung?«

»Nein. Unter den Namen und Adressen, die ich Ihnen gegeben habe, sind einige Freunde und Verwandte der Mädchen in anderen Städten. Vielleicht sind sie dorthin gefahren. Meinen Sie, wir sollten –?«

»Ich werde mich darum kümmern«, versprach ich. »Können

Sie mir nicht ein oder zwei davon nennen, die Ihnen am wahrscheinlichsten vorkommen?«

»Nein«, sagte sie entschieden. »Das kann ich nicht.«

Nach dieser Unterredung fuhr ich zur Agentur zurück und setzte ihre Maschinerie in Gang. Ich veranlaßte, daß Mitarbeiter der Filialen der Continental die auswärtigen Namen auf meiner Liste überprüften, daß das verschwundene Locomobile auf die Fahndungsliste der Polizei gesetzt wurde und daß ein Foto von jedem Mädchen vervielfältigt wurde.

Danach fing ich an, mit den Personen auf der Liste, die Mrs. Banbrock mir gegeben hatte, zu reden. Zuerst besuchte ich eine gewisse Constance Delee in einem Apartmenthaus in der Post Street. Ich traf nur das Dienstmädchen. Es sagte mir, daß Miss Delee verreist sei, doch wo sie war und wann sie zurückkam, wollte sie mir nicht verraten.

Von dort fuhr ich die Van Ness Avenue hinauf und fand im Verkaufssalon eines Autohändlers einen glatthaarigen jungen Mann namens Wayne Ferris. Sein sehr freundliches Benehmen und sein eleganter Anzug verbargen völlig alles andere – Intelligenz zum Beispiel –, was er noch haben mochte. Er war sehr hilfsbereit, wußte aber nichts und brauchte sehr lange, um mir das zu sagen. Ein netter Junge.

Wieder eine Niete: »Mrs. Scott ist in Honolulu.«

Im Büro eines Grundstücksmaklers in der Montgomery Street fand ich den nächsten – wieder einen gewandten, eleganten glatthaarigen jungen Mann mit netten Manieren. Sein Name war Raymond Elwood. Ich hätte ihn für einen nahen Verwandten, höchstens einen Cousin von Ferris gehalten, wenn ich nicht gewußt hätte, daß die Welt – besonders die tanzende, teeschlürfende Welt – von diesen Typen wimmelt. Ich erfuhr nichts von ihm.

Dann zog ich noch ein paar Nieten: »Verreist«, »Einkaufen«, »Ich weiß nicht, wo Sie ihn finden können.«

Doch bevor ich Schluß machte, fand ich noch eine Freundin der Banbrock-Mädchen. Ihr Name war Mrs. Stewart Correll, und sie wohnte in Presidio Terrace, nicht weit von den Banbrocks. Sie war eine kleine mädchenhafte Frau, etwa im gleichen Alter wie Mrs. Banbrock. Eine zierliche blonde Person mit großen Augen von jenem besonderen Blau, das immer ehrlich und aufrichtig wirkt, egal, was dahinter vorgeht.

»Ich habe Ruth und Myra zwei Wochen oder noch länger nicht gesehen«, beantwortete sie meine Frage.

»Haben sie damals – als Sie sie das letzte Mal sahen – irgend etwas gesagt, daß sie fort wollten?«

»Nein.«

Ihre Augen waren groß und aufrichtig. Ein kleiner Muskel zuckte in ihrer Oberlippe.

»Und Sie haben keine Ahnung, wo sie sein könnten?«

»Nein.«

Ihre Finger rollten ihr Spitzentaschentuch zu einem kleinen Ball zusammen.

»Haben Sie von ihnen gehört, seit Sie sie das letzte Mal sahen?«

»Nein.«

Sie befeuchtete ihren Mund, bevor sie es sagte.

»Würden Sie mir bitte die Namen und Adressen aller Leute geben, die Sie und die Banbrock-Mädchen gemeinsam kennen?«

»Warum –? Gibt es –?«

»Es besteht die Möglichkeit, daß einige von ihnen sie später als Sie gesehen haben«, erklärte ich. »Oder vielleicht seit Freitag.«

Ziemlich widerstrebend sagte sie mir ein Dutzend Namen. Alle standen bereits auf meiner Liste. Zweimal zögerte sie, als wäre ihr fast ein Name herausgerutscht, den sie nicht nennen wollte. Sie sah mich unverwandt an mit großen, treuherzigen Augen. Ihre Finger knüllten nicht mehr das Taschentuch zusammen, sondern zupften an ihrem Rock.

Ich tat nicht einmal so, als ob ich ihr glaubte. Doch ich war mir meiner Sache nicht sicher genug, um sie in die Zange zu nehmen. Bevor ich ging, gab ich ihr ein Versprechen, das sie als Drohung auffassen konnte, wenn sie wollte.

»Vielen Dank«, sagte ich. »Ich weiß, es ist schwer, sich an alles genau zu erinnern. Wenn ich auf etwas stoße, womit ich Ihrem Gedächtnis nachhelfen könnte, komme ich wieder und sage es Ihnen.«

»Wa-? Ja, tun Sie das!« sagte sie.

Als ich mich von dem Haus entfernte, sah ich mich um, bevor es aus meinem Blickfeld entschwand. Hinter einem Fenster im ersten Stock bewegte sich ein Vorhang. Die Straßenbeleuchtung war nicht hell genug, um erkennen zu können, ob hinter dem Vorhang ein blonder Kopf steckte.

Auf meiner Uhr war es halb zehn: zu spät, um noch mehr Freunde der Mädchen aufzusuchen. Ich fuhr nach Hause, schrieb meinen Tagesbericht und ging zu Bett, wobei ich mehr an Mrs. Correll als an die Mädchen dachte.

Sie schien einer genaueren Überprüfung wert.

Als ich am nächsten Morgen ins Büro kam, waren einige telegrafische Berichte eingegangen. Keiner war irgendwie von Wert. Die Überprüfung der Namen und Adressen in anderen Städten hatte nichts zutage gefördert. Eine Ermittlung in Monterey hatte ergeben, daß weder die Mädchen noch das Locomobile dort aufgetaucht waren.

Die ersten Ausgaben der Nachmittagszeitungen lagen zum Verkauf aus, als ich frühstücken ging, bevor ich mit der Plackerei da weitermachte, wo ich sie am Abend vorher aufgegeben hatte.

Ich kaufte mir eine Zeitung und stellte sie hinter meiner Grapefruit auf.

Folgende Meldung verdarb mir mein Frühstück:

BANKIERSFRAU BEGEHT SELBSTMORD

Mrs. Stewart Correll, Gattin des Vizepräsidenten der Golden Gate Trust Company, wurde heute morgen von ihrem Dienstmädchen in ihrem Schlafzimmer in ihrem Haus in Presidio Terrace tot aufgefunden. Eine Flasche, die vermutlich Gift enthielt, lag neben dem Bett auf dem Boden.

Der Gatte der Toten konnte für den Selbstmord seiner Frau

keinen Grund angeben. Er sagte, sie habe nicht deprimiert gewirkt oder …

Im Haus der Corrells mußte ich mir den Mund fußlig reden, bevor man mich zu Correll vorließ. Er war ein großer, schlanker Mann unter fünfunddreißig mit einem blassen, nervösen Gesicht und blauen unruhigen Augen.

»Entschuldigen Sie, daß ich in so einem Moment störe«, entschuldigte ich mich, als ich endlich zu ihm vorgedrungen war. »Ich werde nicht mehr von Ihrer Zeit als nötig in Anspruch nehmen. Ich bin ein Mitarbeiter der Continental Detektiv-Agentur und versuche Ruth und Myra Banbrock zu finden, die vor einigen Tagen verschwunden sind. Ich nehme an, Sie kennen sie?«

»Ja«, sagte er teilnahmslos. »Ich kenne sie.«

»Wußten Sie, daß sie verschwunden sind?«

»Nein.« Sein Blick wanderte von einem Stuhl zu einem Teppich. »Woher sollte ich?«

»Haben Sie eine von beiden in den letzten Tagen gesehen?« fragte ich, seine Frage ignorierend.

»Vergangene Woche – am Mittwoch, glaube ich. Als ich von der Bank heimkam, waren sie gerade im Gehen und standen an der Tür und sprachen mit meiner Frau.«

»Hat Ihre Frau Ihnen nichts von ihrem Verschwinden erzählt?«

»Nein. Ich kann Ihnen wirklich nichts über die Banbrock-Mädchen sagen. Wenn Sie mich bitte entschuldigen wollen –«

»Nur noch einen Moment«, sagte ich. »Ich würde Sie nicht belästigen, wenn es nicht nötig wäre. Ich war gestern abend hier, um Mrs. Correll einige Fragen zu stellen. Sie schien nervös. Mein Eindruck war, daß einige ihrer Antworten auf meine Fragen – eh – ausweichend waren. Ich möchte –«

Er sprang von seinem Seesel auf. Sein Gesicht vor mir war rot.

»Sie!« schrie er. »Ihnen habe ich es also zu verdanken –«

»Aber Mr. Correll«, versuchte ich ihn zu beruhigen. »Es hat doch keinen Sinn –«

Doch er hatte sich richtig hineingesteigert.

»Sie haben meine Frau in den Tod getrieben«, beschuldigte er mich. »Sie haben sie umgebracht mit Ihrer verdammten Schnüffelei – mit Ihren Einschüchterungen und Drohungen, mit Ihren –«

Das war albern. Dieser junge Mann, dessen Frau sich umgebracht hatte, tat mir leid. Abgesehen davon hatte ich eine Menge Arbeit. Ich zog die Schraube enger.

»Wir wollen nicht streiten, Correll«, sagte ich. »Es geht darum, daß ich hierherkam, um zu sehen, ob mir Ihre Frau etwas über die Banbrocks sagen konnte. Sie sagte mir nicht die Wahrheit. Später beging sie Selbstmord. Ich möchte wissen, warum. Sagen Sie's mir, und ich werde tun, was ich kann, um zu verhindern, daß die Zeitungen und die Öffentlichkeit ihren Tod mit dem Verschwinden der Mädchen in Verbindung bringen.«

»Ihren Tod mit ihrem Verschwinden in Verbindung bringen?« rief er. »Das ist absurd!«

»Vielleicht. Aber ein Zusammenhang ist da!« Ich ließ nicht locker. Er tat mir leid, aber ich mußte meine Arbeit tun. »Er ist da. Wenn Sie offen zu mir sind, braucht es vielleicht nicht an die Öffentlichkeit zu kommen. Ich krieg's auf jeden Fall heraus. Sagen Sie's mir, oder ich häng's an die große Glocke.«

Einen Moment dachte ich, er wollte auf mich losgehen. Ich hätte es ihm nicht verübelt. Sein Körper straffte sich, dann sackte er zusammen und sank in seinen Sessel zurück. Sein Blick wich dem meinen aus. »Es gibt nichts, was ich Ihnen sagen kann«, murmelte er. »Als das Mädchen heute morgen in ihr Zimmer ging, um sie zu wecken, war sie tot. Es war keine Nachricht da, keine Erklärung, nichts.«

»Haben Sie sie gestern abend gesehen?«

»Nein. Ich habe nicht zu Hause zu Abend gegessen. Ich kam spät heim und ging direkt in mein Zimmer, um sie nicht zu stören. Ich hatte sie nicht gesehen, seit ich am Morgen das Haus verließ.«

»Schien sie da verstört oder beunruhigt?«
»Nein.«
»Was glauben Sie, warum sie es getan hat?«
»Mein Gott, Mann, ich weiß es nicht! Ich habe nachgedacht und nachgedacht, aber ich weiß es nicht!«
»Gesundheitliche Gründe?«
»Sie schien in Ordnung. Sie war nie krank, hat nie geklagt.«
»Hatten Sie in letzter Zeit Streit?«
»Wir haben nie gestritten – kein einziges Mal in den eineinhalb Jahren, seit wir verheiratet waren!«
»Finanzielle Schwierigkeiten?«
Ohne etwas zu sagen oder vom Boden aufzublicken, schüttelte er den Kopf.
»Irgendwelchen anderen Ärger?«
Er schüttelte wieder den Kopf.
»Hat das Mädchen gestern abend irgend etwas Ungewöhnliches an ihrem Benehmen bemerkt?«
»Nein.«
»Haben Sie ihre Sachen durchgesehen – nach Papieren oder Briefen?«
»Ja – aber ich habe nichts gefunden.« Er hob den Kopf und sah mich an. »Das einzige« – er sprach sehr langsam – »war ein kleiner Haufen Asche auf dem Kaminrost in ihrem Zimmer, als hätte sie Papier oder Briefe verbrannt.«
Aus Correll war nichts weiter herauszuholen.
Das Mädchen am Eingang von Alfred Banbrocks Bürosuite im Shoreman Building sagte mir, er sei in einer Konferenz. Ich ließ mich bei ihm melden. Er kam aus der Konferenz und ging mit mir in sein Privatbüro. Sein müdes Gesicht war voller Fragen.
Ich ließ ihn nicht auf die Antworten warten. Er war ein erwachsener Mann. Ich redete nicht um die schlechten Neuigkeiten herum.
»Die Sache hat eine böse Wendung genommen«, sagte ich, sobald wir allein waren. »Ich glaube, wir müssen uns an die Polizei und an die Zeitungen um Hilfe wenden. Eine Mrs.

Correll, eine Freundin Ihrer Töchter, log mich an, als ich sie gestern ausfragte. In der Nacht beging sie Selbstmord.«

»Irma Correll? Selbstmord?«

»Sie kannten sie?«

»Ja! Sehr gut! Sie war mit meiner Frau und meinen Töchtern eng befreundet. Sie hat sich umgebracht?«

»Ja. Vergiftet. Letzte Nacht. Was hat sie mit dem Verschwinden Ihrer Töchter zu tun?«

»Keine Ahnung. Sind Sie sicher, daß da ein Zusammenhang besteht?«

»Ich glaube, ja. Sie sagte mir, daß sie Ihre Töchter zwei Wochen nicht gesehen hat. Ihr Mann sagte mir eben, sie hätten sich mit ihr unterhalten, als er letzten Mittwochnachmittag von der Bank nach Hause kam. Sie schien nervös, als ich sie befragte. Kurz danach hat sie sich umgebracht. Es gibt kaum einen Zweifel, daß sie irgendwas mit der Sache zu tun hat.«

»Und das bedeutet –?«

»Das bedeutet, daß Ihre Töchter vielleicht außer Gefahr sind, daß wir es uns aber nicht leisten können, uns darauf zu verlassen.«

»Sie glauben, daß ihnen etwas zugestoßen ist?«

»Ich glaube gar nichts«, wich ich aus, »außer daß wir nicht herumspielen dürfen, wenn ein Todesfall eng mit ihrem Verschwinden in Zusammenhang steht.«

Banbrock rief seinen Anwalt an – einen rosigen, weißhaarigen alten Knaben namens Norwall, der im Ruf stand, mehr von Aktiengesellschaften zu verstehen als sämtliche Morgans, der aber nicht die mindeste Ahnung von Polizeiarbeit hatte. Er bat ihn, sich mit uns im Justizgebäude zu treffen. Wir verbrachten dort eineinhalb Stunden damit, die Polizei auf die Sache anzusetzen und den Zeitungen die Informationen zu geben, die wir ihnen geben wollten. Wir sagten ihnen alles über die Mädchen und gaben ihnen eine Menge Fotos und so weiter, informierten sie aber nicht über den Zusammenhang zwischen ihnen und Mrs. Correll. Die Polizei weihten wir natürlich darüber ein.

Als Banbrock und sein Anwalt zusammen gegangen waren, ging ich zurück ins Dienstzimmer der Detektive, um die Sache mit Pat Reddy durchzukauen, dem Beamten, dem der Fall übertragen worden war.

Pat war das jüngste Mitglied der Detektivabteilung – ein großer blonder Ire, der auf seine träge Art etwas Imposantes hatte.

Vor ein paar Jahren, als er ein neuer Bulle war, hatte er in seinem Hügeldistrikt seine Runden gedreht. Eines Abends schrieb er ein Auto auf, das vor einem Hydranten parkte. Die Besitzerin kam im selben Moment heraus und machte ihm eine Szene. Es war Althea Wallach, die einzige und verwöhnte Tochter des Inhabers der Wallach Coffee Company – ein schlankes, unbekümmertes junges Ding mit heißen Augen. Sie muß Pat ganz schön beschimpft haben. Er nahm sie mit zum Revier und steckte sie in eine Zelle.

Wie es heißt, erschien Old Wallach am nächsten Morgen kochend vor Wut und mit der Hälfte aller Anwälte von San Franzisko. Doch Pat machte seine Anzeige, und das Mädchen wurde zu einer Geldstrafe verurteilt. Es fehlte nicht viel, und Old Wallach hätte Pat nachher auf dem Korridor eine runtergehauen. Pat grinste den Kaffeeimporteur auf seine schläfrige Art an und brummte: »Lassen Sie das lieber bleiben – oder ich trinke Ihren Kaffee nicht mehr.«

Dieser Witz wurde von den meisten Zeitungen des Landes abgedruckt und sogar von einer Broadwayshow aufgegriffen.

Doch Pat ließ es mit der schnippischen Antwort nicht bewenden. Drei Tage später fuhren er und Althea Wallach nach Alameda hinüber und heirateten. Ich war zufällig auf derselben Fähre wie sie, und so schleppten sie mich als Trauzeugen mit.

Old Wallach verstieß sofort seine Tochter, doch schien das niemand weiter tragisch zu nehmen. Pat streifte weiter durch sein Revier, doch nun, da er ein bekannter Mann geworden war, dauerte es nicht lange, bis man seine Qualitäten bemerkte. Er wurde zur Kriminalpolizei versetzt.

Old Wallach versöhnte sich mit Althea, bevor er starb, und hinterließ ihr seine Millionen.

Pat nahm den Nachmittag frei, um zum Begräbnis zu gehen, doch am Abend tat er wieder Dienst und schnappte eine Wagenladung Gangster. Er blieb bei der Polizei. Ich weiß nicht, was seine Frau mit ihrem Geld tat, doch Pat stieg nicht mal auf eine bessere Sorte Zigarren um – obwohl er das hätte tun sollen. Er wohnte jetzt zwar in der Wallachvilla und wurde hin und wieder an einem regnerischen Morgen in einem Hispano-Suiza-Coupé zum Justizgebäude chauffiert, doch abgesehen davon hatte er sich nicht verändert.

Das war der große blonde Ire, der mir im Dienstzimmer hinter seinem Schreibtisch gegenübersaß und etwas schmauchte, das wie eine Zigarre aussah.

Er nahm das zigarrenartige Ding aus dem Mund und sprach durch den Qualm. »Diese Correll-Frau, von der Sie glauben, daß sie mit dem Fall Banbrock zu tun hat – die wurde vor ein paar Monaten überfallen und um achthundert Dollar erleichtert. Wissen Sie das?«

Ich hatte es nicht gewußt. »Ist ihr außer dem Geld noch was abhanden gekommen?« fragte ich.

»Nein.«

»Glauben Sie das?«

Er grinste. »Da liegt der Hund begraben«, sagte er. »Wir haben den Kerl, ders getan hat, nicht geschnappt. Bei Frauen, die Dinge auf diese Weise verlieren – besonders Geld –, ist es immer eine Frage, obs nicht ein fingierter Überfall war.« Er zog an seiner Zigarre, ließ das Giftgas aus dem Mund quellen und fügte hinzu: »Kann aber sein, daß es ein echter Überfall gewesen ist. Was haben Sie jetzt vor?«

»Schauen wir in der Agentur vorbei und sehen wir nach, obs was Neues gibt. Dann möchte ich noch mal mit Mrs. Banbrock sprechen. Vielleicht kann sie uns was über die Correll sagen.«

Im Büro fand ich neu eingegangene Berichte über die übrigen

auswärtigen Namen und Adressen vor. Offenbar wußte keiner von diesen Leuten etwas über den Aufenthaltsort der Mädchen. Reddy und ich fuhren hinauf nach Sea Cliff zum Haus der Banbrocks.

Banbrock hatte die Nachricht von Mrs. Corrells Tod seiner Frau telefonisch mitgeteilt, und sie hatte die Zeitungen gelesen. Sie sagte uns, daß sie sich keinen Grund für den Selbstmord denken könne. Sie könne sich auch keinen Zusammenhang zwischen dem Selbstmord und dem Verschwinden ihrer Stieftöchter vorstellen.

»Mrs. Correll schien zufrieden und glücklich wie immer, als ich sie vor zwei oder drei Wochen zum letzten Mal sah«, sagte Mrs. Banbrock. »Sie war zwar ihrem Wesen nach etwas launenhaft, doch nicht so sehr, daß man hätte annehmen müssen, daß sie so etwas tun würde.«

»Wissen Sie von irgendwelchen Schwierigkeiten zwischen ihr und ihrem Mann?«

»Nein. Soviel ich weiß, waren sie glücklich, obwohl –«

Sie brach ab und blickte unschlüssig und verlegen drein.

»Obwohl?« wiederholte ich.

»Wenn ich es Ihnen nicht sage, denken Sie womöglich, ich will etwas verbergen«, sagte sie errötend und mit einem leisen Lachen, das mehr nervös als belustigt klang. »Es hat keinerlei Bedeutung, aber ich war immer ein wenig eifersüchtig auf Irma. Sie und mein Mann waren – nun, alle dachten, sie würden heiraten. Es war kurz bevor er und ich heirateten. Ich habe es mir nie anmerken lassen, und vermutlich war es dumm von mir, doch ich hatte immer den Verdacht, daß Irma Stewart hauptsächlich aus Verbitterung heiratete und daß sie Alfred – Mr. Banbrock – immer noch gern mochte.«

»Gab es irgendwelche bestimmten Gründe für Ihre Annahme?«

»Nein, gar keine – wirklich nicht! Ich habe es nie ernstlich geglaubt. Es war nur so ein vages Gefühl.«

Es ging auf den Abend zu, als Pat und ich das Banbrock-Haus

verließen. Bevor wir für den Tag Schluß machten, rief ich den Alten an – den Leiter der Continental-Filiale in San Franzisko und somit meinen Chef – und bat ihn, einen Mitarbeiter auf Irma Corrells Vergangenheit anzusetzen.

Bevor ich zu Bett ging, warf ich noch einen Blick in die Morgenzeitungen, was möglich war, weil sie zu erscheinen pflegten, sobald die Sonne untergegangen war. Sie berichteten ausführlich über die Angelegenheit. Alle Fakten bis auf jene, die mit dem Fall Correll zusammenhingen, standen darin, außerdem Fotos und das übliche Sortiment von Vermutungen und ähnlichem Kram.

Am nächsten Morgen begab ich mich zu den Freunden der vermißten Mädchen, mit denen ich noch nicht gesprochen hatte. Ich traf einige von ihnen an, erfuhr aber nichts Wesentliches. Später am Vormittag rief ich im Büro an, um zu sehen, ob es etwas Neues gab. Es gab etwas.

»Das Sheriffbüro von Martinez hat eben angerufen«, sagte mir der Alte. »Ein italienischer Winzer in der Nähe von Knob Valley fand vor ein paar Tagen ein angesengtes Foto und erkannte, daß es Ruth Banbrock darstellt, als er heute morgen ihr Bild in der Zeitung sah. Fahren Sie hinauf? Ein Hilfssheriff und der Italiener erwarten Sie im Marshal-Büro von Knob Valley.«

»Bin schon unterwegs«, sagte ich.

In der Fährstation versuchte ich in den vier Minuten bis zur Abfahrt meines Schiffes, Pat Reddy anzurufen, doch ich erreichte ihn nicht.

Knob Valley ist eine Stadt mit weniger als tausend Einwohnern, eine trostlose, schmutzige Stadt im Distrikt Contra Costa. Ein Lokalzug der Strecke San Francisco–Sacramento setzte mich am frühen Nachmittag dort ab.

Ich kannte den Marshal flüchtig – er hieß Tom Orth. Zwei Männer waren in seinem Büro. Orth machte uns miteinander bekannt. Abner Paget, ein schlaksiger Mann von etwas über vierzig mit einem schlaffen Kinn, einem mageren Gesicht und blassen intelligenten Augen, war der Hilfssheriff. Gio Cereghino, der italienische Winzer, war ein kleiner nußbrauner Mann mit kräftigen gelben Zähnen, die unter seinem schwarzen Schnurrbart zu einem ständigen Lächeln gefletscht waren, und sanften braunen Augen.

Paget zeigte mir das Foto. Ein angesengtes Stück Papier in der Größe eines halben Dollars, offenbar alles, was von dem Originalbild nicht verbrannt war. Es war Ruth Banbrocks Gesicht; daran gab es wenig Zweifel. Sie hatte ein merkwürdig erregtes – fast betrunkenes – Aussehen, und ihre Augen waren größer als auf den anderen Fotos, die ich von ihr gesehen hatte. Aber es war ihr Gesicht.

»Er sagt, er hat es vorgestern gefunden«, erklärte Paget trocken und deutete mit dem Kopf auf den Italiener. »Der Wind hat es vor seine Füße geweht, als er eine Straße in der Nähe seines Hofs raufging. Er sagt, er hat es aufgehoben und in seine Tasche gesteckt, ohne besonderen Grund.« Er schwieg einen Moment und sah den Italiener nachdenklich an. Der Italiener nickte eifrig.

»Jedenfalls«, fuhr der Hilfssheriff fort, »war er heute vormittag in der Stadt und hat die Bilder in den Zeitungen aus Frisco gesehen. Deshalb ist er hierhergekommen und hat Tom davon berichtet. Tom und ich entschieden, daß es das beste war, Ihre Agentur anzurufen – weil in den Zeitungen stand, daß Sie den Fall bearbeiten.«

Ich sah den Italiener an. Paget schien meine Gedanken zu lesen und erklärte: »Cereghino wohnt drüben in den Bergen. Hat dort ein Weingut. Er ist seit fünf oder sechs Jahren hier und hat, soviel ich weiß, noch niemanden umgebracht.«

»Wissen Sie noch die Stelle, wo Sie das Bild gefunden haben?« fragte ich den Italiener.

Sein Grinsen unter dem Schnurrbart wurde breiter, und er nickte. »Natürlich weiß ich die Stelle noch.«

»Schauen wir hin«, schlug ich Paget vor.

»Okay. Kommst du mit, Tom?«

Der Marshal sagte, er könne nicht. Er habe etwas in der Stadt zu tun. Cereghino, Paget und ich gingen hinaus und stiegen in einen staubigen Ford, den der Hilfssheriff lenkte.

Wir fuhren fast eine Stunde lang auf einer Landstraße, die sich den Hang des Mount Diablo hinaufschlängelte. Nach einer Weile sagte der Italiener etwas, und wir bogen auf eine noch staubigere und holprigere Straße ein, die wir etwa eine Meile entlangfuhren.

»Hier ist es«, sagte Cereghino.

Paget hielt an, und wir stiegen an einer Lichtung aus. Die Bäume und Sträucher, die die Straße gesäumt hatten, wichen hier etwa sechs oder sieben Meter auf beiden Seiten zurück und ließen eine kleine, staubige, runde Stelle im Wald frei.

»Ungefähr hier«, sagte der Italiener. »Ich glaube, bei diesem Baumstumpf. Ganz bestimmt zwischen dieser Biegung dort vorn und der dort hinten.«

Paget war ein Mann vom Land. Ich nicht. Ich wartete ab, was er tat.

Er stand zwischen dem Italiener und mir und blickte sich langsam auf der Lichtung um. Plötzlich leuchteten seine blassen Augen auf. Er ging um den Ford herum zur anderen Seite der Lichtung. Cereghino und ich folgten ihm.

Nahe dem Rand des Gebüschs am Saum der Lichtung hielt der Hilfssheriff an und blickte mit einem Grunzen auf den Boden. Man sah deutlich die Reifenspuren eines Autos. Ein Wagen hatte hier gewendet.

Paget ging weiter in den Wald. Der Italiener heftete sich dicht an seine Fersen, und ich bildete die Nachhut. Paget folgte einer Art Spur. Ich konnte sie nicht sehen, weil er und der Italiener vor mir sie verdeckten. Wir gingen ein ziemliches Stück weit.

Paget blieb stehen. Der Italiener auch.

Paget sagte »Hm-hm«, als hätte er etwas gefunden, was er erwartet hatte.

Der Italiener sagte etwas, worin Gottes Name vorkam. Ich zertrampelte einen Busch, als ich neben sie trat, um zu sehen, was sie entdeckt hatten. Ich sah es.

Am Fuß eines Baumes lag auf der Seite und mit dicht an den Körper angezogenen Knien ein totes Mädchen. Es war kein schöner Anblick. Vögel hatten sich über sie hergemacht.

Sie hatte einen tabakbraunen Mantel an, der halb von ihren Schultern herabgerutscht war. Ich wußte, daß es Ruth Banbrock war, bevor ich sie herumdrehte und den Teil ihres Gesichtes sah, den der Boden vor den Vögeln bewahrt hatte.

Cereghino stand da und beobachtete mich, während ich das Mädchen untersuchte. Sein Gesicht drückte ruhige Trauer aus. Der Hilfssheriff kümmerte sich wenig um die Leiche. Er kroch im Unterholz herum und suchte den Boden ab. Als ich eben meine Untersuchung beendete, kam er zurück.

»Erschossen«, sagte ich ihm, »mit einem Schuß in die rechte Schläfe. Vorher hat es, glaube ich, einen Kampf gegeben. An dem Arm, der unter ihrem Körper lag, sind Spuren. Sie hat nichts bei sich – keinen Schmuck, kein Geld, gar nichts.«

»Es muß folgendermaßen gewesen sein«, sagte Paget. »Zwei Frauen stiegen hinten auf der Lichtung aus dem Wagen und kamen hierher. Es können auch drei Frauen gewesen sein – wenn die anderen diese hier getragen haben. Ich kann nicht feststellen, wie viele wieder zurückgegangen sind. Eine von ihnen war größer als die hier. Hier hat es eine Balgerei gegeben. Haben Sie die Kanone gefunden?«

»Nein«, sagte ich.

»Ich auch nicht. Sie müssen sie im Wagen mitgenommen haben. Dort drüben sind die Überreste von einem Feuer.« Er deutete mit dem Kopf nach links. »Verbranntes Papier und Stoffetzen. Nichts, was uns weiterhilft. Schätze, das Foto, das Cereghino gefunden hat, wurde von dem Feuer weggeweht. Ich nehme an, Freitagabend oder vielleicht Samstagmorgen ... Später bestimmt nicht.«

Ich glaubte dem Hilfssheriff. Er schien sich auf sein Fach zu verstehen.

»Kommen Sie her. Ich zeig Ihnen was«, sagte er und führte mich zu einem kleinen schwarzen Haufen Asche.

Er hatte mir nichts zu zeigen. Er wollte nur außer Hörweite des Italieners mit mir sprechen.

»Ich glaube, der Italiener ist in Ordnung«, sagte er, »aber ich glaube, sicherheitshalber werde ich ihn doch für eine Weile einbuchten. Diese Stelle ist ziemlich weit weg von seinem Hof, und er hat ein bißchen zuviel gestottert, als er mir erzählte, wieso er hier vorbeikam. Natürlich bedeutet das nicht viel. Alle diese Italiener handeln mit *vino,* und ich nehme an, das hat ihn in diese Gegend geführt. Jedenfalls werde ich ihn ein oder zwei Tage festhalten.«

»Gut«, stimmte ich zu. »Dies ist Ihr Revier, und Sie kennen die Leute. Können Sie sich ein bißchen umhören und sehen, ob Sie was aufschnappen? Ob jemand irgendwas gesehen hat? Ein Locomobile-Kabriolett oder was anderes? Sie können mehr rauskriegen als ich.«

»Wird gemacht«, versprach er.

»Okay. Dann fahr ich jetzt nach San Franzisko zurück. Ich nehme an, Sie werden hier bei der Leiche kampieren?«

»Ja. Fahren Sie mit dem Ford nach Knob Valley zurück und sagen Sie Tom, was los ist. Er wird selbst kommen oder jemanden schicken. Den Italiener behalte ich hier bei mir.«

Während ich in Knob Valley auf den nächsten nach Westen fahrenden Zug wartete, rief ich im Büro an. Der Alte war nicht da. Ich erzählte das Ganze einem der Mitarbeiter und bat ihn, es dem Alten so schnell wie möglich mitzuteilen.

Als ich nach San Franzisko zurückkam, waren alle im Büro versammelt. Alfred Banbrock mit einem rötlich-grauen Gesicht, das toter aussah als ein völlig graues. Sein rosiger, weißhaariger alter Anwalt. Pat Reddy in einen Sessel zurückgelehnt und die Füße auf einem Stuhl. Der Alte mit seinen sanften Augen hinter der goldenen Brille und seinem milden Lächeln, das die Tatsache verbarg, daß fünfzig Jahre Detektivspielen ihn jeglichen Gefühls beraubt hatten.

Niemand sagte etwas, als ich hereinkam. Ich erzählte so kurz wie möglich, was ich zu sagen hatte.

»Dann war die andere Frau – die Frau, die Ruth umbrachte –?«

Banbrock beendete seine Frage nicht. Niemand beantwortete sie.

»Wir wissen nicht, was passiert ist«, sagte ich nach einer Weile. »Vielleicht sind Ihre Tochter und jemand, den wir nicht kennen, dorthin gefahren. Möglicherweise war Ihre Tochter schon tot, bevor sie dorthin gebracht wurde. Vielleicht ist sie –«

»Aber Myra!« Banbrock zerrte mit einem Finger an seinem Kragen. »Wo ist Myra?«

Ich konnte das nicht beantworten, und von den andern auch keiner.

»Fahren Sie hinauf nach Knob Valley?« fragte ich ihn.

»Ja, sofort. Kommen Sie mit?«

Ich bedauerte nicht, daß ich nicht konnte. »Nein. Es ist hier Verschiedenes zu erledigen. Ich gebe Ihnen einen Brief an den Marshal mit. Ich möchte, daß Sie sich genau das Stück von dem Foto Ihrer Tochter ansehen, das der Italiener gefunden hat – um festzustellen, ob Sie sich daran erinnern.«

Banbrock und der Anwalt gingen.

Reddy zündete sich eine seiner schrecklichen Zigarren an.

»Wir haben den Wagen gefunden«, sagte der Alte.

»Wo?«

»In Sacramento. Er wurde dort Freitagnacht oder Samstagmorgen in einer Garage abgestellt. Foley ist hinaufgefahren, um sich drum zu kümmern. Und Reddy ist auf eine neue Spur gestoßen.«

Pat nickte durch seinen Qualm.

»Ein Pfandleiher ist heute morgen erschienen«, sagte Pat, »und sagte uns, daß Myra Banbrock und ein anderes Mädchen letzte Woche in seinen Laden gekommen sind und eine Menge Sachen versetzt haben. Sie haben ihm falsche Namen gesagt, aber er schwört, daß die eine Myra war. Er hat sie sofort erkannt, als er sie auf dem Foto in der Zeitung sah. Ihre Begleiterin war nicht Ruth. Es war eine kleine Blondine.«

»Mrs. Correll?«

»Hm-hm. Der Pfandleiher kanns nicht beschwören, aber ich

glaube, daß sie's gewesen ist. Ein Teil des Schmucks gehörte Myra, ein Teil Ruth, und von dem Rest wissen wir nicht, wem er gehörte. Ich meine, wir können nicht beweisen, daß es Mrs. Corrells Eigentum war – aber vielleicht gelingts uns.«

»Wann ist das gewesen?«

»Sie haben das Zeug am Montag verhökert, bevor sie verschwunden sind.«

»Haben Sie mit Correll gesprochen?«

»Hm-hm. Ich habe eine Menge mit ihm gesprochen, aber es ist nicht viel dabei herausgekommen. Er sagt, er weiß nicht, ob etwas von ihrem Schmuck verschwunden ist oder nicht, und es wäre ihm egal. Er hätte ihr gehört, sagt er, und sie hätte damit machen können, was sie wollte. Er war ziemlich unfreundlich. Mit einem der Mädchen hab ich mich ein bißchen besser verstanden. Sie sagt, einige von Mrs. Corrells Schmucksachen wären letzte Woche verschwunden. Mrs. Correll sagte, sie hätte sie einer Freundin geliehen. Ich werde das Zeug, das der Pfandleiher hatte, dem Mädchen morgen zeigen, um zu sehen, ob sie es identifizieren kann. Sonst hat sie nichts gewußt – außer daß Mrs. Correll am Freitag – dem Tag, an dem die Banbrock-Mädchen verschwanden – eine Weile nicht da war.«

»Was heißt das – sie war nicht da?« fragte ich.

»Sie ging am Vormittag weg und tauchte erst gegen drei Uhr am nächsten Morgen wieder auf. Sie und Correll hatten deshalb einen Krach, doch sie wollte ihm nicht sagen, wo sie gewesen war.«

Das gefiel mir. Es konnte von Bedeutung sein.

»Und Correll hat sich erinnert«, fuhr Pat fort, »daß seine Frau einen Onkel in Pittsburgh hatte, der 1902 überschnappte, und daß sie eine krankhafte Angst hatte, selbst verrückt zu werden. Sie hat oft gesagt, daß sie sich umbringen würde, wenn sie das Gefühl hätte, verrückt zu werden. War es nicht nett von ihm, sich schließlich noch an diese Dinge zu erinnern? Um ihren Tod zu erklären?«

»Stimmt«, pflichtete ich ihm bei, »aber es bringt uns nicht

weiter. Es beweist nicht einmal, daß er etwas weiß. Ich vermute –«

»Zum Teufel mit Ihren Vermutungen«, sagte Pat, stand auf und rückte seinen Hut zurecht. »Ihre Vermutungen kommen mir reichlich unfruchtbar vor. Ich geh jetzt heim, esse, lese in der Bibel und gehe zu Bett.«

Vermutlich tat er das. Jedenfalls verließ er uns.

Wir alle hätten die nächsten drei Tage im Bett verbringen können, wenn man bedenkt, was bei unserer Herumrennerei herauskam. Kein Platz, den wir besuchten, niemand, den wir befragten, brachte uns weiter. Wir steckten in einer Sackgasse.

Wir fanden heraus, daß niemand anderer als Myra Banbrock das Locomobile in Sacramento abgestellt hatte, doch wir konnten nicht feststellen, wohin sie danach verschwunden war. Wir erfuhren, daß ein Teil des Schmucks im Pfandhaus Mrs. Correll gehörte. Das Locomobile wurde von Sacramento zurückgebracht. Mrs. Correll wurde beerdigt. Ruth Banbrock wurde beerdigt. Die Zeitungen fanden andere Sensationen. Reddy und ich buddelten und buddelten, doch alles, war wir zum Vorschein brachten, war Mist.

Am nächsten Montag war ich mit meinem Latein so ziemlich am Ende. Offenbar blieb nichts weiter übrig, als sich zurückzulehnen und zu hoffen, daß die Zirkulare, mit denen wir Nordamerika überhäuft hatten, Resultate bringen würden. Reddy hatte man bereits abberufen und auf frischere Spuren angesetzt. Ich machte weiter, weil Banbrock wollte, daß ich dranblieb, solange noch der Schatten einer Aussicht bestand. Doch am Montag war ich auf dem toten Punkt angelangt.

Bevor ich in Banbrocks Büro ging, um ihm zu sagen, daß ich es nicht schaffte, schaute ich im Justizgebäude vorbei, um die Angelegenheit noch einmal mit Pat Reddy zu bequatschen. Er kauerte über seinem Schreibtisch und schrieb einen Bericht über einen anderen Fall.

»Hallo!« begrüßte er mich, schob seinen Bericht weg und

beschmierte ihn mit Asche von seiner Zigarre. »Wie sind Sie in der Banbrock-Sache weitergekommen?«

»Überhaupt nicht«, gestand ich. »Ich begreife nicht, daß wir bei all dem Material, das wir haben, in eine Sackgasse geraten sind! Die Lösung ist nicht weit, wir brauchen sie bloß zu finden. Die Notwendigkeit, sowohl vor dem Verschwinden der Banbrock-Mädchen wie dem Tod Mrs. Corrells Geld zu beschaffen, Mrs. Corrells Selbstmord, nachdem ich sie wegen der Mädchen vernommen hatte, das Verbrennen von Dingen, bevor sie starb und das Verbrennen von Dingen unmittelbar vor oder nach Ruth Banbrocks Tod.«

»Vielleicht ist der Haken der«, meinte Pat, »daß Sie kein besonders guter Detektiv sind.«

»Möglich.«

Schweigend rauchten wir eine oder zwei Minuten nach dieser Beleidigung.

»Ist Ihnen klar«, sagte Pat schließlich, »daß zwischen dem Verschwinden der Banbrock-Mädchen und dem Tod der einen Schwester und dem Tod Mrs. Corrells gar kein Zusammenhang zu bestehen braucht?«

»Vielleicht nicht. Aber es muß ein Zusammenhang zwischen dem Verschwinden der Banbrock-Mädchen und Ruths Tod bestehen. Bevor dies passierte, liefen die Aktionen der Banbrocks und Mrs. Corrells zusammen – in dieser Pfandleihe. Wenn dieser Zusammenhang da ist, dann –« Ich brach ab; ich war voller Ideen.

»Was ist los?« fragte Pat. »Haben Sie Ihren Kaugummi verschluckt?«

»Hören Sie zu!« Ich steigerte mich fast in eine Art Begeisterung hinein. »Drei Frauen ist zusammen was Scheußliches passiert. Wenn wir noch ein paar mehr damit in Verbindung bringen könnten... Ich brauche die Namen und Adressen sämtlicher Frauen und Mädchen in San Franzisko, die im letzten Jahr Selbstmord begangen haben, ermordet wurden oder verschwunden sind.«

»Sie glauben, es handelt sich um eine Massenaktion?«

»Ich glaube, je mehr wir in Verbindung miteinander bringen können, um so mehr Spuren gibts für uns zu verfolgen. Und sie können nicht alle ins Nichts führen. Stellen wir unsere Liste zusammen, Pat!«

Wir verbrachten den ganzen Nachmittag und den größten Teil der Nacht damit. Der Umfang der Liste hätte die Handelskammer in Verlegenheit gebracht. Sie sah aus wie ein Auszug des Telefonbuchs. In einer Großstadt passiert in einem Jahr eine Menge. Der Teil, der die weggelaufenen Ehefrauen und Töchter enthielt, war der größte; danach kam der mit den Selbstmorden; und selbst der kleinste – Morde – war alles andere als kurz.

Die meisten Namen konnten wir nach dem, was die Polizei bereits über sie und ihre Motive herausgefunden hatte, streichen. Den Rest teilten wir in zwei Gruppen auf, solche, bei denen ein Zusammenhang unwahrscheinlich war, und solche, bei denen er möglich schien. Trotzdem war die zweite Liste länger als ich erwartet oder gehofft hatte.

Sie enthielt sechs Selbstmorde, drei Morde und einundzwanzig Vermißte.

Reddy hatte andere Arbeit zu tun. Ich steckte die Liste in meine Tasche und machte mich auf den Weg.

Vier Tage lang rackerte ich mich mit der Liste ab. Ich suchte, fand, befragte und überprüfte Freunde und Verwandte der Frauen und Mädchen, die darauf standen. Meine Fragen zielten alle in die gleiche Richtung. War sie mit Myra Banbrock bekannt gewesen? Mit Ruth? Mit Mrs. Correll? Hatte sie vor ihrem Tod oder ihrem Verschwinden Geld gebraucht? Hat sie vor ihrem Tod oder ihrem Verschwinden irgend etwas vernichtet? Hatte sie irgendeine der anderen Frauen auf meiner Liste gekannt?

Dreimal zog ich Treffer.

Sylvia Varney, ein zwanzigjähriges Mädchen, das sich am 5. November umbrachte, hatte in der Woche vor ihrem Tod sechshundert Dollar von der Bank abgehoben. Keiner ihrer Angehörigen konnte sagen, was sie mit dem Geld gemacht hatte. Eine Freundin von Sylvia Varney – Ada Youngman, eine fünf-

oder sechsundzwanzigjährige verheiratete Frau – war am 2. Dezember verschwunden und bisher nicht wieder aufgetaucht. Das Varney-Mädchen war, eine Stunde bevor sie sich umbrachte, in Mrs. Youngmans Wohnung gewesen.

Mrs. Dorothy Sawdon, eine junge Witwe, hatte sich am Abend des 13. Januar erschossen. Weder von dem Geld, das ihr Mann ihr hinterlassen hatte, noch von dem Fonds eines Klubs, dessen Schatzmeisterin sie war, wurde eine Spur gefunden. Ein dicker Brief, den ihr Mädchen ihr an jenem Nachmittag gegeben hatte, wurde nie entdeckt.

Der Zusammenhang dieser drei Frauen mit dem Banbrock-Correll-Fall war reichlich dünn. Keine von ihnen hatte irgend etwas getan, was nicht neun von zehn Frauen tun, die sich umbringen oder fortlaufen. Doch die Schwierigkeiten aller drei hatten sich in den letzten Monaten zugespitzt – und alle drei waren in etwa der gleichen finanziellen und gesellschaftlichen Position wie Mrs. Correll und die Banbrocks.

Als ich mit meiner Liste fertig war, ohne neue Anhaltspunkte gefunden zu haben, widmete ich mich ganz diesen drei.

Ich hatte die Namen und Adressen von zweiundsechzig Freunden der Banbrock-Mädchen. Ich machte mich daran, über die drei Frauen, die ich ins Spiel zu bringen versuchte, gleiche Listen aufzustellen. Ich brauchte die Arbeit nicht allein zu tun. Zum Glück gab es zwei oder drei Mitarbeiter der Agentur, die gerade nichts anderes zu tun hatten.

Wir stießen auf etwas.

Mrs. Sawdon hatte Raymond Elwood gekannt. Sylvia Varney hatte Raymond Elwood gekannt. Nichts deutete darauf hin, daß Mrs. Youngman ihn gekannt hatte, doch es schien wahrscheinlich. Sie und das Varney-Mädchen waren dick befreundet gewesen.

Ich hatte diesen Raymond Elwood bereits im Zusammenhang mit den Banbrock-Mädchen befragt, ihm aber keine besondere Aufmerksamkeit gewidmet. Ich hatte ihn lediglich als einen von diesen glatten Modejünglingen betrachtet, von denen ziemlich viele auf der Liste standen.

Voll Interesse wandte ich mich ihm wieder zu. Die Resultate waren vielversprechend.

Er hatte, wie bereits erwähnt, ein Grundstücksmaklerbüro in der Montgomery Street. Wir waren außerstande, einen einzigen Kunden zu finden, den er je bedient hatte, oder irgendwelche Anzeichen dafür, daß einer existierte. Er hatte ein Apartment draußen im Sunset Distrikt, in dem er allein wohnte. Die Leute in der Nachbarschaft kannten ihn nicht länger als zehn Monate, und wann genau er nach San Franzisko gekommen war, ließ sich nicht herausfinden. Offenbar hatte er keine Verwandten in der Stadt. Er gehörte mehreren fashionablen Klubs an. Es hieß, daß er über ›gute Verbindungen im Osten‹ verfügte. Er gab eine Menge Geld aus.

Ich konnte Elwood nicht beschatten, weil ich ihn vor zu kurzer Zeit vernommen hatte. Dick Foley tat es für mich. Elwood war in den ersten drei Tagen, die Dick sich an seine Fersen heftete, selten in seinem Büro. Er war selten im Geschäftsviertel. Er besuchte seine Klubs, tanzte, nahm an Teaparties teil und so weiter, und an jedem dieser drei Tage ging er in ein Haus auf dem Telegraph Hill.

Am ersten Nachmittag, an dem Dick sich ihm widmete, ging Elwood mit einem großen blonden Mädchen aus Burlingame in das Haus auf dem Telegraph Hill. Am Abend des zweiten Tages mit einer molligen jungen Frau, die aus einem Haus am Broadway kam. Am dritten Abend mit einem sehr jungen Mädchen, das im gleichen Haus wie er zu wohnen schien.

Meistens verbrachten Elwood und seine Begleiterin drei bis vier Stunden in dem Haus auf dem Telegraph Hill. Auch andere Leute – alle offenbar in guten Verhältnissen – betraten und verließen ebenfalls das Haus, während Dick es beobachtete.

Ich erklomm den Telegraph Hill, um mir selbst das Haus anzusehen. Es war ein großes Haus aus Holz, eigelb gestrichen. Es hing schwindelerregend auf einem Vorsprung des Hügels, einem Vorsprung, der steil zu einem Steinbruch abfiel. Es sah so aus, als würde das Haus jeden Moment auf die weit darunter liegenden Dächer rutschen.

Es gab keine unmittelbaren Nachbarhäuser. Der Zugang war von Sträuchern und Bäumen gesäumt.

Ich befaßte mich eingehend mit diesem Teil des Hügels und klapperte sämtliche in der Nähe liegenden Häuser ab. Niemand wußte etwas über das gelbe Haus oder seine Bewohner. Die Leute auf dem Hügel sind nicht neugierig – vielleicht, weil die meisten von ihnen selbst etwas zu verbergen haben.

Meine Kletterei brachte mir nichts ein, bis es mir gelang, zu erfahren, wem das gelbe Haus gehörte. Es gehörte zu einem Grundbesitz, dessen Verwaltung von der West Coast Trust Company wahrgenommen wurde.

Ich dehnte meine Ermittlungen auf die Treuhandgesellschaft aus – mit einigem Erfolg. Das Haus war vor acht Monaten von Raymond Elwood gemietet worden, und zwar für einen Kunden namens T. F. Maxwell.

Wir konnten Maxwell nicht finden. Wir konnten niemanden auftreiben, der Maxwell kannte. Wir konnten keinen Beweis dafür entdecken, daß Maxwell mehr als ein Name war.

Einer der Mitarbeiter ging zu dem gelben Haus auf dem Hügel hinauf und drückte eine halbe Stunde lang ohne Ergebnis auf die Klingel. Wir taten dies kein zweites Mal, um in diesem Stadium kein Aufsehen zu erregen.

Ich machte einen zweiten Trip auf den Hügel und begab mich auf Haussuche. Ich konnte kein Gebäude finden, das so sehr in der Nähe des gelben Hauses lag, wie ich es mir gewünscht hätte, doch es gelang mir, eine Dreizimmerwohnung zu mieten, von der aus man seinen Zugang beobachten konnte.

Dick und ich kampierten in der Wohnung – mit Pat Reddy, wenn er nichts anderes zu tun hatte – und beobachteten Autos, die in den abgeschirmten Weg zu dem gelben Haus einbogen. Nachmittags und abends erschienen Autos. In den meisten saßen Frauen. Wir sahen niemanden, der in dem Haus zu wohnen schien. Elwood kam täglich, manchmal allein, manchmal mit

Frauen, deren Gesichter wir von unserem Fenster aus nicht sehen konnten.

Einige der Besucherinnen beschatteten wir. Sie waren ohne Ausnahme wohlhabend, und einige gehörten der guten Gesellschaft an. Wir redeten mit keiner von ihnen. Selbst ein gut gewählter Vorwand erweist sich meist als erfolglos und vertreibt das scheue Wild, mit dem wir es zu tun hatten.

Drei Tage lang ging das so – dann kam unsere Chance.

Es war früh am Abend, kurz vor Einbruch der Dunkelheit. Pat Reddy hatte angerufen, daß er zwei Tage und eine Nacht mit einem Fall zu tun gehabt hatte und daß er rund um die Uhr schlafen wolle. Dick und ich saßen am Fenster unserer Wohnung, beobachteten Autos, die zu dem gelben Haus einbogen, und schrieben ihre Zulassungsnummern auf, wenn sie durch den blauweißen Lichtfleck einer Bogenlampe fuhren, die direkt unter unserem Fenster stand.

Eine Frau kam zu Fuß den Hügel heraufgestiegen. Es war eine große, kräftig gebaute Frau. Ein dunkler Schleier, der nicht dick genug war, daß es so aussah, als trage sie ihn, um ihr Gesicht zu verbergen, verbarg es trotzdem. Auf der anderen Seite der Straße ging sie den Hügel hinauf, vorbei an unserer Wohnung.

Ein nächtlicher Wind, der vom Pazifik her wehte, ließ das Geschäftsschild eines Lebensmittelhändlers unter uns quietschen und ließ die Bogenlampe darüber schwanken. Der Wind erfaßte die Frau, als sie den Schutz unseres Hauses verließ. Er zerrte an ihrem Mantel und ihrem Rock. Sie wandte dem Wind den Rücken zu und hielt ihren Hut fest. Der Schleier flatterte vor ihrem Gesicht.

Ihr Gesicht war das Gesicht von einem Foto – Myra Banbrocks Gesicht.

Dick erkannte sie zugleich mit mir. »Unser Baby!« rief er und sprang auf.

»Warte«, sagte ich. »Sie geht in das Haus am Rand des Hügels. Laß sie gehen. Wir laufen ihr nach, wenn sie drinnen ist. Das ist ein Grund für uns, die Bude zu durchsuchen.«

Ich ging ins Nebenzimmer, in dem das Telefon war, und rief Pat Reddy an.

»Sie ist nicht reingegangen«, rief mir Dick vom Fenster aus zu. »Sie ist an dem Weg vorbeigegangen.«

»Ihr nach!« befahl ich. »Das Ganze hat keinen Sinn. Was ist mit ihr los?« Ich war irgendwie empört darüber. »Sie muß reingehen! Verfolge sie. Ich komm nach, sobald ich Pat Bescheid gesagt habe.«

Dick ging.

Pats Frau meldete sich. Ich sagte ihr, wer ich war.

»Würden Sie Pat bitte aus dem Bett holen und hierher schicken? Er weiß, wo ich bin. Sagen Sie ihm, ich brauche ihn dringendst.«

»In Ordnung«, sagte sie. »Er ist in zehn Minuten dort – wo das auch sein mag.«

Draußen ging ich die Straße hinauf und suchte Dick und Myra Banbrock. Keiner von beiden war zu sehen. Nachdem ich an den Sträuchern vorbeigegangen war, die das gelbe Haus abschirmten, bog ich nach links auf einen steinigen Weg ab. Keine Spur von den beiden.

Ich drehte mich rechtzeitig um, um zu sehen, wie Dick in unsere Wohnung ging. Ich folgte ihm.

»Sie ist drin«, sagte er, als ich zu ihm trat. »Sie ist die Straße hinaufgegangen, schlug sich durch ein paar Büsche durch, kam zum Rand der Klippe zurück und rutschte mit den Füßen zuerst durch ein Kellerfenster.«

Das war nett. Je verrückter sich die Leute benehmen, hinter denen man her ist, um so schneller ist man im allgemeinen am Ende seiner Probleme. Reddy traf eine oder zwei Minuten früher ein, als es seine Frau versprochen hatte. Er knöpfte sich seine Kleider zu, als er hereinkam.

»Was, zum Teufel, haben Sie Althea gesagt?« fuhr er mich an. »Sie gab mir einen Mantel, den ich über meinen Pyjama ziehen sollte, warf meine übrigen Sachen in den Wagen, und ich mußte während der Fahrt in sie reinschlüpfen.«

»Warten Sie eine Weile, dann bedaure ich Sie«, ging ich über seinen Ärger hinweg. »Myra Banbrock ist eben durch ein Kellerfenster in das Haus gestiegen. Elwood ist schon seit einer Stunde da. Beeilen wir uns.«

Pat ist ein besonnener Mensch.

»Wir brauchen trotzdem einen Durchsuchungsbefehl«, wandte er ein.

»Sicher«, stimmte ich zu, »aber den können Sie sich nachher beschaffen. Jetzt sind Sie schon mal hier. Die Polizei von Contra Costa County sucht sie – vielleicht wegen Mordes. Das ist für uns Grund genug, um das Haus zu betreten. Wir holen sie uns. Sollten wir noch auf etwas anderes stoßen – um so besser.«

Pat knöpfte sich seine Weste zu.

»Also meinetwegen«, sagte er säuerlich. »Wie Sie wollen. Aber wenn ich gefeuert werde, weil ich ein Haus ohne Befugnis durchsuche, müssen Sie mir einen Job bei Ihrer gesetzesbrecherischen Agentur geben.«

»Klar.« Ich wandte mich zu Foley. »Du mußt draußen bleiben, Dick. Behalte den Ausgang im Auge. Kümmere dich sonst um niemanden, aber wenn das Banbrock-Mädchen rauskommt, hefte dich an ihre Fersen.«

»Das hab ich erwartet«, jammerte Dick. »Jedes Mal, wenns irgendwelchen Spaß gibt, muß ich irgendwo an einer Straßenecke stehen!«

Pat Reddy und ich gingen direkt den buschgesäumten Weg hinauf zum Eingang des gelben Hauses und drückten auf die Klingel.

Ein großer Schwarzer mit einem roten Fez, einer roten Seidenjacke über einem rotgestreiften Seidenhemd, roten Zuavenhosen und roten Pantoffeln öffnete die Tür. Er füllte sie ganz aus und hob sich von dem Dunkel der Diele ab.

»Ist Mr. Maxwell zu Hause?« fragte ich.

Der Schwarze schüttelte den Kopf und sagte etwas in einer Sprache, die ich nicht verstand.

»Oder Mr. Elwood?«

Wieder schüttelte er den Kopf, wieder unverständliches Zeug.

»Sehen wir doch mal nach, wer zu Hause ist«, beharrte ich.

Aus dem Wortschwall, der mir nichts besagte, gabelte ich diesmal drei auf, die wie ›Master‹, ›nicht‹ und ›zu Hause‹ klangen.

Langsam ging die Tür zu. Ich stellte meinen Fuß dazwischen.

Pat zückte seine Dienstmarke.

Obwohl das Englisch des Schwarzen erbärmlich war, kannte er sich mit Polizeiabzeichen aus.

Er stampfte mit dem einen Fuß auf den Boden hinter sich. Im hinteren Teil des Hauses ertönte ohrenbetäubend ein Gong.

Der Schwarze lehnte sich mit seinem ganzen Gewicht an die Tür.

Ich verlagerte mein Gewicht auf den Fuß, der die Tür blokkierte, beugte mich zur Seite und neigte mich auf den Neger zu.

Von der Hüfte ausholend, rammte ich ihm meine Faust in den Bauch.

Reddy stieß die Tür auf, und wir traten in die Diele.

»Bei Gott, Dicker«, japste der Schwarze mit gutem Virginia-Akzent, »hast du mir wehgetan!«

Reddy und ich gingen an ihm vorbei und die Diele hinunter, die in tiefstem Dunkel lag.

Ich stieß mit dem Fuß an die unterste Stufe einer Treppe.

Oben krachte eine Kanone. Sie schien auf uns gerichtet zu sein, doch sie traf uns nicht.

Ein Stimmengewirr – kreischende Frauen, schreiende Männer – brach oben los, schwoll an und ab, als würde eine Tür geöffnet und geschlossen.

»Los, rauf, Junge«, schrie mir Reddy ins Ohr.

Wir rannten die Treppe hinauf. Den Mann, der auf uns geschossen hatte, fanden wir nicht.

Oben an der Treppe war eine versperrte Tür. Reddy warf sich dagegen und rammte sie auf.

Wir traten in bläuliches Licht. Ein großer Raum, ganz in Purpur und Gold. Ein Durcheinander von umgestürzten

Möbeln und zerknüllten Teppichen. Neben einer Tür am andern Ende lag ein grauer Pantoffel. Mitten auf dem Fußboden lag ein grünes Seidenkleid. Kein Mensch war da.

Ich rannte mit Pat auf die hinter einem Vorhang verborgene Tür hinter dem Pantoffel zu. Die Tür war nicht versperrt. Reddy riß sie weit auf.

Ein Raum mit drei Mädchen und einem Mann, die in einer Ecke kauerten. Keiner von ihnen war Myra Banbrock oder Raymond Elwood oder sonst wer, den wir kannten.

Nachdem wir uns schnell umgesehen hatten, wandten wir unseren Blick ab.

Die offene Tür auf der anderen Seite des Raumes fesselte unsere Aufmerksamkeit.

Die Tür führte in ein kleines Zimmer.

In dem Zimmer herrschte ein Chaos.

Ein kleines Zimmer, vollgepackt mit verschlungenen Körpern – dampfenden, sich windenden Körpern. Der Raum glich einem Trichter, in den Männer und Frauen hineingeschüttet worden waren. Lärmend wälzten sie sich auf das eine kleine Fenster zu, das die Öffnung des Trichters darstellte. Männer und Frauen, Jungen und Mädchen, schreiend, zappelnd, sich windend, kämpfend. Einige hatten keine Kleider an.

»Wir schlagen uns durch und blockieren das Fenster!« schrie Pat mir ins Ohr.

»Denkste –« begann ich, doch er hatte sich schon in das Wirrwarr gestürzt. Ich folgte ihm.

Ich hatte nicht die Absicht, das Fenster zu blockieren. Ich hatte vor, Pat vor seiner Dummheit zu bewahren. Keine fünf Männer hätten sich durch diese wogende Masse von Irren durchkämpfen können. Keine zehn Männer hätten sie vom Fenster wegdrängen können.

Pat lag – so groß er ist – auf dem Boden, als ich ihn erreichte.

Ein halbbekleidetes Mädchen – ein Kind – hämmerte mit scharfen, hohen Absätzen auf sein Gesicht. Hände und Füße droschen auf ihn ein.

Ich befreite ihn, indem ich mit meinem Pistolenknauf auf Kinne und Handgelenke einhieb, und zerrte ihn zurück.

»Myra ist nicht da!« schrie ich ihm ins Ohr, als ich ihm hochhalf. »Elwood auch nicht!«

Ich war mir nicht sicher, doch ich hatte sie nicht gesehen, und ich bezweifelte, daß sie sich in dieser Horde befanden. Diese Wilden, die sich, ohne sich um uns zu kümmern, wieder zum Fenster drängten, mochten sein, wer sie wollten, doch sie gehörten nicht zum inneren Kreis. Sie waren der Pöbel, und die Anführer waren sicher nicht unter ihnen.

»Sehen wir in den anderen Zimmern nach«, schrie ich. »Die können wir nicht brauchen.«

Pat rieb sich mit dem Handrücken über sein zerkratztes Gesicht und lachte.

»Verlassen Sie sich drauf – ich hab genug von ihnen«, sagte er.

Wir gingen den Weg, den wir gekommen waren, zum oberen Teil der Treppe zurück. Wir sahen niemanden. Die Mädchen und Männer, die im Nebenzimmer gewesen waren, waren verschwunden.

Oben an der Treppe blieben wir stehen. Hinter uns war kein Geräusch zu hören, außer dem leiseren Geschrei der Irren, die darum kämpften, aus dem Raum herauszukommen.

Unten fiel laut eine Tür zu.

Eine Gestalt kam aus dem Nichts, prallte gegen meinen Rücken, warf mich auf den Treppenabsatz.

An meiner Wange spürte ich Seide. Eine kräftige Hand griff nach meinem Hals.

Ich krümmte mein Handgelenk, bis meine Kanone umgedreht an meiner Wange lag. Ich betete um mein Ohr und drückte ab.

Meine Wange brannte. In meinem Kopf dröhnte es, als wollte er platzen.

Die Seide glitt weg.

Pat zerrte mich hoch.

Wir liefen die Treppe hinunter.

Wumm!

Etwas sauste an meinem Gesicht vorbei und streifte mein Haar. Tausend Stücke Glas, Porzellan, Gips explodierten vor meinen Füßen.

Ich hob den Kopf und die Kanone.

Die rotseidenen Arme eines Negers streckten sich über das Geländer über uns.

Ich schoß einmal auf ihn, Pat zweimal.

Der Neger taumelte über das Geländer.

Er kam auf uns herabgestürzt, die Arme ausgestreckt – der Sturzflug eines Toten.

Wir rannten unter ihm weg die Treppe hinunter.

Das Haus erbebte, als er aufschlug, doch wir achteten nicht weiter auf ihn.

Der glatte, geschniegelte Kopf Raymond Elwoods fesselte unsere Aufmerksamkeit.

In dem Licht von oben lugte er für den Bruchteil einer Sekunde um den Pfosten am Fuß der Treppe. Tauchte auf und verschwand wieder.

Pat Reddy, der näher am Geländer war als ich, schwang sich darüber in das Dunkel unter uns.

Ich erreichte den Fuß der Treppe mit zwei Sprüngen, riß mich mit einer Hand um den Pfosten herum und ließ mich in das plötzlich von Lärm erfüllte Dunkel der Diele fallen.

Ich rannte gegen eine Wand, die ich nicht sehen konnte, prallte gegen die Wand gegenüber und landete in einem Zimmer, dessen graues Licht in das Dunkel der Diele schien.

Pat Reddy stützte sich mit einer Hand auf eine Sessellehne und hielt sich mit der andern den Bauch. Sein Gesicht war mausgrau. Seine Augen waren glasig vor Schmerz. Er sah aus wie ein Mann, der einen Tritt gekriegt hatte.

Das Grinsen, das er versuchte, mißlang. Er deutete mit dem Kopf auf den rückwärtigen Teil des Hauses. Ich ging nach hinten.

In einem kleinen Gang fand ich Raymond Elwood.

Er schluchzte und zerrte wild an einer versperrten Tür. Sein Gesicht war kreidebleich vor Entsetzen.

Ich schätzte die Entfernung zwischen uns ab.

Er drehte sich um, als ich losstürzte.

Ich legte meine ganze Kraft in meinen Arm und schlug mit der Kanone zu.

Eine Tonne Fleisch und Knochen krachte gegen meinen Rücken.

Ich taumelte gegen die Wand, atemlos, schwindlig, benommen.

Rotseidene Arme, die in braunen Händen endeten, umklammerten mich.

Ich fragte mich, ob ich es mit einem ganzen Regiment dieser bunt aufgeputzten Neger zu tun hatte oder ob ich immer und immer wieder zusammenprallte.

Er ließ mir nicht viel Zeit zum Denken.

Er war groß. Er war stark. Er hatte nichts Gutes im Sinn.

Der Arm mit meiner Kanone hing an meiner Seite herab. Ich versuchte einen Schuß auf die Füße des Negers abzufeuern. Traf nicht. Versuchte es noch einmal. Er zog seine Füße weg. Ich wandte mich halb herum, ihm halb zu.

Elwood ging von der andern Seite auf mich los.

Der Neger bog mich zurück und krümmte mein Rückgrat wie ein Akkordeon.

Ich bemühte mich, meine Knie steif zu machen. Zuviel Gewicht hing an mir. Meine Knie sackten ein, und ich krümmte mich nach hinten.

Pat Reddy, der schwankend in der Tür erschien, strahlte mich über die Schulter des Negers wie der Erzengel Gabriel an.

Pats Gesicht war grau vor Schmerz, doch seine Augen waren klar. In der rechten Hand hielt er eine Kanone. Mit der Linken zog er einen Totschläger aus der Hüfttasche.

Er schmetterte ihn auf den rasierten Schädel des Negers.

Der Schwarze torkelte, den Kopf schüttelnd, von mir weg.

Pat schlug ihn noch einmal, bevor der Neger auf ihn losging. Er traf ihn voll ins Gesicht, konnte ihn aber nicht abschütteln.

Ich riß meine freie Hand hoch, jagte Elwood eine Kugel durch die Brust und ließ ihn an mir herab auf den Boden gleiten.

Der Neger hatte Pat an die Wand gedrängt und setzte ihm schwer zu. Sein breiter roter Rücken bot ein gutes Ziel.

Doch ich hatte fünf von den sechs Kugeln in meiner Kanone verschossen. In meiner Tasche waren noch mehr, doch Laden kostet Zeit.

Ich trat über Elwoods kraftlose Hände hinweg und bearbeitete den Neger mit dem Knauf meiner Kanone. Wo sein Schädel und sein Hals ineinander übergingen, war ein Fettwulst. Als ich ihn das dritte Mal traf, ging er nieder und riß Pat mit sich.

Ich wälzte ihn von Pat herunter. Der blonde Polizeidetektiv stand auf.

Am anderen Ende des Ganges lag hinter einer offenen Tür eine leere Küche.

Pat und ich gingen zu der Tür, an der Elwood gezerrt hatte. Es war ein gutes Stück Tischlerarbeit und fest verschlossen.

Gemeinsam warfen wir uns mit unseren vereinten dreihundertsiebzig oder -achtzig Pfund gegen die Tür.

Sie erbebte, gab aber nicht nach. Wir stießen wieder zu. Holz, das wir nicht sehen konnten, splitterte.

Noch mal.

Die Tür ging auf. Wir purzelten hindurch und rollten uns überschlagend eine Treppe hinunter, bis wir auf einen Zementboden aufschlugen.

Pat kam als erster zu sich.

»Sie sind mir ein schöner Akrobat«, sagte er. »Runter von meinem Rücken!«

Ich stand auf. Er stand auf. Wir schienen den Abend abwechselnd damit zu verbringen, auf den Boden zu stürzen und vom Boden aufzustehen.

Neben meiner Schulter war ein Lichtschalter. Ich knipste ihn an.

Wenn ich nur halbwegs so aussah wie Pat, waren wir ein schönes Paar von Schreckgespenstern. Er war zerschunden und voll Dreck und hatte nicht mehr genug am Leib, um beides zu verbergen.

Sein Anblick gefiel mir nicht, und so schaute ich mich in dem Keller um, in dem wir standen. In seinem hinteren Teil befanden sich ein Heizungsofen, Kohlenbehälter und ein Holzstoß. Vorn waren ein Gang und Zimmer, genauso wie oben.

Die erste Tür, die wir zu öffnen versuchten, war versperrt, aber nicht fest. Wir stürzten durch sie in die Dunkelkammer eines Fotografen.

Die zweite Tür war unversperrt und führte in ein chemisches Labor; Retorten, Röhren, Brenner und ein kleiner Destillierapparat. In der Mitte des Raums stand ein kleiner, runder eiserner Ofen. Niemand war da.

Weniger freudig gingen wir hinaus auf den Gang und zur dritten Tür. Dieser Keller schien eine Pleite zu sein. Wir vergeudeten hier Zeit, während es oben sicher Wichtigeres gab. Ich rüttelte an der Tür.

Sie gab nicht nach.

Wir warfen uns gemeinsam dagegen. Sie rührte sich nicht.

»Moment.« Pat ging nach hinten zu dem Holzstoß und kam mit einer Axt zurück.

Er hieb mit der Axt gegen die Tür und riß ein Stück Holz heraus. Silbrige Funken sprühten aus dem Loch. Die andere Seite der Tür bestand aus einer Eisen- oder Stahlplatte.

Pat ließ die Axt sinken und stützte sich auf den Griff.

»Das nächste Rezept verschreiben Sie«, sagte er.

Ich hatte nichts vorzuschlagen, außer: »Ich bleibe hier. Sie rennen nach oben und sehen nach, ob schon welche von Ihren Bullen aufgetaucht sind. Dies ist ein gottverlassenes Loch, aber vielleicht hat jemand Alarm geschlagen. Sehen Sie nach, ob Sie einen anderen Eingang in diesen Raum finden – vielleicht ein Fenster oder genügend Männer, die uns helfen, diese Tür aufzukriegen.«

Pat wandte sich zur Treppe.

Ein Geräusch stoppte ihn – das Klicken von Riegeln auf der anderen Seite der eisenbeschlagenen Tür.

Ein Sprung brachte Pat auf die eine Seite der Tür. Mit einem Schritt trat ich auf die andere.

Langsam ging die Tür nach innen auf. Zu langsam.

Ich stieß sie auf.

Pat und ich folgten meinem Stoß und traten in den Raum.

Seine Schulter traf eine Frau. Es gelang mir, sie aufzufangen, bevor sie hinfiel.

Pat nahm ihr ihre Kanone ab. Ich richtete sie auf die Füße auf.

Ihr Gesicht war ein blasses, ausdrucksloses Viereck.

Es war Myra Banbrock, doch sie war nicht im mindesten so männlich wie auf den Fotos und in ihrer Beschreibung.

Ich hielt sie mit einem Arm aufrecht, wo ich zugleich ihre Arme festhielt, und sah mich in dem Raum um.

Es war eine kleine Bude, deren Wände aus braungestrichenem Metall bestanden. Auf dem Boden lag ein komisch aussehender, kleiner toter Mann.

Ein kleiner Mann in eng anliegendem schwarzem Samt und Seide. Eine Bluse und Kniehosen aus schwarzem Samt, schwarze Seidenstrümpfe, ein Käppchen auf dem Kopf und schwarze Pumps aus Lackleder. Sein Gesicht war klein und alt und knochig, doch steinglatt, ohne Falten und Runzeln.

In seiner Bluse, wo sie hoch unter sein Kinn heraufreichte, war ein Loch. Aus dem Loch sickerte langsam Blut. Auf dem Boden um ihn sah man, daß es eine kleine Weile zuvor stärker geblutet hatte.

Hinter ihm stand ein offener Safe. Davor auf dem Boden waren Papiere verstreut, als hätte man den Safe gekippt, um sie herausrutschen zu lassen.

Das Mädchen lehnte sich an meinen Arm.

»Haben Sie ihn umgebracht?« fragte ich.

Ihr »Ja« war so leise, daß es einen Meter weit weg nicht zu hören gewesen wäre.

»Warum?«

Mit einem müden Zucken des Kopfes schüttelte sie das kurze braune Haar aus ihren Augen.

»Ist das wichtig?« fragte sie. »Ich hab ihn eben umgebracht.«

»Natürlich ist das wichtig«, sagte ich, zog meinen Arm weg, ging zur Tür und machte sie zu. Menschen reden offener in einem Raum mit geschlossener Tür. »Ich bin von Ihrem Vater engagiert. Mr. Reddy ist ein Polizeidetektiv. Natürlich kann keiner von uns gegen die Gesetze an, aber wenn Sie uns sagen, was passiert ist, können wir Ihnen vielleicht helfen.«

»Sie sind von meinem Vater engagiert?« fragte sie.

»Ja. Als Sie und Ihre Schwester verschwanden, beauftragte er mich, Sie zu suchen. Wir haben Ihre Schwester gefunden und –«

Leben erfüllte ihr Gesicht und ihre Augen und ihre Stimme.

»Ich habe Ruth nicht umgebracht!« rief sie. »Die Zeitungen haben gelogen! Ich hab sie nicht umgebracht! Ich wußte nicht, daß sie den Revolver hatte. Ich wußte es nicht! Wir wollten fortgehen und uns verstecken – vor allem. Wir haben im Wald haltgemacht, um diese Sachen zu verbrennen. Da hab ich das erste Mal gemerkt, daß sie den Revolver hatte. Wir hatten zuerst von Selbstmord gesprochen, aber ich hab sie überredet – oder gedacht, ich hätte sie überredet –, es nicht zu tun. Ich hab versucht, ihr den Revolver wegzunehmen, doch es gelang mir nicht. Sie hat sich erschossen, während ich versuchte, ihn ihr zu entwinden. Ich hab versucht, sie davon abzubringen. Ich hab sie nicht umgebracht!«

Das brachte uns schon etwas weiter.

»Und dann?« ermutigte ich sie.

»Und dann fuhr ich nach Sacramento, ließ den Wagen dort und kam nach San Franzisko zurück. Ruth sagte mir, sie hätte Raymond Elwood einen Brief geschrieben. Sie sagte es mir, bevor ich sie überredet hatte, sich nicht umzubringen – das erste Mal. Ich versuchte den Brief von Raymond zu bekommen. Sie hatte ihm geschrieben, daß sie sich umbringen würde. Ich bemühte mich, den Brief zu kriegen, aber Raymond sagte, er hätte ihn Hador gegeben.

Heute abend kam ich hierher, um ihn zu holen. Ich hatte ihn eben gefunden, als oben ein Höllenlärm losbrach. Dann kam

Hador herein und fand mich. Er verriegelte die Tür. Und dann – dann hab ich ihn mit dem Revolver, der in dem Safe war, erschossen. Ich – ich erschoß ihn, als er sich abwandte, bevor er irgendwas sagen konnte. Ich mußte es so machen – sonst hätte ichs nicht gekonnt.«

»Sie meinen, Sie haben ihn erschossen, ohne daß er Sie bedrohte oder angriff?« fragte Pat.

»Ja, ich hatte Angst vor ihm – Angst, daß er sprechen würde. Ich habe ihn gehaßt! Es ging nicht anders, ich mußte es so machen. Wenn er gesprochen hätte, hätte ich ihn nicht erschießen können. Er – er hätte mich nicht gelassen!«

»Wer war dieser Hador?« fragte ich.

Ihr Blick wanderte von Pat und mir zu den Wänden, zur Decke, zu dem komischen, kleinen toten Mann auf dem Boden.

»Er war ein –« Sie räusperte sich und setzte wieder an, auf ihre Füße niederstarrend. »Raymond Elwood hat uns das erste Mal hierhergebracht. Wir fanden es komisch. Doch Hador war ein Teufel. Er sagte einem allerlei Dinge, und man glaubte sie. Man konnte nicht anders. Er sagte einem alles mögliche, und man glaubte es. Vielleicht standen wir unter dem Einfluß von Drogen. Es gab immer einen warmen bläulichen Wein. Es muß eine Droge drin gewesen sein; sonst hätten wir nicht diese Dinge tun können. Niemand hätte es gekonnt. Er nannte sich einen Priester – einen Priester von Alzoa. Er lehrte die Befreiung des Geistes vom Körper durch –«

Sie brach ab und erschauderte.

»Es war entsetzlich!« sagte sie in das Schweigen hinein, das Pat und ich bewahrten. »Aber man hat ihm geglaubt. Das war das Wesentliche. Sie können es nicht verstehen, wenn Sie das nicht begreifen. Die Dinge, die er lehrte, waren unmöglich. Doch er sagte, sie wären wirklich so, und man glaubte ihm das. Oder vielleicht – ich weiß es nicht –, vielleicht glaubte man nur deshalb daran, weil man verrückt war und Drogen im Blut hatte. Wir kamen immer und immer wieder, wochenlang, monatelang, bevor uns der Ekel, der uns erfüllte, schließlich vertrieb.

Wir kamen nicht mehr, Ruth und ich – und Irma. Und dann fanden wir heraus, was er wirklich war. Er verlangte Geld, mehr Geld, als wir gezahlt hatten, als wir an seinen Kult glaubten – oder zu glauben vorgaben. Wir konnten ihm das Geld, das er verlangte, nicht geben. Ich sagte ihm, daß wir es nicht tun würden. Er schickte uns Fotos von uns, die er aufgenommen hatte, während wir hier waren. Es waren unbeschreibliche Bilder. Und sie waren echt! Wir wußten, daß sie echt waren! Was sollten wir tun? Er sagte, er würde Abzüge an unseren Vater schicken, an unsere Freunde, an alle, die wir kannten, wenn wir nicht zahlten.

Was sollten wir tun außer zahlen? Wir beschafften uns das Geld irgendwie. Wir gaben ihm Geld – immer mehr und mehr. Und dann hatten wir keins mehr und konnten keins mehr beschaffen. Wir wußten nicht, was wir tun sollten, außer – Ruth und Irma wollten sich umbringen. Auch ich habe daran gedacht. Doch ich redete es Ruth aus. Ich sagte ihr, wir würden weggehen. Ich würde sie fortbringen – in Sicherheit. Und dann – dann dies!«

Sie brach ab und starrte weiter auf ihre Füße.

Ich blickte auf den kleinen toten Mann auf dem Boden, diesen unheimlichen Kerl mit seiner schwarzen Kappe und seinem Kostüm. Aus seinem Hals sickerte kein Blut mehr.

Es war nicht schwer, die Teile zusammenzusetzen. Dieser tote Hador, selbsternannter Priester, hatte unter dem Vorwand religiöser Zeremonien Orgien veranstaltet. Elwood, sein Komplize, hatte ihm wohlhabende Frauen aus angesehenen Familien gebracht. Ein Raum, der hell genug zum Fotografieren war, mit einer versteckten Kamera. Geldspenden seiner Anhänger, solange sie seinem Kult anhingen. Danach Erpressung mit Hilfe der Fotos.

Ich blickte von Hador auf Pat Reddy. Er starrte den Toten finster an. Kein Geräusch drang von draußen in den Raum.

»Haben Sie den Brief, den Ihre Schwester Elwood geschrieben hat?« fragte ich das Mädchen.

Ihre Hand fuhr zu ihrem Busen, wo ein zerknülltes Papier steckte.

»Ja.«

»Es steht eindeutig drin, daß sie sich umbringen wollte?«

»Ja.«

»Dadurch dürfte sie mit Contra Costa quitt sein«, sagte ich zu Pat.

Er nickte mit seinem zerschundenen Kopf.

»Das glaube ich auch. Auch ohne den Brief hätten sie ihr wohl kaum einen Mord nachweisen können. Mit ihm werden sie sie nicht vor Gericht stellen. Das ist ziemlich sicher. Dafür, daß sie diesen Kerl erschossen hat, wird sie keine Schwierigkeiten kriegen. Man wird sie freisprechen und sich obendrein noch bei ihr bedanken.«

Myra Banbrock zuckte vor Pat zurück, als hätte er sie ins Gesicht geschlagen.

Ich war von ihrem Vater angeheuert worden. Ich sah ihre Seite der Sache.

Ich zündete mir eine Zigarette an und betrachtete, was ich unter dem Blut und Schmutz von Pats Gesicht sehen konnte. Pat ist ein prima Kerl.

»Hören Sie, Pat«, beschwatzte ich ihn, doch in einem Ton, als liege es mir völlig fern, ihn zu beschwatzen. »Es kann sein, daß Miss Banbrock vor Gericht kommt und freigesprochen wird und daß man sich außerdem noch bei ihr bedankt. Doch damit das passiert, muß sie alles vorbringen, was sie weiß. Sie braucht sämtliche Beweise, die es gibt. Sie muß all die Fotos vorlegen, die Hador aufgenommen hat – oder alle, die wir finden können.

Einige dieser Bilder haben Frauen zum Selbstmord getrieben, Pat – zumindest zwei, die wir kennen. Wenn Miss Banbrock vor Gericht kommt, müssen wir die Fotos von Gott weiß wie vielen anderen Frauen der Öffentlichkeit preisgeben. Wir müssen Dinge aufdecken, die Miss Banbrock und wer weiß wie viele andere Frauen und Mädchen in eine Lage bringen, aus der mindestens zwei Frauen nur einen Selbstmord als Ausweg sahen.«

Pat sah mich finster an und rieb sich sein schmutziges Kinn mit einem noch schmutzigeren Daumen.

Ich holte tief Luft und deckte meine Karten auf. »Pat, Sie und ich sind hierher gekommen, um Raymond Elwood zu vernehmen, nachdem wir ihn hier aufgespürt hatten. Vielleicht verdächtigten wir ihn, mit der Bande zu tun zu haben, die letzten Monat die Bank in St. Louis ausraubte. Vielleicht verdächtigten wir ihn, das Zeug verhökert zu haben, das vorletzte Woche bei dem Überfall in der Nähe von Denver aus dem Postzug geraubt wurde. Jedenfalls waren wir hinter ihm her, weil wir wußten, daß er eine Menge Geld unbekannter Herkunft hatte und daß er ein Immobilienbüro betrieb, das in Wirklichkeit keine Immobiliengeschäfte machte.

Wir kamen hierher, um ihn im Zusammenhang mit einem dieser Fälle zu vernehmen. Wir wurden oben von ein paar Negern angefallen, als sie herausfanden, daß wir Detektive sind. Daraus hat sich all das andere ergeben. Dieser religiöse Kult war etwas, worauf wir nur zufällig gestoßen sind, und er hat uns nicht besonders interessiert. Soviel wir wissen, sind all diese Leute nur aus Freundschaft für den Mann, den wir vernehmen wollten, auf uns losgegangen. Hador war einer davon, und als Sie mit ihm rangen, haben Sie ihn mit seiner eigenen Kanone erschossen, die natürlich jene war, die Miss Banbrock im Safe gefunden hat.«

Reddy schien mein Vorschlag überhaupt nicht zu gefallen. Der Blick, mit dem er mich ansah, war unverkennbar grimmig.

»Sie sind wohl übergeschnappt«, warf er mir vor. »Was bringt das ein? Damit halten Sie Miss Banbrock nicht heraus. Sie ist doch hier – oder nicht? –, und alles übrige wird sich von selbst ergeben.«

»Aber Miss Banbrock war nicht hier«, erklärte ich. »Vielleicht wimmelt es inzwischen oben von Bullen. Vielleicht auch nicht. Jedenfalls bringen Sie Miss Banbrock von hier weg und übergeben sie Dick Foley, der sie heimbringen wird. Sie hat nichts mit dieser Sache zu tun. Morgen werden sie, der Anwalt ihres Vaters und ich hinauf nach Martinez fahren und mit dem Staatsanwalt von Contra Costa County verhandeln. Wir werden ihm beweisen, daß Ruth sich selbst umgebracht hat. Wenn jemand den Elwood, der hoffentlich tot oben liegt, mit dem Elwood in Zusammenhang bringen sollte, der die Mädchen und Mrs. Correll kannte – was ist schon dabei? Wenn wir einen Prozeß vermeiden – was wir tun werden, indem wir die Contra-Costa-Leute überzeugen, daß sie sie unmöglich wegen des Mordes an ihrer Schwester verurteilen können –, dann kommt nichts in die Zeitungen, und es gibt keinen Ärger.«

Pat sah mich unentschlossen an, den Daumen noch am Kinn.

»Vergessen Sie nicht«, drängte ich ihn, »daß wir dies nicht nur für Miss Banbrock tun. Es geht doch um einen Haufen toter und eine Menge lebender Frauen, die sich sicherlich aus eigenem Antrieb mit Hador eingelassen haben, aber die doch trotzdem menschliche Wesen sind.«

Pat schüttelte störrisch den Kopf.

»Tut mir leid«, sagte ich mit gespielter Hoffnungslosigkeit zu dem Mädchen. »Ich habe getan, was ich kann, aber es ist von Reddy zuviel verlangt. Ich kanns ihm nicht verübeln, daß er Angst hat, soviel zu riskieren.«

Pat ist ein Ire. »Stecken Sie's doch nicht so verdammt schnell auf«, fuhr er mich an und stoppte meine Heuchelei. »Aber warum muß ich derjenige sein, der Hador erschossen hat? Warum nicht Sie?«

Ich hatte ihn soweit!

»Weil Sie ein Bulle sind und ich nicht«, erklärte ich. »Es wird einen kleineren Skandal geben, wenn er guten Glaubens von einem sterntragenden, plattfüßigen Gesetzesbeamten erschossen wurde. Ich habe die meisten dieser Kerle oben umgelegt. Sie sollten etwas tun, um zu zeigen, daß Sie auch da waren.«

Das war nur ein Teil der Wahrheit. Ich dachte, wenn Pat die Verantwortung übernahm, konnte er sich nachher nicht gut darum drücken, ganz gleich, was passierte. Pat ist ein prima Kerl, und ich habe volles Vertrauen zu ihm – aber man kann einem Mann viel leichter vertrauen, wenn man ihn eingewickelt hat.

Pat brummte und schüttelte den Kopf, doch er knurrte: »Kein Zweifel, ich ruiniere mich – aber ich werd's ausnahmsweise tun.«

»Na endlich!« Ich hob den Hut des Mädchens auf, der in einer Ecke lag. »Ich warte hier, bis Sie sie Dick übergeben haben und zurückkommen.« Ich gab dem Mädchen den Hut und zugleich einige Anweisungen. »Sie fahren mit dem Mann, dem Reddy Sie übergibt, nach Hause. Bleiben Sie dort, bis ich komme, was ich tun werde, sobald ich es schaffe. Sagen Sie niemandem irgendwas, außer, daß ich Ihnen gesagt habe, Sie sollen den Mund halten. Auch nicht Ihrem Vater. Erzählen Sie ihm, ich habe Ihnen gesagt, ihm nicht zu verraten, wo Sie mich gesehen haben. Ist das klar?«

»Ja, und ich –«

Dankbarkeit ist etwas, was man gern akzeptiert, doch sie hält einen auf, wenn man beschäftigt ist.

»Haut ab, Pat!«

Sie gingen.

Sobald ich mit dem Toten allein war, trat ich über ihn, kniete mich vor den Safe, schob Briefe und Papiere weg und suchte nach Fotos. Es war keins zu sehen. Ein Fach des Safes war verschlossen.

Ich filzte die Leiche. Kein Schlüssel. Das verschlossene Fach war nicht sehr stabil, doch in bin nicht der beste Safeknacker im Westen. Ich brauchte eine Weile, um es zu öffnen.

Was ich suchte, war darin. Ein dicker Stoß Negative. Ein Stapel Abzüge – an die fünfzig.

Ich begann sie durchzusehen und nach den Bildern der Banbrock-Mädchen zu suchen. Ich wollte sie einstecken, bevor Pat zurückkam. Ich wußte nicht, wieviel weiter er mich gehen lassen würde.

Ich hatte kein Glück, und mir fehlte die Zeit, die ich gebraucht hatte, um in das Fach zu kommen. Er kam zurück, als ich beim sechsten Abzug angelangt war. Diese sechs waren ziemlich gräßlich.

»So, erledigt«, brummte Pat mich an, als er in den Raum trat. »Dick hat sie übernommen. Elwood ist tot, und der einzige von den Negern, die ich oben gesehen habe, auch. Alle andern scheinen abgehauen zu sein. Bullen sind noch keine aufgetaucht, und so hab ich eine Wagenladung angefordert.«

Ich stand auf, den Stoß Negative in der einen Hand, die Abzüge in der andern.

»Was ist das?« fragte er.

Ich versuchte ihn nochmals zu übertölpeln. »Fotos. Sie haben mir eben einen großen Gefallen getan, Pat, und ich bin nicht gemein genug, um Sie um noch einen zu bitten. Aber ich möchte Ihnen etwas vor Augen führen, Pat. Die Entscheidung können Sie treffen.«

»Das hier« – ich hielt ihm die Bilder hin – »ist Hadors Leibrente – die Fotos, mit denen er Geld kassierte oder zu kassieren beabsichtigte. Es sind Fotos von Menschen, Pat, hauptsächlich von Frauen und Mädchen, und einige davon ziemlich scheußlich.

Wenn morgen in den Zeitungen steht, daß in diesem Haus nach dem Skandal ein Haufen Fotos gefunden wurde, dann gibt es in den Zeitungen der nächsten Tage eine dicke Liste von Selbstmorden und eine noch dickere Liste von Vermißtenfällen. Wenn die Zeitungen die Fotos nicht erwähnen, werden die Listen vielleicht ein bißchen kleiner sein, aber nicht viel. Einige der Leute, deren Fotos hier sind, wissen, daß sie hier sind. Sie werden damit rechnen, daß die Polizei sie aufspürt. Wir wissen von den Fotos, daß sich ihretwegen zwei Frauen umgebracht haben. Dies ist ein Haufen Material, das eine Menge Menschen und eine Menge Familien ins Unglück stürzen kann, Pat – ganz gleich, für welche von den zwei Möglichkeiten sich die Zeitungen entscheiden.

Aber angenommen, Pat, die Zeitungen schreiben, daß Hador, bevor er erschossen wurde, eine Menge Bilder und Papiere verbrannte, und zwar bis zur Unkenntlichkeit. Ist es dann nicht wahrscheinlich, daß es keine Selbstmorde geben wird? Daß einige, die in den letzten Monaten verschwunden sind, wieder auftauchen? So ist es, Pat – Sie müssen sich entscheiden.«

Wenn ich daran zurückdenke, scheint es mir, daß ich in diesen Minuten beredsamer gewesen bin als je zuvor in meinem Leben.

Doch Pat war nicht begeistert. Er beschimpfte mich, er überhäufte mich mit Beschimpfungen und mit einem Maß an Gefühl, das mir sagte, daß ich wieder einen Punkt in meinem kleinen Spiel gewonnen hatte. Er belegte mich mit Namen, die ich noch nie von einem Mann, der aus Fleisch und Blut war, gehört hatte, ohne ihm eine zu kleben.

Als er fertig war, trugen wir die Papiere und Fotos und ein kleines Adreßbuch, das wir im Safe fanden, in den Nebenraum und stopften sie in den kleinen, runden eisernen Ofen. Als wir über uns die Polizei hörten, war das Ganze zu Asche verbrannt.

»So, das wär's!« erklärte Pat, als wir mit unserer Arbeit fertig waren. »Und wenn Sie tausend Jahre alt werden – bitten Sie mich nie wieder um einen Gefallen.«

»Das wär's«, wiederholte ich.

Ich mag Pat. Er ist ein prima Kerl. Das sechste Foto in dem Stoß stammte von seiner Frau – der übermütigen, glutäugigen Tochter des Kaffeeimporteurs.

Königsmacher

Am frühen Nachmittag – einem scheußlichen Nachmittag – setzte der Zug aus Belgrad mich in Stefania ab, der Hauptstadt von Muravia. Kalter Wind blies mir kalten Regen ins Gesicht und ließ mir das Wasser den Hals hinunterrinnen, als ich aus der kahlen Granitscheune von einem Bahnhof trat und in ein Taxi stieg.

Der Chauffeur verstand weder Englisch noch Französisch. Gutes Deutsch hätte wahrscheinlich auch nicht geholfen. Meins war nicht gut. Es war ein Mischmasch von Grunz- und Gurgellauten. Dieser Chauffeur war der erste Mensch, der so tat, als verstünde er es. Ich hatte ihn im Verdacht, daß er auf gut Glück riet, und erwartete, in irgendeinen entlegenen Vorort der Stadt gebracht zu werden. Vielleicht war er besonders gut im Raten. Jedenfalls fuhr er mich zum ›Hotel der Republik‹.

Das Hotel war ein neues sechsstöckiges Gebäude, sehr stolz auf seine Fahrstühle, seine amerikanischen Installationen, Zimmer mit Bad und dergleichen modernem Firlefanz. Nachdem ich mich gewaschen und umgezogen hatte, ging ich hinunter ins Restaurant, um eine Kleinigkeit zu essen. Danach, mit genauesten Instruktionen in Englisch, Französisch und Zeichensprache von einem aufgedonnerten Chefportier versehen, schlug ich den Kragen meines Regenmantels hoch und überquerte den matschigen Marktplatz, um Roy Scanlan, dem *Chargé d'affaires* der Vereinigten Staaten in diesem jüngsten und kleinsten Balkanstaat, einen Besuch abzustatten.

Er war ein beleibter kleiner Mann von dreißig Jahren, mit glattem, schon stark angegrautem Haar, nervös zuckendem, schwammigem Gesicht, dicken weißen, fahrigen Händen, und sehr adrett gekleidet. Er schüttelte mir die Hand, drückte mich geschäftig in einen Sessel, warf kaum einen Blick auf mein Empfehlungsschreiben und starrte auf meine Krawatte, während er sagte: »Sie sind also ein Privatdetektiv aus San Franzisko?«

»Ja.«

»Und?«

»Lionel Grantham.«

»Nicht möglich!«

»Aber ja.«

»Er gehört aber –« Dem Diplomaten wurde bewußt, daß er mir in die Augen sah; rasch ließ er seinen Blick zu meinem Haar wandern und vergaß, was er hatte sagen wollen.

»Er gehört aber –?« drängte ich ihn.

»Oh!« – mit einer unbestimmten Geste hob er Kopf und Augenbrauen – »eben nicht zu dieser Sorte!«

»Wie lange ist er schon hier?« fragte ich.

»Zwei Monate – vielleicht auch drei oder dreieinhalb.«

»Kennen Sie ihn gut?«

»O nein! Aber natürlich sehen und sprechen wir uns ab und zu. Er und ich sind schließlich die einzigen Amerikaner hier, und deshalb kennen wir uns, wie man sich eben unter solchen Umständen kennt.«

»Wissen Sie, was er hier tut?«

»Nein, keine Ahnung. Wahrscheinlich ist er einfach auf seinen Reisen für eine Zeitlang hier hängengeblieben – das heißt, falls er nicht doch einen besonderen Grund dafür hat. Soviel ich weiß, spielt da auch ein Mädchen eine Rolle – General Radnjaks Tochter –, wenn ichs auch nicht recht glauben kann.«

»Wie verbringt er seine Zeit?«

»Ich habe wirklich keine Ahnung. Er wohnt im ›Hotel der Republik‹, ist ausgesprochen beliebt in unserer ausländischen Kolonie, reitet ein wenig und führt das übliche Leben eines wohlhabenden jungen Mannes aus guter Familie.«

»Verkehrt er mit jemandem, mit dem er keinen Umgang haben sollte?«

»Nicht, daß ich wüßte, abgesehen davon, daß ich ihn mit

Mahmoud und Einarson gesehen habe. Ich kann mich zwar irren, aber sie sind bestimmt Schurken.«

»Wer sind sie?«

»Nubar Mahmoud ist der Privatsekretär von Doktor Semich, dem Präsidenten. Oberst Einarson ist Isländer und jetzt praktisch Chef der Armee. Ich weiß über keinen von beiden etwas.«

»Außer, daß sie Schurken sind?«

Der *Chargé d'affaires* runzelte schmerzlich seine runde, weiße Stirn und warf mir einen vorwurfsvollen Blick zu. »Absolut nicht«, entgegnete er. »Doch darf ich jetzt fragen, was Grantham verbrochen haben soll?«

»Nichts.«

»Aber?«

»Vor sieben Monaten, an seinem einundzwanzigsten Geburtstag, bekam dieser Lionel Grantham die Verfügungsgewalt über das Geld, das sein Vater ihm hinterlassen hatte – einen schönen Haufen. Bis dahin hatte der Junge es nicht leicht gehabt. Seine Mutter hatte – und hat noch – reichlich spießbürgerliche Ansichten über die sogenannte feine Lebensart. Sein Vater war ein echter Aristokrat alter Schule gewesen – ein hartgesottener Geselle, der nie ein lautes Wort sprach und stets bekam, was er wollte, indem er es sich einfach nahm, der eine Vorliebe für alten Wein und junge Frauen hatte, und beides massenhaft, sowie für Karten- und Würfelspiel und für Rennpferde – und für Zweikämpfe, ob er nun daran beteiligt war oder bloß zuschaute.

Solange er lebte, bekam der Junge eine männliche Erziehung. Mrs. Grantham fand den Geschmack ihres Mannes ordinär, doch er gehörte zu jenen Leuten, die sich durchzusetzen pflegen. Außerdem war das Grantham-Blut das beste in Amerika. Sie war eine dieser Frauen, die sich von so etwas beeindrucken lassen. Vor elf Jahren, als Lionel zehn war, starb der alte Herr. Mrs. Grantham tauschte das Familienroulette gegen ein Dominospiel aus und begann, den Jungen zu einem artigen, edlen Ritter umzuerziehen.

Ich habe ihn nie gesehen, aber man hat mir erzählt, daß die

Sache kein Erfolg war. Jedenfalls behütete und umhegte sie ihn elf Jahre lang und ließ ihn nicht einmal aufs College entfliehen. So ging es bis zu dem Tag, an dem er volljährig wurde und in den Besitz seines Anteils am Nachlaß seines Vaters kam. An diesem Morgen gibt er Mama einen Kuß und teilt ihr beiläufig mit, daß er zu einer kleinen Weltreise aufbrechen will – und zwar allein. Mama sagt und tut alles, was in ihrer Macht steht, aber es nützt nichts, das Grantham-Blut ist stärker. Lionel verspricht, ihr ab und zu eine Ansichtskarte zu schicken, und fährt los.

Anscheinend hat er sich auf seinen Reisen ganz ordentlich benommen. Ich glaube, allein das Gefühl, frei zu sein, gab ihm alle Aufregung, die er brauchte. Doch vor ein paar Wochen erhielt die Treuhandbank, die seine Interessen wahrnimmt, von ihm den Auftrag, ein paar Eisenbahnaktien zu verkaufen und ihm das Geld auf eine Belgrader Bank zu überweisen. Der Betrag war hoch – über drei Millionen –, und deshalb berichtete die Treuhandbank Mrs. Grantham davon. Die traf fast der Schlag. Sie hatte Briefe von ihm bekommen – aber aus Paris, und von Belgrad hatte nicht ein Wort darin gestanden.

Mama wollte auf der Stelle nach Europa stürmen. Ihr Bruder, Senator Walbourn, konnte ihr das jedoch ausreden. Er telegrafierte hin und her und erfuhr, daß Lionel sich weder in Paris noch in Belgrad aufhielt, falls er sich nicht gerade dort versteckte. Mrs. Grantham packte ihre Koffer und ließ Schiffskabine und Hotelzimmer reservieren. Der Senator brachte sie erneut davon ab, indem er sie davon überzeugte, daß der Junge jede Einmischung übelnehmen würde und daß es das beste wäre, unauffällig nachzuforschen. Er erteilte unserer Agentur diesen Auftrag. Ich fuhr nach Paris, brachte in Erfahrung, daß dort ein Freund von Lionel ihm die Post nachsandte und daß Lionel sich hier in Stefania aufhält. Auf dem Wege hierher machte ich in Belgrad Station und stellte fest, daß man ihm das Geld nach Stefania schickt – der größte Teil davon ist schon angekommen. Und so bin ich nun hier.«

Scanlan lächelte beglückt.

»Da kann ich überhaupt nichts machen«, erklärte er. »Grantham ist volljährig, und das Geld gehört ihm.«

»Richtig«, stimmte ich zu, »und ich bin in derselben Klemme. Ich kann weiter nichts tun, als herumzustochern, herausfinden, was er vorhat, und versuchen, seinen Kies zu retten, falls man ihn auszunehmen versucht. Können Sie mir nicht wenigstens einen Hinweis geben? Drei Millionen Dollar – wo könnte er die hier hineinstecken?«

»Ich weiß wirklich nicht.« Der *Chargé d'affaires* rutschte nervös hin und her. »Es gibt hier kein Industrieunternehmen von irgendwelcher Bedeutung. Es ist ein reines Agrarland, aufgeteilt unter kleine Bauern – Höfe von zehn, fünfzehn, zwanzig Morgen. Allerdings ist da seine Beziehung zu Einarson und Mahmoud. Die würden ihn bestimmt ausplündern. Sicher tun sie das sogar – aber nein, ich irre mich bestimmt. Vielleicht handelt es sich gar nicht um die beiden. Wahrscheinlich steckt eine Frau dahinter.«

»Na schön, aber an wen könnte ich mich wenden? Ich bin sehr im Nachteil, weil ich das Land nicht kenne und die Sprache nicht verstehe. Wem kann ich meine Geschichte anvertrauen und wen kann ich um Unterstützung bitten?«

»Keine Ahnung«, meinte er düster. Doch dann hellte sich sein Gesicht auf. »Gehen Sie zu Vasilije Djudakovich. Er ist Polizeiminister. Das ist der richtige Mann für Sie! Er kann Ihnen helfen, und Sie können ihm vertrauen. Statt eines Gehirns hat er eine Verdauung. Er wird nicht das geringste von dem verstehen, was Sie ihm erzählen. Ja, Djudakovich ist Ihr Mann!«

»Vielen Dank!« sagte ich und wankte hinaus auf die nasse, schmutzige Straße.

Ich fand das Büro des Polizeiministers im Regierungsgebäude, einem düsteren Betonbau neben dem Präsidentenpalais am oberen Ende des Marktplatzes. In einem Französisch, das noch schlechter war als mein Deutsch, erklärte mir ein dürrer Kanzleiangestellter, der mit seinem buschigen weißen Schnurrbart wie ein schwindsüchtiger Weihnachtsmann aussah, daß seine Exzellenz nicht im Hause sei. Ich setzte eine feierliche Miene auf und wiederholte flüsternd, daß ich den Minister unbedingt sprechen müsse und daß mich der amerikanische *Chargé d'affaires* schicke. Dieser Hokuspokus schien Sankt Nikolaus zu beeindrucken. Er nickte verstehend und schlurfte aus dem Zimmer. Einen Augenblick später war er wieder zurück, verneigte sich schon an der Tür und bat mich, ihm zu folgen.

Ich ging hinter ihm her durch einen schwach beleuchteten Korridor bis zu einer breiten Tür mit der Nummer ›15‹ darauf. Er öffnete sie, komplimentierte mich unter Verbeugungen hindurch, krächzte *»Asseyez-vous, s'il vous plaît«*, machte die Tür zu und ließ mich allein. Ich befand mich in einem Dienstzimmer, einem großen, quadratischen Raum. Alles darin war ungewöhnlich groß. Die vier Fenster hatten doppeltes Format. Die Sessel waren kleine Bänke, und der lederne am Schreibtisch hätte die rückwärtige Hälfte eines Tourenwagens einnehmen können. Zwei Männer hätten auf dem Schreibtisch schlafen, zwanzig an dem Tisch in der Mitte des Raumes essen können.

Gegenüber der Tür, durch die ich gekommen war, öffnete sich eine zweite, und ein Mädchen trat ein; ein stampfendes Schnaufen, das bei ihrem Eintreten erklungen war, hörte auf, als sie die Tür hinter sich schloß.

»Ich bin Romaine Frankl«, sagte sie auf Englisch, »die Sekretärin Seiner Exzellenz. Wollen Sie mir sagen, was Sie wünschen?«

Ihr Alter mochte irgendwo zwischen zwanzig und dreißig liegen, ihre Größe um 1,50 Meter; sie war schlank, ohne knochig zu sein, hatte lockiges, fast schwarzes braunes Haar, schwarzbewimperte Augen, deren graue Iris schwarz umrandet war, ein kleines, zartgeschnittenes Gesicht und eine Stimme, die zu weich und leise zu sein schien, um so gut zu tragen, wie das der Fall war. Sie trug ein rotes Wollkleid, das keine Fasson hatte, außer der, die ihr Körper ihm verlieh, und wenn sie sich bewegte – um zu gehen oder eine Hand zu heben –, hatte es den Anschein, als koste es sie keine Kraft – als bewege jemand anders sie an unsichtbaren Fäden.

»Ich hätte ihn gern selbst gesprochen«, sagte ich, während ich diese Einzelheiten verarbeitete.

»Später gewiß«, versprach sie, »aber jetzt ist das unmöglich.« Sie drehte sich mit ihrer eigenartigen, mühelosen Eleganz wieder zur Tür um und öffnete sie, so daß das stampfende Schnaufen wieder in den Raum drang. »Hören Sie?« fragte sie. »Er macht sein Nickerchen.«

Sie schloß die Tür, so daß das Schnarchen Seiner Exzellenz nicht mehr zu hören war, schwebte durch den Raum und kletterte in den riesigen Ledersessel hinter dem Schreibtisch.

»Setzen Sie sich doch«, forderte sie mich auf und deutete mit einem winzigen Zeigefinger auf einen Sessel neben dem Schreibtisch. »Es wird Zeit sparen, wenn Sie mir Ihr Anliegen erklären; denn wenn Sie unsere Sprache nicht sprechen, werde ich Ihre Worte Seiner Exzellenz übersetzen müssen.«

Ich erzählte ihr von Lionel Grantham und meinem Interesse an ihm, praktisch mit den gleichen Worten wie Scanlan, und sagte abschließend: »Wie Sie sehen, kann ich weiter nichts tun, als herauszubekommen versuchen, was der Junge vorhat, und ihm zu helfen, falls nötig. Ich kann nicht zu ihm gehen – er ist zu sehr ein Grantham, fürchte ich, um freundlich aufzunehmen, was er wahrscheinlich für Bevormundung halten wird. Mr. Scanlan gab mir den Rat, den Polizeiminister um Unterstützung zu bitten.«

»Sie haben Glück.« Sie machte ein Gesicht, als wollte sie einen Witz über den Vertreter meines Landes machen, sei sich aber nicht sicher, wie ich das aufnehmen würde. »Ihr *Chargé d'affaires* ist nicht immer leicht zu verstehen.«

»Wenn man einmal dahintergekommen ist«, sagte ich, »ist es nicht schwer. Sie müssen einfach bei ihm alle Äußerungen unbeachtet lassen, die ein *Nein* oder *Nicht* oder *Keinesfalls* oder *Das dürfen Sie nicht* enthalten.«

»Genau! Genauso ist es!« Lachend beugte sie sich zu mir herüber. »Ich habe schon immer gewußt, daß es einen Schlüssel dafür geben muß, aber bisher konnte ihn anscheinend niemand finden. Sie haben unser nationales Problem gelöst!«

»Zur Belohnung sollte ich alle Informationen erhalten, die Sie über Grantham besitzen.«

»Das sollen Sie; aber zuerst muß ich mit Seiner Exzellenz reden.«

»Sie können mir doch inoffiziell erzählen, was Sie von Grantham halten. Kennen Sie ihn?«

»Ja. Er ist charmant. Ein reizender Junge, köstlich naiv, unerfahren, aber wirklich bezaubernd.«

»Was hat er hier für Freunde?«

Sie schüttelte den Kopf und erwiderte: »Nichts mehr, ehe Seine Exzellenz aufwacht. Sie kommen aus San Franzisko? Ich erinnere mich da an die lustigen kleinen Straßenbahnen, an den Nebel und an den Salat gleich nach der Suppe und an Dan's Café.«

»Sie sind dort gewesen?«

»Zweimal. Ich war eineinhalb Jahre in den Vereinigten Staaten, beim Varieté, und habe Kaninchen aus dem Hut gezogen.«

Eine halbe Stunde später redeten wir immer noch darüber, als die Tür aufging und der Polizeiminister eintrat.

Die übergroßen Möbel schrumpften sofort auf Normalformat, das Mädchen wurde eine Zwergin, und ich kam mir wie ein kleiner Junge vor.

Dieser Vasilije Djudakovich war sicher über zwei Meter groß, und das war nichts gegen seinen Umfang. Vielleicht wog er nicht mehr als fünfhundert Pfund; aber wenn man ihn ansah, konnte man nur an Tonnen denken. Er war ein blondhaariger, blondbärtiger Fleischberg in einem schwarzen Gehrock. Er trug eine Krawatte, und deshalb nehme ich an, daß er auch einen Kragen hatte, aber der war rundherum unter den roten Wülsten seines Halses verborgen. Seine weiße Weste hatte Größe und Form eines Reifrockes und spannte sich trotzdem noch an den Knöpfen. Seine Augen waren zwischen den Fleischpolstern drumherum fast unsichtbar und erschienen dadurch von einem farblosen Dunkel, wie Wasser in einem tiefen Brunnen. Sein Mund war ein fettes rotes Oval zwischen den gelben Haaren seines Backen- und Schnurrbartes. Langsam und gewichtig trat er in den Raum, und ich staunte, daß der Fußboden nicht knarrte.

Romaine Frankl beobachtete mich aufmerksam, während sie von dem gewaltigen Ledersessel glitt und mich mit dem Minister bekannt machte. Er schenkte mir ein fettes, müdes Lächeln, reichte mir eine Hand, die entfernt einem nackten Baby glich und ließ sich langsam in den Sessel sinken, von dem das Mädchen aufgestanden war. Nachdem er sich so hineingepflanzt hatte, senkte er den Kopf, bis er auf den Kissen seiner diversen Kinne ruhte, und schien einschlafen zu wollen.

Ich zog einen anderen Sessel für das Mädchen heran. Sie musterte mich erneut mit einem scharfen Blick – als ob sie etwas in meinem Gesicht suchte – und begann mit ihm in einem Kauderwelsch zu reden, das ich für die Sprache der Einheimischen hielt. Sie sprach rasch etwa zwanzig Minuten lang auf ihn ein, während er nicht zu erkennen gab, daß er zuhörte oder überhaupt wach war.

Als sie geendet hatte, sagte er: *»Da.«* Er sprach wie im Traum, aber die Silbe hatte eine Resonanz, wie sie aus keinem kleineren Raum als seinem gigantischen Bauch kommen konnte. Das Mädchen wandte sich lächelnd an mich.

»Seine Exzellenz wird Ihnen mit Freuden auf jede mögliche Weise helfen. Natürlich wird er sich hüten, sich offiziell in die Angelegenheiten eines ausländischen Besuchers einzumischen; doch ihm ist klar, wie wichtig es ist, daß Mr. Grantham während seines Aufenthaltes hier nicht das Opfer von Betrügern wird. Wenn Sie morgen nachmittag bitte wiederkommen würden, sagen wir, so gegen drei Uhr...«

Ich versprach das, bedankte mich bei ihr, schüttelte dem Berg nochmals die Hand und ging hinaus in den Regen.

Wieder im Hotel, hatte ich keine Mühe festzustellen, daß Lionel Grantham eine Suite im sechsten Stockwerk bewohnte und sich zur Zeit darin aufhielt. Ich hatte sein Foto in der Tasche und seine

Beschreibung im Kopf. Den Rest des Nachmittags und den frühen Abend verbrachte ich mit Warten darauf, ihn unter die Lupe nehmen zu können. Kurz nach sieben bekam ich Gelegenheit dazu.

Er trat aus dem Fahrstuhl, ein hochgewachsener Junge mit geradem Rücken und geschmeidigem Körper, der sich von breiten Schultern zu schmalen Hüften verjüngte und in aufrechter Haltung von langen, muskulösen Beinen getragen wurde – eine Figur, wie die Schneider sie lieben. Sein rosiges, gutgeschnittenes, wirklich hübsches Gesicht zeigte einen Ausdruck reservierter Überheblichkeit, der zu deutlich zur Schau getragen wurde, um etwas anderes zu sein als eine Maske für jugendliche Befangenheit.

Er zündete sich eine Zigarette an und ging auf die Straße. Der Regen hatte aufgehört, doch die Wolken am Himmel verhießen in Kürze einen neuen Guß. Er ging zu Fuß die Straße hinunter. Ich tat das gleiche.

Wir gingen zu einem superelegangen Restaurant zwei Häuserblocks weiter, wo eine Zigeunerkapelle auf einem kleinen Balkon spielte, der gefährlich hoch an einer Wand klebte. Alle Kellner und die Hälfte der Gäste schienen den Jungen zu kennen. Er verneigte sich und lächelte nach allen Seiten, während er zu einem Tisch am anderen Ende des Restaurants schritt, wo zwei Männer auf ihn warteten.

Der eine war groß und von kräftigem Körperbau, hatte buschiges dunkles Haar und einen geschwungenen dunklen Schnurrbart. Sein rotes, kurznasiges Gesicht zeigte den Ausdruck eines Mannes, der nichts gegen eine gelegentliche Schlägerei einzuwenden hat. Er trug eine grüne, goldbetreßte Militäruniform mit hohen, auf Hochglanz gewichsten Lederstiefeln. Sein Begleiter hatte einen Smoking an und war ein dicklicher, dunkelhäutiger Mann mittlerer Größe mit öligem schwarzem Haar und undurchsichtig lächelndem, ovalem Gesicht.

Während der junge Grantham sich zu diesem Paar setzte, fand ich ein Stück von ihnen entfernt einen geeigneten Tisch für mich.

Ich bestellte mir ein Abendessen und schaute mir meine Mitgäste an. Hier und da sah man einige Uniformen, ein paar Fräcke und Abendkleider, doch die meisten Leute saßen in gewöhnlicher Straßenkleidung beim Essen. Ich entdeckte ein paar Gesichter, die vermutlich Briten gehörten, einen oder zwei Griechen, einige Türken. Das Essen war gut und mein Appetit ebenfalls. Während ich zu einer winzigen Tasse sirupartigen Kaffees eine Zigarette rauchte, standen Grantham und der vierschrötige Offizier mit dem roten Gesicht auf und verließen das Lokal.

Ich hätte meine Rechnung nicht rasch genug bekommen und bezahlen können, ohne Aufsehen zu erregen; deshalb ließ ich sie gehen. Ich trank also in Ruhe meinen Kaffee, zahlte ohne Hast und wartete, bis der zurückgebliebene dunkelhäutige, dickliche Mann seine Rechnung verlangte. Ich war eine Minute vor ihm auf der Straße und blickte mit der Miene eines Touristen, der nicht recht weiß, für welche Richtung er sich entscheiden soll, über den schwach beleuchteten Marktplatz hin.

Er schritt an mir vorbei und mit dem weichen, vorsichtigen Gang einer Katze, die darauf achtet, wohin sie tritt, die Straße hinauf.

Ein Soldat – ein knochiger Kerl mit Mantel und Mütze aus Schaffell, mit grauem Schnurrbart über grauen, hämisch grinsenden Lippen – trat aus einem dunklen Torweg und hielt den dunkelhäutigen Mann mit weinerlichen Worten an.

Der dunkelhäutige Mann hob mit einer Geste, die Ärger und Überraschung zugleich ausdrückte, Hände und Schultern.

Der Soldat jammerte weiter, doch das hämische Grinsen um seinen grauen Mund nahm noch zu. Die Stimme des dicklichen Mannes antwortete leise, scharf und zornig, aber er griff in die Tasche, und als er die Hand herauszog, war ein brauner Schein der Währung Muravias darin, den er dem Soldaten gab. Der Soldat steckte den Schein ein, hob salutierend eine Hand an die Mütze und ging über die Straße.

Als der dunkelhäutige Mann dem Soldaten nicht länger nachstarrte, ging ich zu der Ecke, um die Schaffellmantel und -mütze verschwunden waren. Ihr Träger schritt weitausgreifend schon anderthalb Block weiter mit gesenktem Kopf die Straße hinunter. Er hatte es eilig. Ich mußte mich ganz schön bewegen, um ihn nicht zu verlieren. Schließlich wurden die Häuser immer seltener, und je seltener sie wurden, um so weniger gefiel mir diese Expedition. Im Zentrum einer vertrauten Großstadt und am Tage ist das Beschatten am einfachsten; schlimmer als hier aber konnte es kaum kommen.

Auf einer von nur wenigen Häusern gesäumten Betonstraße führte er mich aus der Stadt. Ich blieb so weit wie möglich zurück, so daß ich ihn nur als schwachen, verschwommenen Schatten vor mir sah. Er bog um einen scharfen Knick in der Straße. Ich lief auf diese Straßenbiegung zu in der Absicht, wieder zurückzubleiben, sobald ich um die Ecke war. In meiner Hast hätte ich die Vorstellung fast geschmissen.

Der Soldat tauchte plötzlich wieder in der Kurve auf und kam auf mich zu.

Ein Stapel Bauholz am Straßenrand ein kleines Stück seitlich hinter mir bildete die einzige Deckung im Umkreis von etwa dreißig Metern. Ich wetzte schleunigst dahinter.

Unregelmäßig gestapelte Bretter an einer Seite des Haufens bildeten eine flache Höhle, die fast groß genug war, um mich ganz aufzunehmen. Mit den Knien im Matsch drückte ich mich, so gut es ging, hinein.

Durch einen Spalt zwischen den Brettern kam der Soldat in mein Blickfeld. Helles Metall funkelte in seiner einen Hand. Ein Messer, dachte ich. Doch als er vor meinem Versteck stehenblieb, sah ich, daß es ein vernickelter, altmodischer Revolver war.

Er stand da, blickte auf mein Versteck, schaute die Straße hinauf und hinunter, brummte und kam auf mich zu. Holzsplitter stachen mir in die Wange, als ich mich so flach wie möglich gegen die Balkenenden drückte. Meine Kanone lag bei meinem Totschläger – in meiner Reisetasche im Hotelzimmer. Da lag sie wirklich gut! Der Revolver des Soldaten lag blitzend in seiner Hand.

Regen begann auf die Bretter und den Boden zu pladdern. Der Soldat schlug im Näherkommen seinen Mantelkragen hoch. Noch nie hat mir jemand einen größeren Gefallen getan! Ein Mann, der sich an einen anderen heranpirscht, würde so etwas niemals tun. Er wußte nicht, daß ich hier war! Er suchte ein Versteck für sich selbst. Die Chancen standen gleich. Wenn er auf mich stieß, hatte er zwar die Kanone, aber ich hatte ihn zuerst gesehen.

Sein Schaffellmantel ratschte am Holz entlang, als er an mir vorbeikam, geduckt um meine Ecke zur Rückseite des Holzstapels eilte und mich dabei so knapp streifte, daß dieselben Regentropfen uns beide zu treffen schienen. Ich entspannte meine Fäuste wieder. Ich konnte ihn nicht sehen, wohl aber hören, wie er atmete, sich kratzte und sogar leise vor sich hinsummte.

Etliche Wochen schienen zu vergehen.

Der Matsch, in dem ich kniete, drang durch meine Hosenbeine und benäßte meine Knie und Schienbeine. Das rauhe Holz schrapte mir bei jedem Atemzug Haut vom Gesicht. Mein Mund war so trocken wie meine Knie naß, weil ich durch ihn atmete, um kein Geräusch zu machen.

Ein Auto kam um die Kurve und fuhr in Richtung Stadt. Ich hörte den Soldaten leise knurren, hörte das Klicken, als er den Hahn seiner Kanone spannte. Der Wagen kam auf gleiche Höhe und fuhr weiter. Der Soldat atmete tief aus und begann wieder, sich zu kratzen und zu summen.

Ein paar weitere Wochen vergingen.

Männerstimmen drangen durch den Regen, kaum hörbar, lauter, ganz deutlich. Vier Soldaten in Schaffellmänteln und -mützen kamen aus der gleichen Richtung wie wir die Straße hinunter, und ihre Stimmen verstummten wieder, als sie um die Kurve verschwanden.

In der Ferne heulte eine Autohupe zweimal kurz in häßlichem Ton auf. Der Soldat stieß ein Knurren aus – ein Knurren, das deutlich sagte: »Da ist es!« Seine Füße plantschten in den Matsch, und der Holzstoß knarrte unter seinem Gewicht. Ich konnte nicht sehen, was er im Schilde führte.

Weißes Licht tanzte um die Straßenkurve, und ein Automobil kam in Sicht – ein starker Tourenwagen, der ungeachtet der schlüpfrigen Straße mit hoher Geschwindigkeit stadteinwärts fuhr. Der Regen, die Nacht und die Geschwindigkeit ließen die beiden Insassen auf den Vordersitzen nur verschwommen erkennen.

Über meinem Kopf brüllte ein schwerer Revolver los. Der Soldat befand sich in Aktion. Das vorbeirasende Auto schlitterte mit kreischenden Bremsen über den nassen Beton.

Als der sechste Schuß mir sagte, daß der vernickelte Revolver wahrscheinlich leergeschossen war, sprang ich aus meiner Höhle.

Der Soldat war über den Holzstoß gebeugt, die Kanone immer noch auf den schleudernden Wagen gerichtet, während er angestrengt durch den Regen starrte.

Er drehte sich um, als er mich bemerkte, riß die Kanone in meine Richtung hinüber und knurrte einen Befehl, den ich nicht verstand. Ich setzte darauf, daß die Kanone leer war. Ich hob beide Hände hoch über den Kopf, machte ein erstauntes Gesicht und trat ihm in den Bauch.

Er klappte über mir zusammen und wickelte sich um mein Bein. Wir gingen beide zu Boden. Ich lag unten, und sein Kopf rutschte auf meinen Schenkel. Seine Mütze fiel herunter. Ich griff mit beiden Händen in sein Haar und zerrte mich in eine sitzende Position hoch. Er schlug die Zähne in mein Bein. Ich beschimpfte ihn auf unflätige Weise und preßte meine Daumen in die Gruben unter seinen Ohren. Ich brauchte nicht sehr fest zu drücken, um ihn zu lehren, daß man keine Leute beißt. Als er aufheulend das Gesicht hob, rammte ich meine rechte Faust hinein und riß mit meiner linken Hand seinen Kopf an den Haaren noch zusätzlich in den Schlag. Es war ein saftiger Treffer.

Ich stieß ihn von meinem Bein, stand auf, packte ihn am Mantelkragen und zerrte ihn auf die Straße.

Weißes Licht ergoß sich über uns. Blinzelnd sah ich, daß das Auto weiter unten auf der Straße stand, den Suchscheinwerfer auf mich und meinen Sparringspartner gerichtet. Ein vierschrötiger Mann in grüngoldener Uniform trat in den Lichtkreis – der rotgesichtige Offizier, der einer von Granthams Tischgenossen im Restaurant gewesen war. Er hielt eine Automatik in der Hand.

Er schritt steifbeinig in seinen hohen Stiefeln zu uns herüber, ignorierte den Soldaten auf dem Boden und musterte mich sorgfältig mit seinen scharfen, kleinen dunklen Augen. »Brite?« fragte er dann.

»Amerikaner.«

Er biß auf ein herabhängendes Ende seines Schnurrbarts und sagte sinnlos: »Ja, das ist besser.«

Sein Englisch klang kehlig und hatte einen deutschen Akzent.

Lionel Grantham kam aus dem Wagen und trat ebenfalls zu uns. Sein Gesicht war nicht mehr so rosig wie vorher.

»Was ist los?« fragte er den Offizier, sah aber mich dabei an.

»Ich weiß es nicht«, erwiderte ich. »Ich hab einen kleinen Spaziergang nach dem Essen gemacht und mich dabei wohl verlaufen. Als ich hier draußen landete, kam ich zu dem Schluß, daß ich die verkehrte Richtung eingeschlagen hatte. Als ich mich umdrehte und zurückgehen wollte, sah ich diesen Burschen hier hinter dem Holzstapel kauern. Er hatte eine Kanone in der Hand. Ich hielt ihn für einen Straßenräuber, deshalb spielte ich Indianer mit ihm. Gerade als ich mich herangeschlichen hatte, sprang er auf und begann, Sie mit Blei zu beregnen. Ich konnte ihn noch rechtzeitig erreichen, um ihn am Treffen zu hindern. Ein Freund von Ihnen?«

»Sie sind Amerikaner«, sagte der Junge. »Ich bin Lionel Grantham. Das ist Oberst Einarson. Wir sind Ihnen sehr dankbar.« Er runzelte die Stirn und blickte Einarson an. »Was halten Sie davon?«

Der Offizier zuckte die Schultern, brummte: »Eins von meinen Kindern – mal sehen«, und gab dem Mann auf dem Boden einen Tritt in die Rippen.

Der Tritt brachte den Soldaten wieder zu sich. Er setzte sich auf, wälzte sich auf Hände und Knie und begann mit einem langatmigen, stoßweisen Gejammer, wobei er mit schmutzigen Händen am Uniformrock des Obersten zerrte.

»Ach!« Mit einem Hieb des Pistolenlaufs über die Knöchel schlug Einarson die Hände des Soldaten herunter, blickte angewidert auf die Schmutzflecken an seinem Uniformrock und knurrte einen Befehl.

Der Soldat sprang auf, nahm Haltung an, bekam einen weiteren Befehl, machte eine Kehrtwendung und marschierte zum Auto. Oberst Einarson schritt steifbeinig hinter ihm her, seine Automatik auf den Rücken des Mannes gerichtet. Grantham legte mir eine Hand auf den Arm.

»Kommen Sie mit«, forderte er mich auf. »Wir müssen uns doch noch gebührend bei Ihnen bedanken und uns besser kennenlernen, wenn wir mit diesem Burschen fertig sind.«

Oberst Einarson setzte sich hinter das Lenkrad, nachdem er den Soldaten auf den Beifahrersitz dirigiert hatte. Grantham wartete, während ich den Revolver des Soldaten suchte und mitnahm. Dann stiegen wir beide hinten ein. Der Offizier sah mich mißtrauisch aus den Augenwinkeln an, sagte aber nichts. Er lenkte den Wagen den gleichen Weg zurück, den er gekommen war. Er fuhr gern schnell, und wir hatten es nicht weit. Wir hatten es uns kaum auf unseren Sitzen bequem gemacht, als der Wagen auch schon wieder mit uns durch ein Tor in einer hohen Steinmauer brauste. Auf beiden Seiten stand ein Wachtposten, der das Gewehr bei unserem Erscheinen präsentierte. In einem schleudernden Halbkreis schafften wir eine abzweigende Auffahrt und kamen mit einem scharfen Ruck vor einem quadratischen, weißgetünchten Gebäude zum Stillstand.

Einarson stieß den Soldaten aus dem Wagen, Grantham und ich stiegen aus. Links schimmerte eine Reihe langer, niedriger Bauten fahlgrau durch den Regen – Kasernen. Die Tür des quadratischen, weißgetünchten Hauses wurde von einer grünuniformierten, bärtigen Ordonnanz geöffnet. Wir gingen hinein.

Einarson trieb seinen Gefangenen vor sich her durch eine kleine Empfangshalle und durch die offene Tür eines Schlafraumes. Grantham und ich folgten ihnen. Die Ordonnanz blieb in der Türöffnung stehen, wechselte ein paar Worte mit Einarson, schloß die Tür hinter sich und verschwand.

Das Zimmer, in dem wir uns befanden, sah wie eine Gefängniszelle aus, nur daß sich keine Gitter vor dem einzigen kleinen Fenster befanden. Es war ein kleiner Raum mit kahlen, weißgetünchten Wänden und ebensolcher Decke. Die Holzdielen waren mit Lauge geschrubbt, so daß der Boden fast so weiß und kahl wirkte wie die Wände. Die Einrichtung bestand aus einem schwarzen eisernen Feldbett, drei Faltstühlen aus Holz und Leinwand und einer ungestrichenen Kommode, auf der ein Kamm, eine Bürste und ein paar Zeitungen lagen. Das war alles.

»Setzen Sie sich, meine Herren«, forderte Einarson uns auf und deutete auf die Feldstühle. »Wir wollen der Sache auf den Grund gehen.«

Der Junge und ich setzten uns. Der Offizier legte seine Pistole auf die Kommode, stützte sich daneben mit dem Ellbogen auf, drehte einen Zipfel seines Schnurrbarts zwischen seinen großen roten Fingern und redete den Soldaten an. Seine Stimme war dabei freundlich und väterlich. Der Soldat stand steif und aufrecht in der Mitte des Raumes; er antwortete in weinerlichem Ton und sah dabei den Offizier mit leerem, nach innen gerichtetem Blick an.

Sie redeten fünf Minuten oder etwas länger. Der Oberst wurde zusehends ungeduldiger, seine Stimme schärfer. Der Soldat verharrte in seiner stumpfen Niedergeschlagenheit. Einarson knirschte mit den Zähnen und sah wütend den Jungen und mich an.

»Dieses Schwein!« rief er aus und begann den Soldaten anzubrüllen.

Schweiß brach in dem grauen Gesicht des Soldaten aus, und seine militärische Haltung sackte zusammen. Einarson hörte auf, ihn anzubrüllen, und schrie zwei FWorte zur Tür. Sie ging auf, und der bärtige Offiziersbursche kam mit einer kurzen, dicken Lederpeitsche herein. Auf ein Nicken von Einarson legte er die Peitsche neben die Automatik auf die Kommode und ging wieder.

Der Soldat wimmerte. Einarson fuhr ihn barsch an. Der Soldat erschauerte und begann, mit zitternden Fingern seinen Mantel aufzuknöpfen, dabei ununterbrochen mit stammelnder, winselnder Stimme den Obersten anflehend. Er zog seinen Rock aus, sein grünes Hemd, sein graues Unterhemd, ließ alles auf den Boden fallen und stand mit behaartem, von der Hüfte aufwärts nacktem und nicht besonders sauberem Oberkörper da. Er faltete die Hände und jammerte.

Einarson knurrte ein Wort. Der Soldat drehte sich mit dem Gesicht zu uns, die linke Seite Einarson zugewandt, nahm Haltung an und legte die Hände an die Hosennaht.

Langsam nahm Oberst Einarson sich das Koppel ab, knöpfte seinen Uniformrock auf, zog ihn aus, faltete ihn sorgfältig zusammen und legte ihn auf das Feldbett. Darunter trug er ein weißes Baumwollhemd. Er rollte die Ärmel bis über die Ellbogen hoch und nahm die Peitsche in die Hand. »Dieses Schwein!« sagte er nochmals.

Lionel Grantham bewegte sich unbehaglich auf seinem Stuhl. Sein Gesicht war weiß, die Augen darin dunkel.

Den linken Ellbogen wieder auf die Kommode gestützt, mit der linken Hand das Schnurrbartende zwirbelnd und die Beine lässig gekreuzt, begann Einarson den Soldaten auszupeitschen. Sein rechter Arm hob die Peitsche, ließ die Lederschnur zischend auf den Rücken des Soldaten sausen, hob sie wieder und ließ sie erneut niedersausen. Es wirkte besonders ekelhaft, weil er sich dabei weder beeilte noch anstrengte. Er hatte die Absicht, den Mann so lange zu peitschen, bis er erfuhr, was er hören wollte, und deshalb sparte er seine Kraft, um so lange wie nötig weiterprügeln zu können.

Mit dem ersten Schlag schwand das Entsetzen aus den Augen des Soldaten. Sie wurden plötzlich stumpf, und seine Lippen hörten auf zu zucken. Steif und starr ertrug er die Schläge und fixierte einen Punkt an der Wand über Granthams Kopf. Das Gesicht des Offiziers war ebenfalls ausdruckslos geworden. Sein Zorn war verflogen. Er zeigte kein Vergnügen an seinem Tun, ja nicht einmal eine Erleichterung seiner Gefühle. Seine Miene war die eines Heizers, der Kohle schaufelt; eines Schreiners, der ein Brett zersägt; eines Stenotypisten, der einen Brief abtippt. Er hatte eine Arbeit zu tun, die fachmännisch und ohne Hast oder Erregung, ohne Kraftverschwendung, Begeisterung oder Widerwillen ausgeführt werden mußte. Es war widerlich, lehrte mich aber Respekt vor diesem Oberst Einarson.

Lionel Grantham war auf die Kante seines Feldstuhls gerutscht und starrte den Soldaten mit weißumrandeten Augen an. Ich bot dem Jungen eine Zigarette an und machte eine unnötig komplizierte Operation daraus, sie und die meine anzuzünden – ich wollte seine Buchführung unterbrechen, denn er hatte die Schläge gezählt, und das war nicht gut für ihn.

Die Peitsche fuhr im Bogen hoch, zischte nieder, knallte auf den nackten Rücken – auf, nieder, auf, nieder. Einarsons rotes Gesicht wurde von der mäßigen Anstrengung feucht. Das graue Gesicht des Soldaten sah wie ein Klumpen Fensterkitt aus. Da er Grantham und mir zugewandt stand, konnten wir die Peitschenstriemen nicht sehen.

Grantham murmelte etwas vor sich hin. Dann keuchte er: »Ich halte das nicht mehr aus!«

Einarson sah von seiner Tätigkeit nicht auf.

»Unterbrechen Sie ihn jetzt nicht«, murmelte ich. »Wir haben ihn ja gleich soweit.«

Der Junge stand schwankend auf, trat ans Fenster, öffnete es und blickte in die regnerische Nacht hinaus. Einarson schenkte ihm keine Beachtung. Er legte jetzt mehr Kraft in seine Schläge, stand mit weit gespreizten Beinen und ein wenig vorgebeugt da, die linke Hand in die Hüfte gestützt, während die rechte die Peitsche mit zunehmender Geschwindigkeit auf und nieder sausen ließ.

Der Soldat schwankte, und ein Schluchzen erschütterte seine behaarte Brust. Die Peitsche knallte – knallte – knallte. Ich sah auf meine Uhr. Einarson war seit vierzig Minuten am Werk und machte den Eindruck, als könne er noch den Rest der Nacht so weitermachen.

Der Soldat stöhnte und wandte sich dem Offizier zu. Einarson unterbrach den Rhythmus seiner Schläge nicht. Der Peitschenriemen schnitt in die Schulter des Mannes. Ich konnte einen kurzen Blick auf seinen Rücken werfen – rohes Fleisch. Einarson fuhr ihn scharf an. Der Soldat riß sich noch einmal zusammen und stand stramm, die linke Seite dem Offizier zugewandt. Die Peitsche zischte weiter durch die Luft – auf, nieder, auf, nieder, auf, nieder...

Der Soldat warf sich vor Einarsons Füßen auf Hände und Knie und begann, von Schluchzen unterbrochen, Worte hervorzusprudeln. Einarson blickte auf ihn herab und hörte aufmerksam zu, den Peitschenriemen in der linken, den Griff weiter in der rechten Hand. Als der Mann geendet hatte, stellte Einarson ihm Fragen, erhielt Antwort, nickte und ließ den Soldaten aufstehen. Einarson legte ihm freundlich eine Hand auf die Schulter, drehte den Mann herum, sah sich seinen zerfleischten Rücken an und sagte etwas in mitfühlendem Ton. Dann rief er die Ordonnanz herein und erteilte ein paar Befehle. Der Soldat bückte sich stöhnend nach seinen Kleidern, sammelte sie auf und folgte der Ordonnanz aus dem Schlafraum.

Einarson warf die Peitsche auf die Kommode, ging zum Feldbett hinüber und griff nach seinem Uniformrock. Dabei rutschte eine lederne Brieftasche aus einer Innentasche und fiel auf den Boden. Als er sie aufhob, flatterte ein abgegriffener Zeitungsausschnitt heraus und landete direkt vor meinen Füßen. Ich bückte mich danach und gab ihn ihm zurück – das Foto eines Mannes, der nach der französischen Bildunterschrift der Schah von Persien war.

»Dieses Schwein!« sagte er nochmals – womit er den Soldaten, nicht den Schah meinte –, während er in seinen Uniformrock schlüpfte und ihn zuknöpfte. »Er hat einen Sohn, der bis letzte Woche auch zu meiner Truppe gehörte. Dieser Sohn trinkt zuviel Wein. Ich erteile ihm also einen Verweis. Er wird unverschämt. Was ist eine Armee ohne Disziplin? Schweine! Ich schlage dieses Schwein nieder, und er zieht ein Messer. Ach! Was ist das für eine Armee, wo ein Soldat seinen Offizier mit einem Messer angreifen darf? Nachdem ich – persönlich, verstehen Sie – dieses Schwein fertiggemacht hatte, stellte ich ihn vor ein Kriegsgericht und ließ ihn zu zwanzig Jahren Gefängnis verurteilen. Diesem alten Schwein hier, seinem Vater, gefällt das nicht. Und deshalb hat er mich heute abend zu erschießen versucht. Ach! Was ist das nur für eine Armee?«

Lionel Grantham trat vom Fenster zurück. Sein junges Gesicht sah verstört und blaß aus. Und seine jungen Augen schämten sich über seinen Gesichtsausdruck.

Oberst Einarson machte eine steife Verbeugung vor mir und hielt eine formelle Dankesrede dafür, daß ich den Soldaten am Zielen gehindert – was nicht der Fall war – und ihm damit das Leben gerettet hätte. Dann lenkte er die Unterhaltung auf meine Anwesenheit in Muravia. Ich erzählte ihnen kurz, daß ich während des Krieges Hauptmann im militärischen Nachrichtendienst gewesen war. Das entsprach der Wahrheit, war aber auch das einzig Wahre an allem, was ich ihnen noch berichtete. Nach dem Kriege – so spann ich mein Seemannsgarn weiter – hatte ich beschlossen, in Europa zu bleiben, deshalb hier meinen Dienst quittiert und im Herumreisen hier und dort gelegentlich einen passenden Auftrag angenommen. Ich blieb dabei absichtlich unbestimmt und versuchte ihnen den Eindruck zu vermitteln, daß es bei diesen Jobs nicht immer – oder gewöhnlich nicht – auf die feine Tour zuging. Ich gab ihnen etwas genauere – allerdings auch aus den Fingern gesogene – Einzelheiten meines letzten Engagements bei einem französischen Syndikat und gab zu, daß ich mich in diesen Zipfel der Welt verzogen hätte, weil ich es für besser hielte, mich ein Jahr lang oder so in Westeuropa nicht mehr blicken zu lassen.

»Nichts, wofür man mich einsperren könnte«, erklärte ich, »aber man könnte mir deswegen ganz schön einheizen. Deshalb verdrückte ich mich nach Mitteleuropa, hörte, daß ich in Belgrad einen Klienten finden könnte, was sich dort aber als blinder Alarm herausstellte, und fuhr weiter nach hier. Möglicherweise kann ich hier etwas aufreißen. Ich hab für morgen eine Verabredung mit dem Polizeiminister. Ich glaube, ich kann ihm klarmachen, wo er mich einsetzen kann.«

»Der Fettwanst Djudakovich!« dröhnte Einarson mit offener Verachtung. »Ist der etwa nach Ihrem Geschmack?«

»Keine Arbeit, kein Essen«, sagte ich einfach.

»Einarson«, begann Grantham hastig, zögerte – und fuhr fort: »Könnten wir nicht – meinen Sie nicht...« und ließ den Satz unvollendet.

Der Oberst blickte ihn stirnrunzelnd an, sah, daß ich sein Stirnrunzeln bemerkt hatte, räusperte sich und redete mich in rauhem, aber herzlichem Ton an: »Vielleicht wäre es gut, wenn Sie sich nicht zu rasch an diesen fetten Minister binden würden. Vielleicht – es könnte sein, daß wir eine Möglichkeit auf einem anderen Gebiet finden, wo Sie Ihre Begabung mehr nach Ihrem Geschmack – und Profit – anwenden können.«

Ich ließ die Sache in der Schwebe, sagte weder ja noch nein.

Wir fuhren im Wagen des Offiziers in die Stadt zurück. Er und Grantham saßen im Fond. Ich saß neben dem Fahrer, einem Soldaten. Der Junge und ich stiegen bei unserem Hotel aus. Einarson sagte Gute Nacht und ließ abfahren, als sei er in großer Eile.

»Es ist noch früh«, sagte Grantham, während wir hineingingen. »Kommen Sie doch mit in mein Zimmer.«

Ich ging vorher noch in mein Zimmer, um mir den Dreck von dem Zwischenfall am Holzstapel abzuwaschen und den Anzug zu wechseln; danach fuhr ich zusammen mit ihm hoch. Er hatte drei Zimmer im obersten Stock, die alle zum Marktplatz hinausgingen.

Er stellte eine Flasche Whisky auf den Tisch, einen Syphon,

Zitronenschnitze, Zigarren und Zigaretten, und wir tranken, rauchten und redeten. Fünfzehn oder zwanzig Minuten lang plätscherte unsere Unterhaltung nur an der Oberfläche dahin – Bemerkungen über die Aufregungen des Abends, unsere Meinungen über Stefania und so weiter. Jeder von uns beiden aber hatte dem anderen etwas zu sagen. Doch jeder von uns wog den anderen, ehe er es sagte. Ich entschloß mich, meine Karten zuerst auszuspielen.

»Oberst Einarson hat uns heute abend beschwindelt«, erklärte ich.

»Beschwindelt?« Der Junge setzte sich kerzengerade auf und sah mich aus halb zusammengekniffenen Augen an.

»Der Soldat hat für Geld geschossen, nicht aus Rache.«

»Sie meinen ...?« Er bekam den Mund nicht zu.

»Ich meine den kleinen, dunkelhäutigen Mann, mit dem Sie gegessen haben; er gab dem Soldaten Geld.«

»Mahmoud! Aber das ist doch ... Sind Sie sicher?«

»Ich hab es gesehen.«

Er löste seinen Blick von meinen Augen und starrte auf seine Füße, damit ich nicht sehen sollte, daß er mich für einen Lügner hielt.

»Der Soldat mag Einarson belogen haben«, sagte er schließlich, immer noch um zu verhindern, daß ich merken sollte, er halte mich für einen Lügner. »Ich verstehe die hiesige Sprache ein wenig, soweit die gebildeten Muravianer sie sprechen, aber natürlich nicht den Bauerndialekt, in dem der Soldat redete; deshalb weiß ich auch nicht, was er gesagt hat, aber er kann natürlich gelogen haben, wie Sie wissen.«

»Nicht die Bohne«, erwiderte ich. »Ich wette um meine Hosen, daß er die Wahrheit gesagt hat.«

Er starrte weiter auf seine ausgestreckten Füße und strengte sich gewaltig an, sein Gesicht in der Gewalt zu halten. Ein Teil dessen, was er von mir dachte, rutschte aber mit seinen Worten heraus: »Da Sie uns das Leben gerettet haben, stehe ich natürlich tief in Ihrer Schuld, aber ...«

»Überhaupt nicht. Das verdanken Sie allein der Schießkunst des Soldaten. Ich habe ihn erst angesprungen, als sein Revolver leer war.«

»Aber...« Seine jungen Augen wurden weit, und wenn ich eine Maschinenpistole aus dem Ärmel gezogen hätte, würde ihn das wohl kaum noch überrascht haben. Er traute mir jetzt einfach alles zu. Ich verwünschte mich im stillen, daß ich mein Spiel so überreizt hatte. Mir blieb nichts weiter übrig, als alle Karten auf den Tisch zu legen.

»Hören Sie zu, Grantham. Das meiste, was ich Ihnen und Einarson über mich erzählt habe, ist Humbug. Ihr Onkel, Senator Walbourn, hat mich hierher geschickt. Angeblich befanden Sie sich in Paris. Ein Haufen von Ihrem Kies aber wurde nach Belgrad geschippt. Der Senator wurde mißtrauisch – er wußte nicht, ob Sie da nur irgendein Spielchen spielten oder ob jemand Sie reinzulegen versuchte. Ich fuhr nach Belgrad, nahm Ihre Spur auf, kam hierher und rannte in diese Sache hinein. Ich weiß jetzt, daß Sie das Geld überweisen ließen, und ich habe mit Ihnen gesprochen. Mehr ist in meinem Auftrag nicht drin. Mein Job ist erledigt – es sei denn, ich könnte hier noch etwas für Sie tun.«

»Nicht das geringste«, sagt er sehr ruhig. »Trotzdem, vielen Dank.« Er stand auf und gähnte. »Vielleicht sehe ich Sie ja noch, ehe Sie abreisen.«

»Schon möglich.« Es fiel mir nicht schwer, meine Stimme ebenso gleichgültig klingen zu lassen, wie er die seine; ich hatte keine Wut im Bauch zu verbergen. »Gute Nacht.«

Ich fuhr zu meinem Zimmer hinunter, legte mich hin und schlief ein.

Am nächsten Morgen wachte ich erst spät auf und ließ mir das Frühstück aufs Zimmer bringen. Ich war mitten darin, als es an meiner Tür klopfte. Ein untersetzter Mann in zerknitterter grauer Uniform mit einem kurzen, breiten Säbel an der Seite trat ein, salutierte, überreichte mir einen rechteckigen weißen Umschlag, warf einen begierigen Blick auf die amerikanischen

Zigaretten auf dem Frühstückstisch, lächelte und nahm eine, als ich sie ihm anbot, salutierte wieder und ging.

Auf dem weißen Briefumschlag stand mein Name in einer kleinen, sehr klaren und runden, aber nicht kindlichen Handschrift. Darin lag eine kurze Mitteilung in derselben Schrift:

Der Polizeiminister bedauert, daß er Sie infolge dringender Amtsgeschäfte heute nachmittag nicht empfangen kann.

Sie war unterschrieben mit *Romaine Frankl* und hatte noch ein Postskriptum:

Wenn es Ihnen passen sollte, besuchen Sie mich doch nach neun heute abend; vielleicht kann ich Ihnen Zeit sparen helfen. R. F.

Darunter stand eine Adresse.

Ich steckte die Mitteilung in die Tasche und rief: »Herein«, da es gerade wieder klopfte.

Lionel Grantham trat ein. Sein Gesicht war blaß und entschlossen.

»Guten Morgen«, sagte ich mit zwangloser Freundlichkeit, als dächte ich gar nicht mehr an den ganzen Krawall von gestern abend. »Haben Sie schon gefrühstückt? Setzen Sie sich doch zu mir und –«

»O ja, danke, ich habe schon gegessen.« Sein gutgeschnittenes, hübsches Gesicht wurde rot. »Wegen gestern abend – ich war wohl ...«

»Denken Sie nicht mehr dran! Niemand hat es gern, wenn sich jemand um seine Angelegenheiten kümmert.«

»Das ist nett von Ihnen«, sagte er, seinen Hut in den Händen drehend. Er räusperte sich. »Sie sagten, Sie würden – eh – mir helfen, wenn ich es wünschte.«

»Ja, so ist es. Setzen Sie sich.«

Er nahm Platz, hüstelte etwas verlegen, fuhr sich mit der Zunge über die Lippen. »Sie haben doch niemand etwas von der Geschichte mit dem Soldaten gestern abend erzählt?«

»Nein«, antwortete ich.

»Werden Sie niemand davon erzählen?«

»Warum nicht?«

Er blickte auf die Reste meines Frühstücks und antwortete nicht. Ich zündete mir eine Zigarette zum Kaffee an und wartete.

Er rutschte unbehaglich auf seinem Stuhl umher und fragte, ohne aufzublicken: »Haben Sie schon gehört, daß Mahmoud heute nacht ermordet worden ist?«

»Der Mann, mit dem Sie und Einarson im Restaurant saßen?«

»Ja. Er wurde kurz nach Mitternacht vor seinem Haus erschossen.«

»Einarson?«

Der Junge fuhr zusammen.

»Nein!« rief er aus. »Warum sagen Sie das?«

»Einarson wußte, daß Mahmoud den Soldaten bestochen hatte, um ihn auszulöschen, und deshalb knallte er ihn ab oder ließ ihn abknallen. Haben Sie ihm berichtet, was ich Ihnen gestern abend erzählte?«

»Nein.« Er wurde wieder rot. »Es ist peinlich, wenn die Familie einem einen Aufpasser hinterherschickt.«

Ich riet drauflos: »Er hat Sie gebeten, mir den Job anzubieten, von dem er gestern abend sprach, und mich zu ermahnen, nicht über den Soldaten zu reden. Stimmts?«

»J–a.«

»Na dann los, bieten Sie ihn mir an.«

»Aber er weiß doch nicht, wer Sie –«

»Na und, was wollen Sie dagegen tun?« fragte ich. »Wenn Sie mir das Angebot nicht machen, werden Sie ihm sagen müssen, warum.«

»Herr im Himmel, was für ein Mist!« sagte er mißmutig. Er stützte die Ellbogen auf die Knie, das Gesicht zwischen die Hände und sah mich mit den bekümmerten Augen eines kleinen Jungen an, der das Leben zu kompliziert findet.

Er war reif zum Reden. Ich lächelte ihn an, trank meinen Kaffee aus und wartete.

»Bilden Sie sich ja nicht ein, ich ließe mich am Ohrläppchen nach Hause führen!« sagte er da in einem plötzlichen Ausbruch recht kindlichen Trotzes.

»Das würde ich auch gar nicht erst versuchen«, beruhigte ich ihn.

Eine Weile schwiegen wir uns weiter an. Ich rauchte, während er den Kopf in den Händen hielt und sich Sorgen machte. Dann rutschte er wieder verlegen auf seinem Stuhl herum, setzte sich stocksteif hin und wurde dunkelrot vom Kragen bis zum Haaransatz.

»Ich möchte Sie um Hilfe bitten«, sagte er und tat so, als merke er nicht, wie ihm das Blut zu Kopfe stieg. »Ich will Ihnen die ganze alberne Geschichte erzählen. Aber wenn Sie lachen – Sie werden doch nicht lachen, oder?«

»Wenn sie komisch ist, werde ich wahrscheinlich lachen müssen, aber das braucht mich nicht daran zu hindern, Ihnen zu helfen.«

»Ja, lachen Sie nur! Es klingt albern genug! Sie müssen einfach lachen!« Er holte tief Luft. »Haben Sie je – ich meine, haben Sie je mit dem Gedanken gespielt, daß Sie gern –« – er hielt inne, sah mich mit einer verzweifelten Art von Schüchternheit an, riß sich zusammen und schrie die letzten Worte fast heraus – »König sein würden?«

»Vielleicht. Ich habe mit den Gedanken an vieles gespielt, was ich gern sein würde, und König könnte eines davon gewesen sein.«

»Ich traf Mahmoud auf einem Ball unserer Botschaft in Konstantinopel«, stürzte er sich in die Geschichte, die Worte so rasch wie möglich hervorsprudelnd, als sei er froh, sie loszuwerden. »Er war der Privatsekretär von Doktor Semich. Wir verstanden uns ganz gut, auch wenn ich ihn nicht besonders mochte. Er überredete mich, ihn hierher zu begleiten, und machte mich mit Oberst Einarson bekannt. Und dann sagten sie – es gibt wirklich überhaupt keinen Zweifel, daß dieses Land miserabel regiert wird. Andernfalls hätte ich mich sicher nicht darauf eingelassen.

Eine Revolution wurde vorbereitet. Der Mann, der sie hätte anführen sollen, war gerade gestorben. Ein weiteres Hindernis stellte der Geldmangel dar. Glauben Sie mir – es war nicht bloße Eitelkeit, was mich zur Zustimmung bewegte. Ich glaubte – glaube immer noch –, daß es zum Besten des Landes sein wird. Sie machten mir das Angebot, wenn ich die Revolution finanzierte, würde ich – könnte ich König werden.

Einen Augenblick noch! Die Geschichte klingt, weiß Gott, seltsam genug; aber halten Sie sie nicht für absurder, als sie ist. Das Geld, das ich besitze, würde in diesem kleinen, verarmten Lande sehr weit reichen. Und außerdem, mit einem amerikanischen Herrscher wäre es leichter – bestimmt ist es das! – für ein Land, eine Anleihe in Amerika oder England aufzunehmen. Dann ist da noch der politische Aspekt. Muravia ist von vier Ländern umgeben, von denen jedes allein stark genug ist, es zu annektieren, falls es Lust dazu hat. Muravia ist nur deshalb bis heute unabhängig geblieben, weil der Neid zwischen seinen starken Nachbarn noch stärker ist und weil es keinen Seehafen hat.

Aber mit einem amerikanischen Herrscher – und mit Anleihen von Amerika und England, damit Kapital aus diesen Ländern hier investiert werden kann – würde die Sachlage sich ändern. Muravia wäre in einer stärkeren Position, hätte zumindest einen Anspruch auf die Freundschaft von Großmächten. Das würde genügen, um die Nachbarn vorsichtig zu machen.

Kurz nach dem Ersten Weltkrieg hatten die Albanier ebenfalls daran gedacht und die Krone ihres Landes einem der reichen amerikanischen Bonapartes angeboten. Er wollte sie nicht. Er war kein junger Mann mehr und hatte alles erreicht, was er sich wünschte. Ich wollte meine Chance nutzen, als sie sich mir bot. Es gab« – etwas von der Verlegenheit, die ihn während des Sprechens verlassen hatte, kehrte zurück –, »es gab schon einmal Könige in der Ahnenreihe der Granthams. Wir führen unsere Abstammung bis auf James den Vierten von Schottland zurück. Ich wollte – es war ein schöner Gedanke, unserem Geschlecht wieder einen König zu schenken.

Wir planten keine gewalttätige Revolution. Einarson hält die

Armee in der Hand. Wir brauchten die Armee lediglich dazu zu benutzen, um die Abgeordneten – diejenigen, die nicht sowieso schon auf unserer Seite waren – zu zwingen, die Verfassung zu ändern und mich zum König zu wählen. Meine Abstammung hätte es ihnen leichter gemacht, als wenn der Kandidat kein königliches Blut in den Adern gehabt hätte. Das hätte mir von vornherein ein gewisses Ansehen verliehen, obwohl ich – obwohl ich noch ziemlich jung bin, und – und die Leute hier wünschen sich wirklich einen König, besonders die Landbevölkerung. Sie meinen, ohne einen König hätten sie eigentlich kein Recht, sich eine Nation zu nennen. Ein Präsident bedeutet ihnen nichts – er ist für sie einfach ein normaler Mensch wie jeder von ihnen. Sie sehen also, ich – ich war – na los, lachen Sie schon! Sie haben genug gehört, um zu wissen, wie albern das ist!« Seine Stimme klang nervös und grell. »Lachen Sie doch! Warum lachen Sie nicht?«

»Worüber?« fragte ich. »Verrückt ist die Geschichte, weiß Gott, aber nicht lächerlich. Sie sind zwar sentimental, aber ganz schön mutig. Doch Sie reden von der ganzen Sache, als wäre sie schon gestorben und begraben. Ist sie geplatzt?«

»Nein, das nicht«, sagte er langsam und runzelte die Stirn; »aber ich bilde mir das jetzt dauernd ein. Mahmouds Tod sollte die Sachlage eigentlich nicht ändern, aber ich habe ein Gefühl, als ob alles vorüber wäre.«

»Viel von Ihrem Geld flöten gegangen?«

»Das macht mir keine Kopfschmerzen. Aber – nun ja – angenommen, die amerikanischen Zeitungen bekommen Wind von der Geschichte – und wahrscheinlich werden sie das. Sie wissen ja, wie die so etwas ins Lächerliche ziehen können. Und wenn dann die andern erst davon erfahren – meine Mutter, mein Onkel und die Leute von der Treuhandbank. Ich will nicht behaupten, daß ich mich nicht schämen würde, ihnen gegenüberzutreten. Und dann« – sein Gesicht wurde rot und glänzend – »und dann Valeska – Fräulein Radnjak. Ihr Vater sollte die Revolution anführen. Er hat sie angeführt – bis er ermordet wurde. Sie ist – ich werde nie gut genug für sie sein.« Die letzten Worte sprach er in einem merkwürdig einfältigen, ehrfurchtsvollen Ton. »Aber ich hatte gehofft, daß ich vielleicht, wenn ich das Werk ihres Vaters fortführte und ihr etwas mehr als bloß Geld zu bieten hätte – wenn ich etwas vollbracht hätte – mir eine gewisse Position geschaffen – daß sie dann vielleicht – verstehen Sie?«

Ich nickte. »Hm-hm«, machte ich dabei.

»Was soll ich tun?« fragte er ernsthaft. »Ich kann nicht fortlaufen. Ich muß die Sache durchstehen – für sie, und um meine Selbstachtung zu behalten. Aber ich habe das Gefühl, als ob alles vorüber wäre. Sie haben mir Ihre Hilfe angeboten. Helfen Sie mir. Sagen Sie mir, was soll ich tun!«

»Wenn ich Ihnen verspreche, Sie mit reiner Weste durch diese Sache zu bringen – werden Sie dann tun, was ich Ihnen sage?« fragte ich, als gehörte es zu meinem täglichen Brot, millionenschwere Abkömmlinge schottischer Könige sicher durch Verschwörungen auf dem Balkan zu steuern – sozusagen ein alter Hut.

»Ja!«

»Was steht als nächstes auf dem Revolutionsprogramm?«

»Heute abend findet eine Zusammenkunft statt. Ich soll Sie mitbringen.«

»Um welche Zeit?«

»Mitternacht.«

»Ich werde Sie um halb zwölf hier erwarten. Wieviel darf ich wissen?«

»Ich sollte Ihnen von der Verschwörung berichten und Ihnen bieten, was immer als Anreiz für Sie notwendig sein würde, Sie zum Mitmachen zu bewegen. Es wurde nicht abgemacht, wieviel oder wie wenig ich Ihnen erzählen sollte.« –

Um neun Uhr dreißig am gleichen Abend setzte mich ein Taxi vor der Adresse ab, die mir die Sekretärin des Polizeiministers in ihrer Mitteilung genannt hatte. Es war ein kleines, zweistöckiges Haus in einer schlecht gepflasterten Straße am Ostrand der Stadt.

Eine Frau mittleren Alters in sehr sauberen, steif gestärkten, schlecht sitzenden Kleidern öffnete mir die Tür. Ehe ich etwas sagen konnte, schwebte Romaine Frankl in einem ärmellosen rosa Satinkleid hinter der Frau in Sicht und hielt mir lächelnd eine kleine Hand hin.

»Ich wußte nicht, ob Sie kommen würden«, sagte sie.

»Wieso?« fragte ich mit gespieltem großen Staunen über die Möglichkeit, daß ein Mann eine Einladung von ihr ignorieren könnte, während die Hausangestellte die Tür schloß und mir Hut und Mantel abnahm.

Wir standen in einem mattrosa tapezierten Raum, der mit orientalischer Pracht und Fülle geschmackvoll ausgestattet und mit Teppichen ausgelegt war. Nur ein Mißton störte diese Harmonie – ein gewaltiger Ledersessel.

»Wir wollen nach oben gehen«, sagte das Mädchen und sprach ein paar Worte zu der Dienstbotin, von denen ich nichts verstand außer dem Namen Marya. »Oder würden Sie«, wandte sie sich wieder auf Englisch an mich, »Bier dem Wein vorziehen?«

Ich verneinte das, und wir gingen nach oben, das Mädchen mit ihrer mühelosen Grazie voran, als würde sie hinaufgehoben. Sie führte mich in einen schwarz, weiß und grau gehaltenen Raum, der sehr zierlich und mit so wenig Stücken wie möglich möbliert war; doch seine ansonsten völlig weibliche Atmosphäre wurde durch das Vorhandensein eines weiteren dieser gewaltigen Polstersessel getrübt.

Das Mädchen setzte sich auf einen grauen Diwan und schob einen Stoß französische und österreichische Magazine beiseite, um neben sich Platz für mich zu machen. Durch eine offene Tür konnte ich das bemalte Fußende eines spanischen Bettes sehen, ein kurzes Stück purpurroter Steppdecke und die Hälfte eines Fensters mit purpurnen Vorhängen.

»Es tut Seiner Exzellenz sehr leid«, begann das Mädchen und unterbrach sich.

Ich musterte – nicht etwa absichtlich auffällig – gerade den gewaltigen Ledersessel. Ich wußte, daß sie sich unterbrochen hatte, weil ich ihn ansah, und deshalb schaute ich jetzt auch nicht weg.

»Vasilije«, sagte sie etwas betonter als notwendig, »tut es sehr leid, daß er die heutige Verabredung mit Ihnen verschieben mußte. Die Ermordung des Privatsekretärs unseres Präsidenten – Sie haben davon gehört? – hat uns genötigt, alles andere erst einmal abzusagen.«

»Ach ja, dieser Knabe Mahmoud«, meinte ich, langsam den Blick von dem Ledersessel lösend und zu ihr hinüberschwenkend. »Schon herausgefunden, wer ihn umgebracht hat?«

Ihre schwarzumrandeten, tiefen Augen schienen mich wie von ferne prüfend zu mustern, während sie den Kopf schüttelte und ihre fast schwarzen Locken tanzen ließ.

»Wahrscheinlich Einarson«, sagte ich.

»Sie sind nicht müßig gewesen«, stellte sie fest. Ihre Unterlider hoben sich, wenn sie lächelte, so daß es aussah, als blinzelte sie.

Das Dienstmädchen Marya kam mit Wein und Früchten, stellte alles auf einen kleinen Tisch neben dem Diwan und ging wieder. Das Mädchen schenkte Wein ein und bot mir Zigaretten aus einer Silberdose an. Ich dankte und nahm eine von meinen eigenen. Sie rauchte eine mächtige ägyptische Zigarette – dick wie eine Zigarre. Die Zierlichkeit ihres Gesichtes und ihrer Hand wurde dadurch noch betont – was wahrscheinlich der Grund war, warum sie dieses Format bevorzugte.

»Was für eine Revolution ist das eigentlich, die man meinem Jungen verkauft hat?« fragte ich.

»Es war eine sehr nette – bis sie gestorben ist.«

»Und wieso ist sie gestorben?«

»Kennen Sie unsere Geschichte ein wenig?«

»Nein.«

»Nun, die Existenz von Muravia ist das Resultat der Angst und Eifersucht von vier Ländern. Die fünfzehn- oder sechzehntausend Quadratkilometer, aus denen Muravia besteht, sind kein besonders wertvolles Land. Es gibt hier sehr wenig, was eines dieser vier Länder unbedingt haben möchte, aber keine drei konnten sich je einig werden, dem vierten dieses Stück Land zu überlassen. Die einzige Möglichkeit, diese Differenz beizulegen, war die Schaffung eines eigenständigen Staates. Das geschah im Jahre 1923.

Doktor Semich wurde für eine Amtszeit von zehn Jahren zum ersten Präsidenten gewählt. Er ist kein Staatsmann, kein Politiker, und wird auch nie einer werden. Aber da er der einzige Muravianer war, von dem man jemals etwas außerhalb seiner Heimatstadt gehört hatte, glaubte man, daß seine Wahl dem neuen Staat mehr Prestige verschaffen würde. Außerdem war es die gebührende Ehrung für Muravias einzigen großen Mann. Er sollte nie etwas anderes sein als eine Galionsfigur. Die eigentliche Regierungsgewalt sollte von General Danilo Radnjak ausgeübt werden, der zum Vizepräsidenten gewählt wurde, was hier eigentlich mehr dem Amt des Premierministers entspricht. General Radnjak war ein fähiger Mann. Die Armee verehrte ihn wie einen Gott, die Bauern vertrauten ihm, und unsere Bourgeoisie kannte ihn als einen ehrlichen, konservativen, intelligenten Mann, der als Geschäftsmann genauso gut war wie als Armeeführer.

Doktor Semich ist ein sehr nachsichtiger älterer Gelehrter, der von politischen Dingen so gut wie keine Ahnung hat. Man kann ihn verstehen, wenn man folgendes weiß: er ist mit Abstand der größte lebende Bakteriologe, aber wenn Sie ihn sehr gut kennen, wird er Ihnen gestehen, daß er überhaupt nicht an den Wert der Bakteriologie glaubt. ›Die Menschheit muß lernen‹, wird er Ihnen sagen, ›mit den Bakterien zu leben wie mit guten Freunden. Unsere Körper müssen sich den Krankheiten anpassen, so daß kaum ein Unterschied zu merken ist, ob man zum Beispiel Tuberkulose hat oder nicht. In dieser Richtung liegt der Sieg. Unsere Kriegsführung gegen die Bakterien ist vergebliches Bemühen. Vergeblich – aber interessant, und darum tun wir es. Unser Herumtüfteln in Laboratorien ist völlig sinnlos – aber es macht uns Spaß.‹

Als dieser köstliche alte Träumer nun von seinen Landsleuten mit der Präsidentenwürde geehrt wurde, machte er den schlechtestmöglichen Gebrauch davon. Er beschloß, seine Dankbarkeit dafür zu zeigen, indem er sein Laboratorium abschloß und sich mit Herz und Seele dem Regieren verschrieb. Niemand erwartete oder wünschte das. Radnjak sollte der eigentliche Regierungschef sein. Eine Zeitlang hatte er die Situation auch in der Hand, und alles ging gut.

Aber Mahmoud hatte seine eigenen Pläne. Er war Doktor Semichs Sekretär und genoß dessen Vertrauen. Er begann, die Aufmerksamkeit Doktor Semichs auf Radnjaks Übergriffe auf die Präsidentenmacht zu lenken. In dem Versuch, Mahmoud nicht an die Schalthebel der Macht zu lassen, machte Radnjak einen schrecklichen Fehler. Er ging zu Doktor Semich und erzählte ihm offen und ehrlich, daß niemand von ihm, dem Präsidenten, erwartete, er würde seine ganze Zeit den Regierungsgeschäften widmen; es sei die Absicht seiner Landsleute gewesen, ihm wohl die Ehre zu geben, ihr erster Präsident zu sein, nicht aber auch dessen Pflichten aufzubürden.

Damit hatte Radnjak Mahmoud in die Hände gespielt – der Sekretär wurde der eigentliche Regierungschef. Doktor Semich war nun vollkommen davon überzeugt, daß General Radnjak ihm die gesetzmäßige Gewalt zu stehlen versuchte, und von jenem Tag an waren Radnjak die Hände gebunden. Doktor Semich bestand darauf, sich um jede Regierungskleinigkeit selbst zu kümmern, was aber bedeutete, daß Mahmoud die Regierungsgeschäfte führte, da der Präsident noch heute genausowenig von Politik versteht wie bei seiner Amtsübernahme. Beschwerden – egal, wer sie vortug – nützten nichts. Doktor Semich hielt jeden unzufriedenen Bürger für einen Mitverschwörer von General Radnjak. Je mehr Mahmoud im Parlament kritisiert wurde, um so mehr vertraute Doktor Semich ihm. Im letzten Jahr wurde die Situation unerträglich, und die revolutionären Kräfte begannen sich zu formieren.

Radnjak war natürlich ihr Anführer, und wenigstens neunzig Prozent aller einflußreichen Männer von Muravia standen hinter ihm. Die Einstellung der Bevölkerung insgesamt ist schwer zu beurteilen. Sie besteht zum größten Teil aus Bauern, kleinen Landbesitzern, die nur in Frieden gelassen sein wollen. Aber es gibt keinen Zweifel, daß sie lieber einen König als einen Präsidenten haben möchten, und um sie zufriedenzustellen, müßte die Verfassung geändert werden. Die Armee, die Radnjak vergötterte, stand in allem hinter ihm. Die Revolution begann nur langsam zu reifen: General Radnjak war ein vorsichtiger, sorgfältiger Mann, und zudem war nicht viel Geld verfügbar, da dies kein reiches Land ist.

Zwei Monate vor dem für den Staatsstreich festgesetzten Tag wurde General Radnjak ermordet. Und die Revolution ging in die Brüche, zerfiel in ein halbes Dutzend verschiedener Cliquen. Es gab keinen anderen Mann, der stark genug gewesen wäre, sie zusammenzuhalten. Ein paar dieser Gruppen kommen immer noch zusammen und konspirieren, aber sie haben keinen erheblichen Einfluß, kein reales Ziel. Und dieses ist die Revolution, die man Grantham verkauft hat. In einem oder zwei Tagen werden wir mehr Informationen besitzen; bisher wissen wir nur, daß Mahmoud, der einen Monat Urlaub in Konstantinopel verbrachte, Lionel Grantham mit hierherbrachte und sich mit Einarson zusammentat, um den Jungen auszunehmen.

Mahmoud hatte vorher völlig außerhalb der Revolutionsbewegung gestanden, denn schließlich war sie ja gegen ihn gerichtet. Einarson dagegen war als Gefolgsmann seines Vorgesetzten beteiligt gewesen. Seit Radnjaks Tod ist es Einarson gelungen, einen großen Teil der Ergebenheit der Soldaten für ihren alten General auf sich zu übertragen. Sie lieben den Isländer nicht, wie sie Radnjak geliebt haben; aber Einarson ist theatralisch, spektakulär in seinem Auftreten – er hat all die Eigenschaften, die simple Gemüter gern bei ihren Anführern sehen. So bekam Einarson die Armee in die Hand und konnte sich genügend von der Revolutionsmaschinerie seines Vorgängers aneignen, um Grantham zu beeindrucken. Um Geld für seine Revolution zu bekommen, würde er alles tun. Also zogen er und Mahmoud eine Schau für Ihren Jungen auf. Sie benutzten auch Valeska Radnjak, die Tochter des Generals. Ich glaube, sie ist ebenfalls nur ein Opfer. Wie ich gehört habe, planen der Junge und sie, König und Königin zu werden. Wieviel hat er in diese Farce investiert?«

»Möglicherweise ganze drei Millionen amerikanische Dollar.«

Romaine Frankl stieß einen leisen Pfiff aus und schenkte Wein nach.

»Auf welcher Seite stand der Polizeiminister, als die Revolution noch am Leben war?« fragte ich.

»Vasilije«, erklärte sie mir, in kleinen Schlucken Wein zwischen den Sätzen trinkend, »ist ein eigenartiger Mann, ein Original. Er ist an nichts anderem interessiert als an seiner Bequemlichkeit. Bequemlichkeit aber bedeutet für ihn enorme Mengen Essen und Trinken und wenigstens sechzehn Stunden Schlaf pro Tag und nicht zuviel Bewegung während der acht Stunden, an denen er wach ist. Außer diesen Dingen interessiert ihn nichts. Und um seine Bequemlichkeit zu hüten, hat er das Polizeiministerium vorbildlich organisiert. Die Leute haben ihre Arbeit rasch und sauber zu erledigen. Wenn sies nicht tun, bleiben Verbrechen unbestraft, die Bürger beschweren sich, und diese Beschwerden könnten Seiner Exzellenz die Ruhe rauben. Er müßte vielleicht sogar sein Nachmittagsschläfchen abkürzen, um an einer Konferenz oder Versammlung teilzunehmen. Das würde ihm nicht passen. Also besteht er auf einer Organisation, die schon die Ausübung von Verbrechen auf ein Minimum reduziert und die Verantwortlichen für dieses Minimum faßt. Und das erreicht er auch.«

»Hat er Radnjaks Mörder gefaßt?«

»Erschossen zehn Minuten nach dem Mord, als er sich der Verhaftung widersetzte.«

»Einer von Mahmouds Leuten?«

Das Mädchen leerte ihr Glas, sah mich stirnrunzelnd an, aber ihre nach oben strebenden Unterlider brachten ein freundliches Blinzeln in das mißbilligende Gesicht.

»Sie sind gar nicht schlecht«, sagte sie langsam; »aber jetzt bin ich mit Fragen an der Reihe. Warum haben Sie gesagt, Einarson hätte Mahmoud umgebracht?«

»Einarson wußte, daß Mahmoud am selben Abend versucht hatte, ihn und Grantham abknallen zu lassen.«

»Tatsächlich?«

»Ich war Zeuge, wie ein Soldat Geld von Mahmoud in Empfang nahm, danach Einarson und Grantham auflauerte, sechs Schüsse auf sie abfeuerte, sie aber verfehlte.«

Sie klopfte sich mit dem Fingernagel gegen die Zähne.

»Das entspricht gar nicht Mahmoud«, widersprach sie, »sich beim Auszahlen seiner Mörder beobachten zu lassen.«

»Sicher nicht«, stimmte ich zu. »Aber nehmen wir einmal an, sein gedungener Mann wollte mehr Geld, oder vielleicht hatte er erst einen Teil seines Lohnes erhalten. Was gäbe es für eine bessere Gelegenheit, den Rest zu kassieren, als ein paar Minuten vor dem für die Tat angesetzten Zeitpunkt plötzlich aufzutauchen und mitten auf der Straße die Hand aufzuhalten?«

Sie nickte und sprach, als dächte sie laut: »Dann haben sie alles aus Grantham herausgezogen, was sie erhoffen konnten, und jeder versuchte es für sich zu ergattern, indem er den anderen beseitigte.«

»Sie irren sich aber«, sagte ich, »wenn Sie die Revolution für gestorben halten.«

»Aber Mahmoud würde niemals, nicht einmal für drei Millionen Dollar, eine Verschwörung eingehen, um sich selbst die Macht zu entreißen.«

»Richtig! Mahmoud dachte, er zöge nur eine Schau für den Jungen ab. Als er erfuhr, daß es keine Schau war – daß Einarson Ernst machen wollte – wollte er ihn auslöschen lassen.«

»Vielleicht.« Sie zuckte ihre glatten, nackten Schultern. »Aber jetzt raten Sie nur.«

»Wirklich? Einarson trägt ein Bild des Schahs von Persien bei sich. Es ist abgegriffen, als betrachte er es sehr häufig. Der Schah von Persien ist ein russischer Soldat, der während des Weltkrieges nach Persien kam, sich zum persischen Kosakenkommandeur Reza Khan hochdiente, die Armee in die Hand bekam, 1921 einen Staatsstreich inszenierte, Kriegsminister und dann Ministerpräsident wurde und sich 1925 von der Nationalversammlung als Reza Pahlewi zum Schah von Persien ausrufen ließ. Berichtigen Sie mich, falls ich mich irre. Einarson ist ein isländischer Soldat, der nach dem Weltkrieg in dieses Land kam und sich hochdiente, bis er die Armee in die Hand bekam. Wenn dieser Mann das Bild des Schahs bei sich trägt und so oft betrachtet, daß es vom Anfassen völlig abgegriffen ist, bedeutet das nun, daß er seinem Beispiel folgen möchte – oder nicht?«

Romaine Frankl stand auf und ging im Zimmer umher, schob hier einen Sessel ein paar Zentimeter zur Seite, rückte dort einen Ziergegenstand zurecht, schüttelte die Falten an einem Fenstervorhang glatt, tat so, als hinge ein Bild nicht gerade an der Wand, und bewegte sich dabei mit der Schwerelosigkeit einer Schwebenden – ein graziöses Mädchen in rosa Satin.

Vor einem Spiegel blieb sie stehen, trat ein wenig zur Seite, so daß sie mich darin sehen konnte, und tupfte mit den Fingern ihre Locken zurecht, während sie wie geistesabwesend sagte: »Na schön, Einarson will also eine Revolution. Was wird Ihr Junge tun?«

»Was ich ihm sage.«

»Was werden Sie ihm sagen?«

»Was sich am besten bezahlt macht. Ich möchte ihn mit all seinem Geld nach Hause bringen.«

Sie kam vom Spiegel zu mir, zerzauste mir das Haar, küßte mich auf den Mund, setzte sich auf meine Knie und nahm mein Gesicht in ihre kleinen, warmen Hände.

»Schenk mir eine Revolution, netter Mann!« Ihre Augen waren ganz dunkel vor Erregung, ihre Stimme kehlig, ihr Mund lachte, und ihr Körper bebte. »Ich hasse Einarson. Benutze ihn und mach ihn kaputt für mich. Aber schenk mir eine Revolution!«

Ich lachte, küßte sie und drehte sie auf meinem Schoß herum, damit ihr Kopf an meine Schulter paßte.

»Wir werden sehen«, versprach ich. »Ich treffe die Brüder um Mitternacht. Vielleicht weiß ich dann Genaueres.«

»Wirst du nach der Zusammenkunft zurückkommen?«

»Versuch mich daran zu hindern!«

Um elf Uhr dreißig war ich wieder im Hotel, gürtete meine Lenden mit Kanone und Totschläger und fuhr zu Granthams Suite hinauf. Er war allein, sagte aber, daß er Einarson erwarte. Er schien froh zu sein, daß ich gekommen war.

»Sagen Sie mal«, fragte ich, »ist Mahmoud bei einer dieser Zusammenkünfte gewesen?«

»Nein. Seine Beteiligung an der Revolution wurde selbst vor den meisten, die mitmachen, geheimgehalten. Es gab Gründe, warum er sich nicht zeigen durfte.«

»Die gab es. Der Hauptgrund war, daß jedermann wußte, Mahmoud wollte überhaupt keine Revolte, sondern weiter nichts als Geld.«

Grantham kaute auf seiner Unterlippe und sagte: »O Gott, was für ein Mist!«

Oberst Einarson kam in einem Smoking, war aber dennoch ganz Soldat, ganz Mann der Tat. Sein Handschlag war kräftiger als notwendig. Seine kleinen dunklen Augen funkelten hart.

»Sie sind bereit, meine Herren?« sprach er den Jungen und mich an, als seien wir eine Menge. »Ausgezeichnet! Dann wollen wir gehen. Heute abend wird es Schwierigkeiten geben. Mahmoud ist tot. Unter unseren Freunden werden Leute sein, die fragen: ›Warum jetzt eine Revolution?‹ Ach!« Er zupfte heftig an einem Zipfel seines martialischen Schnurrbarts. »Diese Frage werde ich beantworten! Brave Seelen, unsere Mitbrüder, aber leicht ins Bockshorn zu jagen. Aber unter fähiger Führung gibt es keine Furcht. Sie werden sehen!« Damit riß er erneut an seinem Schnurrbart. Dieser militärische Herr schien an diesem Abend napoleonische Gefühle zu hegen. Aber ich hütete mich, ihn als einen Operetten-Revolutionär zu betrachten – ich dachte daran, was er mit dem Soldaten angestellt hatte.

Wir verließen das Hotel, stiegen in einen Wagen, fuhren sieben

Blocks weiter und gingen in ein kleines Hotel in einer Nebenstraße. Der Portier verneigte sich bis zur Gürtellinie, als er Einarson die Tür aufhielt. Grantham und ich folgten dem Offizier eine Treppe hinauf und einen schwach beleuchteten Korridor entlang. Ein fetter, schmieriger Mann in den Fünfzigern kam uns dienernd und glucksend entgegen. Einarson stellte ihn mir vor: der Hotelbesitzer. Er geleitete uns in einen kleinen Saal mit niedriger Decke, wo dreißig bis vierzig Männer von den Stühlen aufstanden und uns durch Tabakqualm entgegenblickten.

Einarson hielt eine kurze, sehr formelle Ansprache, die ich nicht verstehen konnte, und stellte mich damit der Bande vor. Ich nickte den Leuten zu und setzte mich neben Grantham. Einarson nahm an seiner anderen Seite Platz. Leise und unauffällig zeigte Grantham mir die wichtigeren Verschwörer – ein Dutzend Mitglieder des Abgeordnetenhauses, ein Bankier, ein Bruder des Finanzministers (der diesen angeblich vertrat), ein halbes Dutzend Offiziere (alle in Zivil heute abend), drei Professoren von der Universität, der Vorsitzende einer Gewerkschaft, ein Zeitungsverleger und sein Chefredakteur, der Schriftführer einer studentischen Vereinigung, ein Politiker vom Lande und eine Handvoll kleiner Geschäftsleute.

Der Bankier, ein weißbärtiger dicker Mann von sechzig Jahren, stand auf und begann eine Ansprache, wobei er Einarson scharf anblickte. Er sprach ohne Hast, nicht laut, aber in einem gewissen herausfordernden Tonfall. Der Oberst ließ ihn nicht weit kommen.

»Ach!« bellte Einarson los und sprang auf. Natürlich verstand ich keines seiner weiteren Worte, aber sie trieben die rosige Farbe aus den Wangen des Bankiers und ließen Unruhe in den Augen der um uns Sitzenden erkennen.

»Sie wollen die Sache abblasen«, flüsterte Grantham mir ins Ohr. »Sie wollen nicht mehr weitermachen. Ich hab's ja gewußt!«

Die Versammlung wurde rauh. Ein Haufen Leute schrien auf einmal, aber niemand konnte Einarsons Brüllen übertönen. Alle waren aufgestanden und entweder sehr rot oder sehr weiß im Gesicht. Fäuste, Hände und Köpfe wurden geschüttelt. Der Bruder des Finanzministers – ein schlanker, elegant gekleideter Mann mit einem langen, intelligenten Gesicht – riß sich den Zwicker so wütend von der Nase, daß er mitten entzweibrach, schleuderte Einarson ein paar Worte ins Gesicht, machte auf dem Absatz kehrt und schritt zur Tür.

Er riß sie auf – und blieb stehen.

Der breite Korridor war voller grüner Uniformen. Soldaten lehnten an den Wänden, kauerten auf ihren Absätzen, standen in kleinen Gruppen beieinander. Sie hatten keine Schußwaffen, nur Bajonette in Scheiden an den Seiten. Der Bruder des Finanzministers stand sehr still an der Tür und blickte auf die Soldaten.

Ein großer, dunkelhäutiger Mann mit braunem Backenbart und in grober brauner Kleidung und schweren Stiefeln starrte wütend mit rotgeränderten Augen von den Soldaten zu Einarson und machte zwei Schritte auf den Obersten zu. Es war der Politiker vom Lande. Einarson blies die Lippen auf und trat ihm einen Schritt entgegen. Wer zwischen den beiden stand, ging aus dem Wege.

Einarson brüllte, und der Mann brüllte zurück. Einarson machte den meisten Lärm, aber der Landmann ließ sich dadurch nicht stoppen.

Oberst Einarson rief: »Ach!« und spuckte dem Landmann ins Gesicht.

Der Landmann taumelte einen Schritt zurück, und eine seiner Pranken fuhr unter seine braune Jacke. Ich flitzte um Einarson herum und schob dem Landmann die Mündung meiner Kanone in die Rippen.

Einarson lachte, rief zwei Soldaten in den Saal. Sie faßten den Landmann an den Armen und führten ihn hinaus. Jemand schloß die Tür hinter ihm. Alle setzten sich wieder. Einarson hielt erneut eine Ansprache. Niemand unterbrach ihn. Der weißbärtige Bankier hielt eine zweite Rede. Der Bruder des Finanzministers erhob sich und sagte ein halbes Dutzend höfliche Worte, wobei er kurzsichtig Einarson anblickte und in jeder schlanken Hand eine Hälfte seines zerbrochenen Zwickers hielt. Auf ein Wort von Einarson stand Grantham auf und redete. Alle hörten sehr respektvoll zu.

Dann sprach Einarson wieder. Alle wurden freudig erregt. Alle redeten auf einmal. Das ging lange so weiter. Grantham erklärte mir, daß die Revolution am frühen Donnerstagmorgen losgehen sollte – es war jetzt früher Mittwochmorgen – und daß jetzt die letzten Einzelheiten arrangiert würden. Ich bezweifelte, daß irgend jemand irgend etwas bei diesem Lärm von den Einzelheiten verstehen würde. Sie beratschlagten noch bis halb vier. Die beiden letzten Stunden verbrachte ich dösend auf einem Stuhl, den ich in einer Ecke schräg gegen die Wand gekippt hatte.

Nach der Versammlung gingen Grantham und ich in unser Hotel zurück. Er erzählte mir, daß wir uns alle um vier Uhr am nächsten Morgen auf dem Marktplatz einzustellen hätten. Gegen sechs würde es hell werden, und bis dahin würden die Regierungsgebäude, der Präsident und der größte Teil der Beamten und Abgeordneten, die nicht auf unserer Seite waren, in unserer Hand sein. Dann würde eine Abgeordnetenversammlung unter den Augen von Einarsons Soldaten stattfinden und alles so rasch und ordentlich wie möglich abgewickelt werden.

Ich hatte Grantham als eine Art Leibwache zu begleiten, was bedeutete, daß wir beide so weit wie möglich aus der Schußlinie gehalten werden sollten. Mir war das nur recht.

Ich trennte mich im fünften Stock von Grantham, fuhr zu meinem Zimmer hinunter, ließ mir kaltes Wasser über Gesicht und Hände laufen und verließ erneut das Hotel. Da um diese Zeit kein Taxi aufzutreiben war, machte ich mich so zu Romaine Frankl auf die Socken. Unterwegs erlebte ich noch eine kleine Aufregung.

Der Wind wehte mir beim Gehen ins Gesicht. Ich blieb stehen und drehte ihm den Rücken zu, um mir eine Zigarette anzuzünden. Weiter unten auf der Straße huschte ein Schatten in die Deckung eines Hauses. Jemand spürte mir nach, und nicht einmal sehr geschickt. Ich ließ mir beim Anzünden meiner Zigarette nichts anmerken und ging weiter, bis ich an eine genügend finstere Seitengasse kam. Ich bog hinein und blieb in einem dunklen Torweg stehen.

Ein Mann kam schnaufend um die Ecke. Mein erster Schlag ging fehl – der Totschläger traf ihn zu weit vorn, streifte nur die Wange. Der zweite Hieb saß richtig hinter dem Ohr. Ich ließ ihn schlafen und trabte weiter zu Romaine Frankls Haus.

Die Hausangestellte Marya in einem wolligen grauen Bademantel öffnete die Tür und schickte mich hinauf in das schwarz, weiß und graue Zimmer, wo die Sekretärin des Ministers, immer noch in ihrem rosa Satinkleid, gestützt von etlichen Kissen auf dem Diwan lag. Eine Schale voller Zigarettenstummel zeigte, wie sie die Zeit verbracht hatte.

»Nun?« fragte sie, als ich sie ein Stückchen zur Seite schob, um mir einen Sitzplatz neben ihr zu schaffen.

»Donnerstag um vier machen wir Revolution.«

»Ich wußte, daß dus schaffen würdest!« sagte sie und streichelte meine Hand.

»Hat sich von selbst geschafft«, erwiderte ich, »wenn es auch ein paar Augenblicke gab, wo ich sie hätte stoppen können, indem ich unserem Oberst eins hinters Ohr gelangt und ihn von der Meute hätte zerreißen lassen. Dabei fällt mir ein – irgend jemandes Söldling hat versucht, mir eben hierher zu folgen.«

»Wie sah der Bursche aus?«

»Klein, muskulös, vierzig – so etwa mein Format und Alter.«

»Aber er hatte keinen Erfolg?«

»Ich hab ihm eins auf die Nuß gegeben und ihn schlafen gelegt.«

Sie lachte und zog mich am Ohrläppchen. »Das war Gopchek, unser allerbester Detektiv. Er wird rasen vor Wut.«

»Jedenfalls solltet ihr nicht mehr von dieser Sorte auf mich hetzen. Du kannst ihm sagen, es täte mir leid, daß ich ihn zweimal schlagen mußte, aber er hätte selbst Schuld daran. Er hätte seinen Kopf das erste Mal nicht zurückziehen sollen.«

Sie lachte, runzelte dann die Stirn und setzte schließlich einen Gesichtsausdruck auf, in dem beides zur Hälfte enthalten war. »Erzähl mir von der Versammlung«, kommandierte sie.

Ich erzählte ihr, was ich wußte. Als ich geendet hatte, zog sie meinen Kopf nach unten, um mich zu küssen, und flüsterte mir ins Ohr: »Du vertraust mir doch, nicht wahr, Liebster?«

»O ja. Genauso weit, wie du mir.«

»Das ist lange nicht genug«, erklärte sie und schob mein Gesicht fort.

Marya kam mit einem Tablett voll Speisen herein. Wir zogen den Tisch vor den Diwan und aßen.

»Ich verstehe dich nicht ganz«, meinte Romaine, während sie eine Spargelstange zum Mund führte. »Wenn du mir nicht traust, warum erzählst du mir dann diese Dinge? Soweit ich das beurteilen kann, hast du mich nicht viel belogen. Warum erzählst du mir die Wahrheit, wenn du kein Vertrauen in mich setzt?«

»Ich bin eben so leicht zu beeindrucken«, erklärte ich. »Ich bin so von deiner Schönheit und deinem Charme überwältigt, daß ich dir einfach nichts abschlagen kann.«

»Hör auf!« rief sie aus, plötzlich ernst werdend. »Ich habe diese Schönheit und diesen Charme in der halben Welt zu Geld gemacht. Sag so etwas nie wieder zu mir! Es tut weh, weil – weil –« Sie schob ihren Teller zurück, wollte nach einer Zigarette langen, ließ ihre Hand auf halbem Wege in der Luft hängen und schaute mich mißbilligend an. »Ich liebe dich nämlich«, sagte sie.

Ich ergriff die mitten in der Luft hängende Hand, küßte sie auf die Innenfläche und fragte: »Mehr als sonst jemand auf der Welt?«

Sie zog ihre Hand fort.

»Bist du ein Buchhalter?« wollte sie wissen. »Mußt du Menge, Gewicht und Maß für alles in Erfahrung bringen?«

Ich grinste sie an und versuchte weiter zu essen. Ich hatte

ziemlichen Hunger gehabt. Nun aber war mein Appetit vergangen, obgleich ich erst ein paar Mundvoll gehabt hatte. Ich versuchte so zu tun, als wäre ich immer noch hungrig, schaffte es aber nicht. Das Essen wollte nicht verschlungen werden. Ich gab den Versuch auf und zündete mir eine Zigarette an.

Mit der linken Hand fächelte sie den Rauch zwischen uns fort. »Du traust mir nicht«, beharrte sie. »Warum gibst du dich dann aber in meine Hand?«

»Warum nicht? Du kannst die Revolution platzen lassen. Mir macht das nichts aus. Es ist nicht meine Party, und wenn sie nicht stattfindet, heißt das noch nicht, daß ich den Jungen nicht mitsamt seinem Geld aus dem Lande schaffen kann.«

»Dir macht wohl Gefängnis, vielleicht Hinrichtung, überhaupt nichts aus, wie?«

»Ich laß es eben drauf ankommen«, entgegnete ich. Und dabei dachte ich, daß ich es nicht anders verdiente, wenn ich mich nach zwanzig Jahren Pläneschmieden, Intrigieren und Schwindeln in wirklichen Großstädten in diesem Hinterwaldnest hochnehmen ließ.

»Und für mich empfindest du überhaupt nichts?«

»Sei doch nicht albern.« Ich deutete mit der Zigarette auf mein angefangenes Essen. »Ich habe seit gestern abend acht Uhr nichts mehr zu essen gehabt!«

Sie lachte, legte mir eine Hand auf den Mund und sagte: »Ich verstehe. Du liebst mich, aber nicht genug, um mich deine Pläne irgendwie beeinflussen zu lassen. Das mag ich nicht. Es ist zu unmännlich.«

»Du willst doch nicht etwa in die Revolution ziehen?« fragte ich.

»Jedenfalls werde ich nicht durch die Straßen laufen und Bomben werfen, wenn du das damit meinst.«

»Und Djudakovich?«

»Der schläft immer bis elf Uhr vormittags. Wenn ihr um vier Uhr früh losschlagt, habt ihr sieben Stunden Vorsprung vor ihm.« Sie sagte das alles völlig ernsthaft. »In dieser Zeit müßt ihr es schaffen. Oder er könnte sich dazu entschließen, euch aufzuhalten.«

»Tatsächlich? Ich war der Meinung, er könnte die Revolution brauchen.«

»Vasilije wünscht nichts als seine Ruhe und Bequemlichkeit.«

»Aber hör mal, Liebling«, protestierte ich. »Wenn dein Vasilije überhaupt etwas taugt, muß er einfach rechtzeitig von der Sache Wind bekommen. Einarson und seine Armee sind die Revolution. Diese Bankiers und Abgeordneten und der übrige Klüngel, die er nur mitschleppt, um der Geschichte einen honorigen Anstrich zu verleihen, sind nichts als ein Haufen Leinwandverschwörer. Schau sie dir an! Ihre Versammlungen um Mitternacht und dergleichen Kindereien! Nachdem sie jetzt endlich ein festes Ziel mit einem festen Termin vor Augen haben, werden sie gar nicht anders können, als die Nachricht davon zu verbreiten. Den ganzen Tag über werden sie bebend vor Erregung umherlaufen und in den Ecken zusammenstehen und flüstern.«

»Das tun sie schon seit Monaten«, entgegnete sie. »Niemand beachtet dieses Getue mehr. Und ich verspreche dir, Vasilije wird nichts Neues erfahren. Ich werde ihm bestimmt nichts erzählen, und auf jemand anders hört er sowieso nicht.«

»In Ordnung.« Ich war zwar nicht sicher, ob das in Ordnung ging, aber vielleicht stimmte es. »Dann wird dieser Aufstand also klappen – falls die Armee Einarson folgt?«

»Ja, und die Armee wird Einarson folgen.«

»Und wenn alles vorbei ist, beginnt unsere eigentliche Arbeit?«

Mit einem kleinen, spitzen Zeigefinger rieb sie ein Flöckchen Asche ins Tischtuch und schwieg.

»Einarson muß in der Versenkung verschwinden«, fuhr ich fort.

»Wir werden ihn umbringen müssen«, sagte sie nachdenklich. »Und am besten tust du das selbst.«

Ich sah Einarson und Grantham an diesem Abend und verbrachte einige Stunden mit ihnen. Der Junge war unruhig, nervös und ohne rechtes Vertrauen in den Erfolg der Revolution, wenn er auch so tat, als betrachte er ihn als selbstverständlich. Einarson war sehr wortreich. Er erzählte uns alle Einzelheiten der Pläne für den nächsten Tag. Ich war mehr an ihm interessiert als an dem, was er sagte. Er würde die Revolution durchziehen können, dachte ich, und ich wollte ihm nicht dazwischenpfuschen. Während er redete, studierte ich ihn und tastete ihn nach schwachen Stellen ab.

Zuerst nahm ich mir seinen Körper vor – ein großer, kräftig gebauter Mann in seinen besten Jahren, nicht so behende, wie er es hätte sein können, aber stark und zäh. Er hatte ein breites, rotes Gesicht mit kurzer Nase und massigen Kiefern, in dem eine Faust keinen großen Eindruck hinterlassen würde. Er war auch nicht fett, aber er aß und trank zuviel, um hartgesotten zu sein, und so ein blühendes Mannsbild hält gewöhnlich nicht vielen Schlägen in die Gürtellinie stand. Soviel zu dem Körper dieses Herrn.

Geistig zählte er nicht zum Schwergewicht. Seine Revolution war grob gesponnen. Sie würde hauptsächlich deswegen klappen, weil es kaum Opposition gab. Er verfügte wohl über viel Willenskraft, der ich aber keinen großen Stellenwert beimaß. Leute mit nicht allzuviel Grips müssen Willenskraft entwickeln, wenn sie etwas erreichen wollen. Ich wußte nicht, ob er genügend Mumm haben würde, aber vor Publikum würde er gewiß eine große Schau abziehen, und der größte Teil dieses Aktes dürfte vor Publikum spielen. In einer dunklen Ecke, meinte ich, würde er wahrscheinlich allerhand Luft ablassen. Er glaubte an sich – absolut. Das sind neunzig Prozent der Führerschaft, so daß er in dieser Beziehung keinen Mangel aufwies. Er traute mir nicht. Er hatte mich in seine Reihen aufgenommen, weil das nach Entwicklung der Dinge einfacher war, als mir die Tür vor der Nase zuzuschlagen.

Er redete ununterbrochen von seinen Plänen. Es gab aber

nichts mehr darüber zu reden. Er würde seine Soldaten am frühen Morgen in die Stadt führen und die Regierungsgewalt übernehmen. Das war alles an Plan, was gebraucht wurde. Der Rest war Salatverzierung um das Hauptgericht, aber dieser Salat war das einzige, was wir diskutieren konnten. Es war langweilig.

Gegen elf Uhr hörte Einarson zu schwadronieren auf und verließ uns, nachdem er folgende kleine Ansprache gehalten hatte: »Bis vier Uhr also, meine Herren, wenn Muravias Geschichte beginnt!« Er legte eine Hand auf meine Schulter und befahl mir: »Wachen Sie über Seine Majestät!«

Ich brummte »Hm-hm« und schickte Seine Majestät auf der Stelle zu Bett. Er würde nicht schlafen können, war aber zu jung, um das einzugestehen, und verabschiedete sich gehorsam. Ich ließ ein Taxi kommen und fuhr zu Romaine.

Sie war wie ein Kind am Abend vor einem Picknick. Sie küßte mich, und sie küßte die Hausangestellte Marya. Sie saß auf meinen Knien, neben mir, auf dem Fußboden, hüpfte von einem Sessel auf den andern, wechselte alle halbe Minute ihren Platz. Sie lachte und plapperte unaufhörlich – über die Revolution, über mich, über sich selbst, über alles mögliche. Einmal wäre sie fast erstickt, als sie noch beim Weintrinken weiterzureden versuchte. Sie zündete sich eine ihrer großen Zigaretten nach der anderen an, vergaß weiterzurauchen oder zog so lange daran, bis sie sich die Lippen versengte. Und dazwischen sang sie Verse aus Liedern in einem halben Dutzend Sprachen.

Ich verabschiedete mich gegen drei Uhr. Sie ging mit mir hinunter zur Haustür, zog meinen Kopf hinab und küßte mich auf Augen und Mund.

»Wenn irgend etwas schiefgeht«, sagte sie, »komm zum Gefängnis. Wir werden es halten, bis –«

»Wenn es schiefgeht, wird man mich sogar dorthin bringen«, versprach ich.

Sie war jetzt nicht zum Scherzen aufgelegt. »Ich gehe gleich dorthin«, sagte sie. »Ich fürchte, Einarson hat mein Haus auf seiner Liste.«

»Gute Idee«, stimmte ich zu. »Wenn du in Gefahr gerätst, gib mir Nachricht.«

Ich ging durch die dunklen Straßen – die Lampen wurden um Mitternacht gelöscht – zum Hotel zurück, ohne einen Menschen zu sehen, nicht einmal einen der grau uniformierten Polizisten. Als ich das Hotel erreichte, regnete es gleichmäßig und ununterbrochen.

In meinem Zimmer zog ich festere Kleidung und Schuhe an, kramte eine weitere Pistole – eine Automatik – aus meiner Reisetasche und hängte sie in ein Schulterhalfter. Dann stopfte ich so viel Munition in meine Taschen, daß ich O-Beine bekam, nahm Hut und Regenmantel und fuhr zu Granthams Suite empor.

»Es ist zehn vor vier«, erklärte ich. »Wir könnten eigentlich schon auf den Marktplatz gehen. Stecken Sie lieber eine Kanone ein.«

Er hatte nicht geschlafen. Sein hübsches junges Gesicht war kühl und rosig und gefaßt, so wie ich ihn am ersten Tag gesehen hatte, nur seine Augen glänzten heller. Er schlüpfte in einen Mantel, und dann gingen wir hinunter.

Regen schlug uns ins Gesicht, als wir uns zur Mitte des dunklen Marktplatzes begaben. Andere Gestalten strichen um uns herum, wenn uns auch niemand nahe kam. Wir blieben am Fuß eines eisernen Denkmals von jemandem auf einem Pferd stehen.

Ein blasser junger, außergewöhnlich dünner Mann trat zu uns und begann rasch zu reden, wobei er mit beiden Händen gestikulierte und dann und wann schniefte, als habe er einen Schnupfen. Ich konnte kein Wort verstehen.

Das Stimmengewirr um uns herum begann das Prasseln des Regens zu übertönen. Das fette, weißbärtige Gesicht des Bankiers tauchte plötzlich aus der Dunkelheit auf und verschwand gleich wieder darin, als wollte der Mann nicht erkannt werden. Männer, die ich vorher nie gesehen hatte, versammelten sich um uns und grüßten Grantham mit irgendwie verlegenem Respekt.

Ein kleiner Mann in einem zu großen Umhang kam angelaufen und begann uns mit brüchiger, stoßweiser Stimme etwas zu erzählen. Ein dünner, gebeugter Mann mit Brille, deren Gläser von Regentropfen besprenkelt waren, übersetzte den Bericht des kleinen Mannes ins Englische: »Er sagt, die Artillerie habe uns verraten, und in den Regierungsgebäuden würden Kanonen montiert, um den Marktplatz bei Tagesanbruch unter Feuer zu nehmen.« So etwas wie Hoffnung und Erleichterung lag in seiner Stimme, und er fügte hinzu: »In diesem Falle können wir natürlich gar nichts tun.«

»Wir können sterben«, sagte Lionel Grantham mit fester Stimme.

Diese großspurige Feststellung hatte aber auch nicht den geringsten Sinn. Niemand war zum Sterben hergekommen. Sie waren alle hier, weil es so unwahrscheinlich war, daß irgendeiner würde sterben müssen – außer vielleicht ein paar von Einarsons Soldaten. So mußte man die Worte des Jungen jedenfalls von der Vernunft her sehen. Doch ich spreche bei Gott die Wahrheit, wenn ich sage, daß selbst ich – ein Detektiv mittleren Alters, der nicht mehr weiß, wie es ist, wenn man noch an Märchen glaubt – mich plötzlich warm unter meinen nassen Kleidern fühlte. Und wenn jemand zu mir gesagt hätte: »Dieser Junge ist wirklich ein König«, hätte ich ihm sicher nicht widersprochen.

Eine plötzliche Stille fiel über die murmelnde Menge um uns herum, und nur noch das Rascheln des Regens und das Tramp, Tramp, Tramp von die Straße heraufmarschierenden Truppen war zu hören – Einarsons Männer. Alles begann wieder auf einmal durcheinanderzureden, glücklich, erwartungsvoll, froh über die Ankunft derjenigen, deren Aufgabe es war, den schweren Teil der Arbeit zu übernehmen.

Ein Offizier in naßglänzendem Regenmantel drängte sich durch die Menge – ein kleines, flinkes junges Kerlchen mit einem zu großen Säbel. Er salutierte umständlich vor Grantham und sagte in einem Englisch, auf das er sehr stolz zu sein schien:

»Oberst Einarson entbietet Euch seinen Respekt, Mister, und der Vormarsch geht betune.«

Ich hätte gern gewußt, was *betune* heißen mochte.

Grantham lächelte und sagte: »Übermitteln Sie Oberst Einarson meinen Dank.«

Der Bankier tauchte jetzt wieder auf, kühn genug, sich uns anzuschließen. Andere, die ebenfalls bei der mitternächtlichen Versammlung gewesen wären, erschienen nun auch. Wir bildeten einen inneren Ring um die Reiterstatue, während das restliche Volk sich um uns scharte – im Grau des frühen Morgens jetzt leichter zu erkennen. Den Landmann, dem Einarson ins Gesicht gespuckt hatte, konnte ich nicht entdecken.

Der Regen durchnäßte uns bis auf die Haut. Wir traten von einem Fuß auf den andern, bibberten und redeten. Das Tageslicht kam langsam und enthüllte mehr und mehr Menschen, die naß und mit neugierigen Augen um uns standen. Am äußeren Rand der Menge brachen Leute in begeisterte Ovationen aus, die von den übrigen übernommen wurden. Sie vergaßen ihr feuchtes Elend, lachten und tanzten, umarmten und küßten einander. Ein bärtiger Mann in einem Ledermantel kam zu uns, verneigte sich vor Grantham und erklärte, daß man vom Rande sehen könnte, wie Einarsons eigenes Regiment gerade das Hauptgebäude der Regierung besetzte.

Der Tag brach voll an. Der ungeordnete Haufen um uns öffnete sich zu einer Gasse für ein von Kavallerie eskortiertes Auto. Vor uns hielt der Wagen. Oberst Einarson stieg aus, einen blanken Säbel in der Hand, salutierte und hielt den Schlag für Grantham und mich auf. Er kletterte hinterher, nach Sieg riechend wie ein Revuegirl nach Coty. Die Kavalleristen schlossen sich wieder um den Wagen zusammen, und wir wurden zum Regierungspalast gefahren, durch eine Menge, die schreiend und mit roten Gesichtern und glücklich hinter uns her rannte. Es war alles sehr theatralisch.

»Die Stadt gehört uns«, sagte Einarson, der vorgebeugt dasaß, die Säbelspitze in den Boden des Wagens gepiekt, die Hände auf das Heft gestützt. »Der Präsident, die Abgeordneten, fast alle wichtigen Beamten sind in unserer Gewalt. Kein einziger Schuß ist gefallen, keine Fensterscheibe zerschlagen!«

Er war stolz auf seine Revolution, und ich nahm ihm das nicht einmal übel. Ich war mir nach alledem nicht mehr ganz sicher, daß er keinen Grips hatte. Schließlich war er auch vernünftig genug gewesen, seine zivilen Anhänger auf dem Marktplatz abzustellen, bis seine Soldaten die Arbeit getan hatten.

Wir stiegen vor dem Regierungspalast aus und stiegen die Treppe hinauf, zwischen Reihen von Infanteristen mit präsentierten Gewehren, auf deren aufgepflanzten Bajonetten Regentropfen blitzten. Mehr grün uniformierte Soldaten standen mit präsentierten Gewehren in den Korridoren. Wir gingen in einen schön möblierten Speisesaal, in dem fünfzehn oder zwanzig Offiziere aufstanden, um uns zu begrüßen. Es wurden eine Menge Ansprachen gehalten. Alle triumphierten. Während des ganzen Frühstücks wurde sehr viel geredet. Ich verstand kein Wort davon.

Nach dem Essen gingen wir in den Abgeordnetensaal, einen großen ovalen Raum mit oval angeordneten Reihen von Bänken und Pulten, die alle einer erhabenen Plattform zugewandt standen. Auf dieser Plattform standen außer drei Tischen etwa zwanzig Stühle, die wiederum den Bankreihen unten zugewandt waren. Unsere Frühstücksgesellschaft setzte sich auf diese Stühle. Ich stellte fest, daß Grantham und ich die einzigen Zivilisten auf dieser Plattform waren. Keiner unserer Mitverschworenen war da außer jenen, die zu Einarsons Armee gehörten. Das gefiel mir gar nicht so gut.

Grantham saß in der ersten Stuhlreihe zwischen Einarson und mir. Wir schauten zu den Abgeordneten hinunter. Es waren vielleicht hundert, die da verteilt zwischen den geschwungenen Bankreihen saßen, scharf in zwei Gruppen aufgeteilt. Die eine Hälfte auf der rechten Seite des Saales waren Revolutionäre. Sie erhoben sich und feierten uns mit Hurrarufen. Die andere Hälfte auf der linken Seite waren Gefangene. Die meisten von ihnen schienen sich übereilt angekleidet zu haben.

Rund um den Saal, Schulter an Schulter gegen die Wand gelehnt, außer auf der Plattform und vor den Türen, standen Einarsons Soldaten.

Ein alter Mann zwischen zwei Soldaten trat ein – ein kahlköpfiger, gebeugter, vornehmer alter Herr mit freundlichen Augen und einem faltigen, glattrasierten Gelehrtengesicht.

»Doktor Semich«, flüsterte Grantham.

Die beiden Wachen führten den Präsidenten zum mittleren der drei Tische auf der Plattform. Er beachtete uns andere, die wir auf der Plattform saßen, überhaupt nicht und setzte sich auch nicht.

Ein rothaariger Abgeordneter – einer von der Revolutionspartei – stand auf und redete. Seine Genossen spendeten lauten Beifall, als er geendet hatte. Der Präsident sprach – drei Worte mit sehr ruhiger, sehr trockener Stimme – und verließ die Plattform, begleitet von den beiden Soldaten, um den Saal auf demselben Weg zu verlassen, den er gekommen war.

»Hat es abgelehnt, zurückzutreten«, informierte Grantham mich.

Der rothaarige Abgeordnete kam auf die Plattform und setzte sich an den Mitteltisch. Die Gesetzgebungsmühle begann zu mahlen. Männer redeten kurz und anscheinend sachlich – Revolutionäre. Keiner der gefangenen Abgeordneten stand auf. Eine Abstimmung wurde vorgenommen. Ein paar der ins Unrecht Gesetzten enthielten sich der Stimme. Die meisten von ihnen schienen jedoch mit denen zu stimmen, die das Recht für sich in Besitz genommen hatten.

»Sie haben die Verfassung aufgehoben«, flüsterte Grantham.

Die Abgeordneten brachen erneut in Hurrarufe aus – diejenigen, die freiwillig gekommen waren. Einarson lehnte sich zu uns herüber und murmelte Grantham und mir zu: »Mehr können wir ohne Risiko heute nicht erreichen. Damit ist alles in unserer Hand.«

»Zeit, einen Vorschlag anzuhören?« fragte ich ihn.

»Ja.«

Dann entschuldigen Sie uns bitte einen Moment«, sagte ich

zu Grantham, stand auf und ging nach hinten in die entfernteste Ecke der Plattform.

Einarson folgte mir, argwöhnisch die Stirn runzelnd.

»Warum geben wir Grantham nicht jetzt gleich seine Krone?« fragte ich, als wir in der Ecke standen, so daß meine rechte Schulter seine linke berührte, halb mit dem Gesicht einander, halb der Ecke zugewandt und den Rücken den Offizieren zugekehrt, deren nächster etwa drei Meter von uns entfernt saß. »Ziehen Sie die Sache durch. Sie können das. Natürlich wird es Protestgeschrei geben. Und als Konzession gegenüber diesen Protesten lassen Sie ihn morgen abdanken. Sie werden davon nur profitieren. Ihre Position dem Volk gegenüber wird fünfzig Prozent stärker sein. Sie können es dann so hindrehen, als sei die Revolution allein sein Werk, und Sie sind der Patriot, der diesen Zugereisten daran gehindert hat, sich den Thron zu schnappen. Unterdessen werden Sie Diktator, oder was immer Sie werden wollen, wenn die Zeit reif ist. Verstehen Sie, was ich meine? Lassen Sie ihn die Kastanien aus dem Feuer holen. Sie fangen sie auf, wenn sie abgekühlt sind.«

Die Idee schien ihm zu gefallen, nur nicht, daß sie von mir kam. Seine kleinen dunklen Augen bohrten sich forschend in meine. »Warum machen Sie diesen Vorschlag?« fragte er.

»Was kümmert Sie das? Ich verspreche Ihnen, daß er innerhalb von vierundzwanzig Stunden abdanken wird.«

Er verzog den Mund unter seinem Schnurrbart zu einem dünnen Lächeln und hob den Kopf. Ich kannte einen Major bei den amerikanischen Streitkräften in Übersee, der seinen Kopf stets auf diese Weise hob, wenn er im Begriff war, einen unangenehmen Befehl zu geben. Deshalb redete ich rasch weiter: »Sehen Sie meinen Regenmantel? – er liegt zusammengefaltet über meinem linken Arm.«

Er sagte nichts, nur seine Augenlider zogen sich zusammen.

»Sie können meine linke Hand nicht sehen«, fuhr ich fort. Seine Augen war nur noch Schlitze, aber er tat den Mund nicht auf.

»Eine Automatik befindet sich darin«, schloß ich.

»Und?« fragte er verächtlich.

»Nichts, nur – kommen Sie auf komische Gedanken, und ich puste Ihnen ein Loch in den Bauch.«

»Ach!« – er nahm mich nicht ernst. – »Und was dann?«

»Ich weiß nicht. Aber überlegen Sie gründlich, Einarson. Ich habe mich freiwillig in eine Lage begeben, wo ich nur vorwärtsmarschieren kann, wenn Sie nicht nachgeben. Ich kann Sie töten, ehe Sie irgend etwas veranlassen. Und ich werde es tun, wenn Sie Grantham nicht jetzt und hier seine Krone geben. Verstanden? Ich muß es tun. Vielleicht – sehr wahrscheinlich – werden Ihre Leute mich hinterher fertigmachen, aber Sie werden dann bereits tot sein. Wenn ich jetzt einen Rückzieher mache, werden Sie mich ganz gewiß erschießen lassen. Also habe ich keine andere Wahl. Wenn keiner von uns beiden nachgibt, gehn wir beide auf die große Reise. *Ich* bin schon zu weit gegangen, um jetzt noch nachzugeben. Also werden Sie nachgeben müssen. Denken Sie darüber nach.«

Er dachte darüber nach. Die Farbe wich ein wenig aus seinem Gesicht, und um sein Kinn herum begann es leicht zu zucken. Ich half ihm beim Denken, indem ich den Regenmantel so weit zur Seite schob, daß er die Mündung der Kanone in meiner linken Hand sehen konnte. Ich hatte den großen Einheizer, er hatte nicht genügend Mumm, in seiner Siegesstunde das Risiko des Todes auf sich zu nehmen.

Er schritt über die Plattform zu dem Tisch, an dem der Rotschopf saß, trieb ihn mit einem Knurren und einer Handbewegung fort, beugte sich über den Tisch und bellte in den Abgeordnetensaal hinunter. Ich stand ein Stückchen schräg hinter ihm, so daß niemand zwischen uns treten konnte.

Nachdem der Oberst geendet hatte, gab eine ganze Weile keiner von den Abgeordneten einen Ton von sich. Dann sprang einer der Revolutionsgegner auf die Füße und kläffte erbittert. Einarson zeigte mit einem langen braunen Finger auf ihn. Zwei Soldaten verließen ihren Platz an der Wand, packten den Abgeordneten roh an Genick und Armen und zerrten ihn heraus. Ein zweiter Abgeordneter stand auf, redete und wurde entfernt. Nach dem fünften Hinausschmiß war alles friedlich. Einarson stellte eine Frage und erhielt eine einstimmige Antwort.

Er drehte sich zu mir, ließ seinen Blick von meinem Gesicht zu meinem Regenmantel und zurück wandern und sagte: »Das wäre erledigt.«

»Wir werden auch noch die Krönung vornehmen«, kommandierte ich.

Den größten Teil der Zeremonie bekam ich nicht richtig mit. Ich hatte damit zu tun, den bulligen Offizier nicht aus den Augen zu lassen, aber schließlich war Lionel Grantham offiziell als *Lionel der Erste*, König von Muravia, installiert. Einarson und ich gratulierten ihm, was das auch bedeuten mochte, gemeinsam. Danach nahm ich den Offizier beiseite.

»Wir machen jetzt einen Spaziergang«, erklärte ich. »Und keine Dummheiten! Führen Sie mich durch einen Seitenausgang hinaus.«

Ich hatte ihn jetzt an der Kandare, fast ohne dazu die Kanone zu benötigen. Er mußte versuchen, Grantham und mich ohne Aufsehen loszuwerden – uns ohne Publikum zu töten, wenn er nicht riskieren wollte, ausgelacht zu werden –, dieser Mann, der sich inmitten seiner Armee hatte in die Enge treiben und eines Thrones berauben lassen.

Wir gingen um den Regierungspalast herum zum ›Hotel der Republik‹, ohne jemandem zu begegnen, der uns kannte. Die Bevölkerung war auf dem Marktplatz versammelt. Wir fanden das Hotel verlassen vor. Ich ließ ihn den Fahrstuhl zu meinem Stockwerk steuern und trieb ihn zu meinem Zimmer.

Ich versuchte die Tür zu öffnen, fand sie unverschlossen, ließ den Drücker los und befahl ihm, hineinzugehen. Er stieß die Tür auf und blieb stehen.

Romaine Frankl saß mit untergeschlagenen Beinen mitten auf meinem Bett und nähte einen Knopf an eine meiner Unterhosen.

Ich schob Einarson in den Raum und schloß die Tür, Romaine

sah ihn an und dann die Automatik, die jetzt unverdeckt in meiner Hand lag. Mit mokanter Enttäuschung sagte sie: »Oh, du hast ihn noch nicht umgebracht?«

Oberst Einarson wurde stocksteif. Er hatte jetzt Publikum – jemand, der seine Erniedrigung sah. Wahrscheinlich würde er etwas unternehmen. Ich würde ihn mit Samthandschuhen anfassen müssen – oder war vielleicht das Gegenteil besser? Ich gab ihm einen Tritt an den Knöchel und fauchte ihn an: »Rüber in die Ecke und hinsetzen!«

Er wirbelte herum. Ich stieß ihm die Mündung meiner Pistole ins Gesicht, daß es ihm fast die Lippe zwischen dem Eisen und den Zähnen zerquetschte. Als sein Kopf zurückzuckte, jagte ich ihm die andere Faust in die Magengrube. Mit weit geöffnetem Mund schnappte er nach Luft. Ich schob ihn vor mir her auf einen Stuhl in der Ecke.

Romaine lachte und drohte mir mit dem Finger. »Du bist ein Rowdy!« sagte sie.

»Was sollte ich sonst tun?« protestierte ich, hauptsächlich damit mein Gefangener es hörte. »Wenn er Zuschauer hat, bildet er sich gleich ein, ein Held zu sein. Ich hab ihn mit der Kanone gezwungen, den Jungen zum König zu krönen. Aber dieser Vogel hat immer noch die Armee hinter sich, und das ist die Regierung. Ich kann ihn nicht laufen lassen, oder Lionel der Einzige und ich müssen Blei sammeln gehen. Es tut mir mehr weh als ihm, daß ich ihn so herumstoßen muß, aber ich kanns nicht ändern. Ich muß ihn bei Verstand halten.«

»Du behandelst ihn verkehrt«, erwiderte sie. »Du hast kein Recht, ihn zu verprügeln. Das einzige, was du als feiner Mann mit ihm tun kannst, ist, ihm auf vornehme Art die Kehle durchzuschneiden.«

»Ach!« Einarsons Lunge funktionierte wieder.

»Maul halten!« schrie ich ihn an, »oder ich hau Ihnen sämtliche Knochen entzwei!«

Er starrte mich böse an, und ich fragte das Mädchen: »Was fangen wir jetzt an mit ihm? Ich würd ihm ja mit Freuden die

Kehle durchschneiden, aber seine Armee könnte auf die dumme Idee kommen, ihn zu rächen, und ich laß mir nicht gern eine Armee als Rächer auf den Hals hetzen.«

»Wir werden ihn Vasilije schenken«, erklärte sie, schwang die Beine über die Bettkante und stand auf. »Der wird wissen, was zu tun ist.«

»Wo ist er denn?«

»Oben in Granthams Suite, wo er sein Morgennickerchen fortsetzt.«

Und dann meinte sie leicht und beiläufig, als hätte sie noch nicht ernsthaft darüber nachgedacht: »Du hast den Jungen also krönen lassen?«

»So ist es. Du willst die Krone für Vasilije? Gut! Wir wünschen fünf Millionen amerikanische Dollar für unsere Abdankung. Grantham hat drei zur Finanzierung der ganzen Geschichte hineingesteckt und verdient einen Profit. Er ist ordentlich von den Abgeordneten gewählt worden. Er hat zwar hier keinen besonderen Rückhalt, aber den kann er von den Nachbarn bekommen. Vergiß das nicht. Gar nicht so weit weg gibt es ein paar Staaten, die einem legitimen König mit Freuden ihre Armee zu Hilfe schicken würden, wenn sie dafür ein paar Konzessionen nach ihren Vorstellungen einhandeln könnten. Doch Lionel der Erste ist nicht unvernünftig. Er ist der Ansicht, ihr solltet besser einen einheimischen Herrscher haben. Er erwartet lediglich dafür eine bescheidene Entschädigung von der Regierung. Fünf Millionen sind wenig genug. Morgen würde er abdanken. Erzähl es deinem Vasilije.«

Sie ging außen um mich herum, damit sie nicht zwischen meine Kanone und mein Ziel geriet, stellte sich auf Zehenspitzen, gab mir einen Kuß aufs Ohr und sagte: »Du und dein König, ihr seid Banditen! In ein paar Minuten bin ich zurück.«

Sie ging hinaus.

»Zehn Millionen!« sagte Oberst Einarson.

»Ich kann Ihnen nicht trauen«, entgegnete ich. »Sie würden uns vor einem Erschießungskommando auszahlen.«

»Können Sie diesem Schwein Djudakovich trauen?«

»Er hat keinen Grund, uns zu hassen.«

»Er wird es aber, wenn er von Ihnen und Romaine erfährt.«

Ich lachte.

»Außerdem, wie könnte er König sein? Ach! Was ist sein Versprechen wert, wenn er nicht den Rang einnehmen kann, der es ihm erlaubt, Sie auszuzahlen? Angenommen, ich wäre sogar tot. Was wird er mit meiner Armee anfangen? Ach! Sie haben das Schwein gesehen! Was für einen König würde er abgeben?«

»Das weiß ich nicht«, erwiderte ich wahrheitsgemäß. »Ich habe gehört, daß er ein guter Polizeiminister ist, weil Untüchtigkeit seine Bequemlichkeit stören würde. Vielleicht würde er aus demselben Grunde ein guter König sein. Ich habe ihn einmal gesehen. Er ist ein aufgedunsener Fleischberg, aber ich kann nichts Lächerliches an ihm entdecken. Er wiegt eine Tonne und bewegt sich, ohne den Fußboden zu erschüttern. Ich hätte Angst, bei ihm zu versuchen, was ich mit Ihnen angestellt habe.«

Diese Beleidigung brachte den Soldaten auf die Beine, hochaufgerichtet und kerzengerade. Seine Augen loderten mich an, und sein Mund verhärtete sich zu einer dünnen Linie. Er würde mir noch Ärger bereiten, ehe ich ihn los war.

Die Tür ging auf, und Vasilije Djudakovich trat ein, das Mädchen folgte ihm auf dem Fuße. Ich grinste dem fetten Minister zu. Er nickte, ohne zu lächeln. Seine kleinen dunklen Augen blickten kühl von mir zu Einarson.

Das Mädchen sagte: »Die Regierung wird Lionel dem Ersten einen Scheck über vier Millionen US-Dollar für seine Abdankung aushändigen, entweder auf eine Bank in Wien oder Athen ausgestellt.« Sie ließ den offiziellen Ton fallen und fügte hinzu: »Mehr konnte ich beim besten Willen nicht aus ihm herausholen.«

»Du und dein Vasilije, ihr seid mir so ein Paar gerissene Geschäftemacher!« klagte ich. »Aber wir nehmen an. Außerdem brauchen wir einen Sonderzug nach Saloniki – einen, der uns über die Grenze bringt, ehe die Abdankung wirksam wird.«

»Das wird arrangiert werden«, versprach sie.

»Gut! Und nun muß dein Vasilije nur noch Einarson die Armee wegnehmen. Kann er das?«

»Ach!« Oberst Einarson streckte den Kopf hoch und wölbte die massige Brust. »Genau das soll er einmal versuchen!«

Der fette Mann knurrte schläfrig etwas durch seinen gelben Bart. Romaine kam herüber und legte mir eine Hand auf den Arm.

»Vasilije möchte sich unter vier Augen mit Einarson unterhalten. Laß ihn.«

Ich nickte und bot Djudakovich meine Automatik an. Er schenkte weder mir noch meiner Kanone Beachtung. Statt dessen sah er den Offizier mit einem unangenehm kühlen, lauernden Blick an. Ich ging mit dem Mädchen hinaus und schloß die Tür hinter uns. Am Fuß der Treppe faßte ich sie bei den Schultern.

»Kann ich deinem Vasilije trauen?« fragte ich.

»Oh, mein Lieber, der würde mit einem halben Dutzend Einarsons fertig.«

»Das meine ich nicht. Er wird nicht versuchen, mich hereinzulegen?«

»Wieso willst du dir jetzt schon den Kopf darüber zerbrechen?«

»Er scheint nicht gerade vor Freundlichkeit außer sich zu sein.«

Sie lachte und drehte den Kopf zur Seite und biß mich in eine Hand.

»Er hat Ideale«, erklärte sie. »Er verachtet dich und deinen König als ein paar Abenteurer, die aus den Nöten dieses Landes Profit ziehen wollen. Darum ist er so hochnäsig. Aber sein Wort wird er halten.«

Vielleicht würde er das, dachte ich; aber nicht er hatte mir sein Wort gegeben – das Mädchen hatte es getan.

»Ich gehe jetzt hinüber zu Seiner Majestät«, sagte ich. »Es dauert nicht lange – dann komme ich zurück und leiste euch in seiner Suite Gesellschaft. Was sollte eigentlich dies Theater mit dem Knopfannähen? Ich hatte keinen verloren.«

»Aber doch«, widersprach sie, während sie in meiner Tasche nach Zigaretten wühlte. »Ich habe nämlich einen abgerissen, als einer von unseren Leuten mich benachrichtigte, daß du mit Einarson hierher unterwegs wärest. Ich dachte, es würde häuslich aussehen.«

Ich fand meinen König in einem weinrot und gold getönten Empfangszimmer im Präsidentenpalast, umgeben von Muravias gesellschaftlichem und politischem Ehrgeiz. Uniformen waren immer noch in der Überzahl, aber ein paar Zivilisten mit ihren Frauen und Töchtern hatten sich inzwischen zu ihm durchgekämpft. Er war im Augenblick zu sehr in Anspruch genommen, um mich zu bemerken, deshalb stand ich eine Weile so herum und schaute mir die Leute an. Besonders ein Wesen – ein großes, schwarzgekleidetes Mädchen, das etwas abseits von den andern an einem Fenster stand.

Sie fiel mir zuerst auf, weil sie schön und gutgebaut war, und dann musterte ich sie eingehender wegen des Ausdrucks ihrer braunen Augen, mit dem sie den neuen König betrachtete. Wenn hier überhaupt jemand auf jemand anders stolz war, dann dieses Mädchen auf Grantham. So, wie sie da allein am Fenster stand und ihn ansah, hätte er eine Kombination von Apollo, Sokrates und Alexander sein müssen, um auch nur die Hälfte davon zu verdienen. Valeska Radnjak, nahm ich an.

Ich sah zu dem Jungen hinüber. Sein Gesicht war stolz und gerötet, und alle zwei Sekunden schaute er zu dem Mädchen am Fenster hinüber, während er dem Geschnatter der ehrerbietigen Gruppe um ihn herum lauschte. Ich wußte, daß er kein Apollo-Sokrates-Alexander war, aber der Auftritt stand ihm gut. Er hatte eine Rolle gefunden, die ihn ausfüllte. Mir tat es ein wenig leid, daß er sie nicht weiterspielen konnte, aber mein Bedauern versperrte mir nicht die Erkenntnis, daß ich genug Zeit verplempert hatte.

Ich drängte mich durch die Menge zu ihm. Er erkannte mich mit den Augen eines Parkbankschläfers, den der Nachtwächterstock auf den Schuhsohlen aus süßem Traum hochschreckt. Er entschuldigte sich bei den anderen und führte mich durch einen Korridor in ein Zimmer mit Buntglasfenstern und reich mit Schnitzereien verzierten Büromöbeln.

»Dies war Doktor Semichs Amtszimmer«, erklärte er mir. »Ich werde –«

»Sie werden morgen in Griechenland sein«, unterbrach ich ihn schroff.

Er blickte stirnrunzelnd und verstockt auf seine Füße.

»Sie sollten wissen, daß Sie diese Position nicht halten können«, argumentierte ich. »Und wenn Sie etwa denken, daß alles schön glattgeht, sind Sie blind, taub und dumm. Ich habe Sie mit meiner Pistole gegen Einarsons Willen in diese Position gebracht. Und ich habe Sie so lange darin gehalten, indem ich ihn gewaltsam entführte. Ich habe einen Handel mit Djudakovich abgeschlossen – dem einzigen starken Mann, den ich hier sehen konnte. Er muß jetzt mit Einarson fertig werden. Ich kann ihn nicht länger halten. Djudakovich wird einen guten König abgeben, wenn er es sein möchte. Er verspricht Ihnen vier Millionen Dollar sowie einen Sonderzug und sicheres Geleit nach Saloniki. Sie kommen erhobenen Hauptes aus dieser Sache heraus. Sie sind König gewesen. Sie haben ein Land aus schlechten Händen genommen und in gute Hände gelegt – dieser fette Bursche wird es schaffen. Und Sie selbst haben eine Million Profit dabei gemacht.«

»Nein. Gehen Sie. Ich werde weitermachen. Dieses Volk hat mir vertraut, und ich werde –«

»Mein Gott, Sie predigen wie der alte Doktor Semich. Diese Leute haben Ihnen nicht vertraut – nicht einer von ihnen. Ich bin der einzige, der Ihnen vertraut hat. Ich habe Sie zum König gemacht, klar? Ich habe Sie zum König gemacht, damit Sie ohne Gesichtsverlust nach Hause gehen können – nicht damit Sie hierbleiben und einen Narren aus sich machen! Mit Versprechungen habe ich Hilfe gekauft. Eine dieser Versprechungen ist, daß sie innerhalb von vierundzwanzig Stunden das Land verlassen. Sie müssen die Versprechen halten, die ich in Ihrem Namen gemacht habe. Die Leute haben Ihnen vertraut, ha? Man hat Sie ihnen mit Gewalt aufgedrängt, mein Sohn! Und das habe ich besorgt! Jetzt werde ich Sie wieder herauspauken. Wenn dies etwas zu hart für Ihre romantischen Träume ist – wenn Ihre Valeska sich mit nichts weniger zufriedengeben sollte als mit dem Thron dieses Spielzeuglandes –«

»Das genügt!« Seine Stimme kam von wenigstens fünfzehn Metern über meinem Kopf. »Sie sollen Ihre Abdankung haben. Das Geld will ich nicht. Sie werden mir Nachricht geben, wenn der Zug bereitsteht.«

»Schreiben Sie die Abdankungserklärung sofort«, ordnete ich an.

Er ging zum Schreibtisch, fand ein Stück Papier und schrieb mit ruhiger Hand, daß er mit dem Verlassen Muravias dem Thron und allen seinen Rechten entsage. Er unterzeichnete das Papier mit *Lionel Rex* und gab es mir. Ich steckte es ein und begann mitfühlend: »Ich kann Ihre Gefühle verstehen, und mir tut leid –«

Er kehrte mir den Rücken und ging aus dem Zimmer. Ich kehrte zum Hotel zurück.

Im fünften Stock stieg ich aus dem Fahrstuhl und ging leise zu meiner Zimmertür. Kein Laut drang hindurch. Ich faßte den Drücker an, fand die Tür unverschlossen und ging hinein. Gähnende Leere. Selbst meine Kleider und Koffer waren verschwunden. Ich fuhr zu Granthams Suite hinauf.

Djudakovich, Romaine, Einarson und die halbe Polizei waren dort versammelt.

Oberst Einarson saß sehr aufrecht in einem Armsessel in der Mitte des Zimmers. Das dunkle Haar und der Schnurrbart waren gesträubt, das Kinn war vorgestreckt. Die Muskeln in seinem roten Gesicht spielten, seine Augen glühten – er war geradezu prächtig zum Raufen aufgelegt. Das kam davon, daß man ihm Publikum verschaffte.

Ich sah mißbilligend Djudakovich an, der auf weitgespreizten Riesenbeinen mit dem Rücken vor einem Fenster stand. Warum hatte der dicke Narr nicht genug Verstand, Einarson in eine einsame Ecke zu drängen, wo man leichter mit ihm fertigwerden konnte?

Romaine schwebte an Polizisten vorbei und um Polizisten herum, die überall herumstanden oder -saßen, und landete bei mir an der Tür.

»Hast du alles arrangiert?« fragte sie.

»Die Abdankung steckt in meiner Tasche.«

»Gib sie mir.«

»Noch nicht«, entgegnete ich. »Zuerst muß ich wissen, ob dein Vasilije so groß ist, wie er aussieht. Einarson macht mir noch keinen geschlagenen Eindruck. Dein fetter Knabe hätte wissen müssen, daß er vor Publikum geradezu aufblüht.«

»Man kann nie wissen, was Vasilije im Schilde führt«, sagte sie leichthin, »außer, daß es zum Ziel führt.«

Ich war mir da nicht so sicher wie sie. Djudakovich brummte ihr eine Frage zu, und sie antwortete rasch. Er brummte den Polizisten etwas zu. Die begannen uns zu verlassen, einzeln, paarweise und in Gruppen. Als der letzte gegangen war, schnob der fette Kerl Einarson ein paar Worte zwischen seinem gelben Backenbart zu. Einarson erhob sich, Brust raus, Schultern zurück, ein zuversichtliches Grinsen unter seinem schwarzen Schnurrbart.

»Was nun?« fragte ich das Mädchen.

»Komm mit, und du wirsts sehen«, lautete die Antwort.

Wir vier fuhren nach unten und verließen das Hotel durch die Vordertür.

Es hatte aufgehört zu regnen. Auf dem Marktplatz war fast die gesamte Bevölkerung von Stefania versammelt, am dichtesten gedrängt vor dem Regierungsgebäude und dem Präsidentenpalast. Über ihren Köpfen konnten wir die Schaffellmützen von

Einarsons Regiment sehen, das immer noch um die Regierungsgebäude stand, wie er es verlassen hatte.

Wir – oder zumindest Einarson – wurden erkannt und mit Hochrufen begrüßt, als wir den Marktplatz überquerten. Einarson und Djudakovich gingen Seite an Seite voran, der Soldat marschierte, der fette Riese watschelte. Romaine und ich gingen dicht hinter ihnen. Wir strebten geradewegs dem Regierungsgebäude zu.

»Was hat er vor?« fragte ich nervös.

Sie tätschelte meinen Arm, lächelte aufgeregt und sagte: »Wart's nur ab.«

Mir schien nichts anderes übrigzubleiben – außer mir Sorgen zu machen.

Wir kamen am Fuß der Steintreppe zum Regierungsgebäude an. Die Bajonette hatten einen unangenehm kalten Glanz im frühen Abendlicht, als Einarsons Soldaten das Gewehr präsentierten. Wir stiegen die Treppe hinauf. Auf dem breiten oberen Absatz wandten Einarson und Djudakovich sich den Soldaten und Bürgern unten zu. Das Mädchen und ich stellten uns hinter die beiden. Ihre Zähne klapperten, ihre Finger gruben sich in meinen Arm, doch ihr Mund und ihre Augen lächelten unbekümmert.

Die Soldaten, die um den Präsidentenpalast standen, kamen herüber und schlossen sich den bereits vor uns hier befindlichen an, indem sie die Zivilisten zurückschoben, um Platz für sich zu machen. Ein weiteres Detachement rückte an. Einarson hob die Hand, brüllte ein Dutzend Worte hinunter, knurrte etwas zu Djudakovich hinüber und trat zurück.

Djudakovichs schläfrige, tiefe Stimme dröhnte mühelos über den Platz, daß man sie gewiß bis zum Hotel hören konnte. Während er sprach, holte er ein Papier aus der Tasche und hielt es vor sich hin. Es lag nichts Theatralisches in seiner Stimme oder seiner Art. Er hätte über irgend etwas gänzlich Unwichtiges reden können. Aber wenn man seine Zuhörerschaft ansah – wußte man, daß es wichtig war.

Die Soldaten hatten ihre Reihen aufgelöst und drängten sich

näher, ihre Gesichter röteten sich, hier und da wurde ein Gewehr mit aufgepflanztem Bajonett geschüttelt. Hinter ihnen sahen die Bürger einander mit verängstigten Gesichtern an, schoben einander, und die einen versuchten näher heran-, die anderen fortzukommen.

Djudakovich redete weiter. Der Aufruhr wuchs. Ein Soldat drängte sich durch seine Kameraden und begann die Treppe heraufzuklettern, andere hefteten sich an seine Fersen.

Einarson fiel dem fetten Mann ins Wort, indem er an den Treppenrand trat und mit der Stimme eines Mannes, der es gewohnt ist, daß man ihm gehorcht, in die hochstarrenden Gesichter Befehle brüllte.

Die Soldaten auf den Stufen stolperten hinunter. Einarson brüllte erneut. Die aufgelösten Reihen schlossen sich wieder zusammen, richteten sich langsam aus, geschwungene Gewehre wurden bei Fuß gestellt. Einarson stand einen Augenblick schweigend da und blickte finster auf seine Truppen hinunter. Dann begann er eine neue Ansprache. Ich konnte genausowenig verstehen wie bei der Rede des fetten Mannes, aber fraglos machten seine Worte großen Eindruck. Zorn und Wut schwanden aus den Gesichtern am Fuß der Treppe.

Ich sah Romaine an. Sie bebte, und das Lächeln war aus ihrem Gesicht verschwunden. Ich sah Djudakovich an. Er stand schweigend und regungslos da wie der Berg, an den er erinnerte.

Ich hätte gern gewußt, worum das alles ging, damit ich wüßte, ob es am klügsten wäre, Einarson zu erschießen und durch das anscheinend leere Gebäude hinter uns zu verschwinden, oder nicht. Ich konnte mir denken, daß das Papier in Djudakovichs Hand irgendeinen Beweis gegen den Oberst enthielt, irgendeine Beschuldigung, die die Soldaten soweit aufbrachte, daß sie ihn angegriffen hätten, wären sie nicht so sehr gewohnt, ihm zu gehorchen.

Während ich rätselte und nachdachte, beendete Einarson seine Ansprache, trat zur Seite, richtete die Hand mit ausgestrecktem Zeigefinger auf Djudakovich und bellte einen Befehl.

Die Gesichter der Soldaten unten waren unschlüssig, ihre Augen versuchten auszuweichen, doch vier von ihnen traten forsch auf den Befehl ihres Obersten vor und kamen die Treppe herauf. ›So‹, dachte ich, ›mein fetter Kandidat hat verloren! Na schön, ich überlasse es ihm, sich mit dem Exekutionskommando zu arrangieren. Mein ist die Hintertür!‹ Meine Hand hielt schon seit geraumer Zeit die Kanone in meiner Rocktasche umklammert. Ich ließ sie dort, während ich einen Schritt rückwärts tat und das Mädchen mitzog.

»Lauf, wenn ichs dir sage«, flüsterte ich ihr zu.

»Warte!« keuchte sie. »Sieh doch!«

Der fette Riese, die Augen schläfrig wie immer, streckte eine gewaltige Pranke aus und packte das Gelenk von Einarsons auf ihn gerichteter Hand. Zog Einarson zu Boden. Ließ das Handgelenk los und packte den Oberst bei der Schulter. Hob ihn mit dieser einen Hand, die seine Schulter hielt, in die Luft. Schüttelte ihn den Soldaten unten entgegen. Schüttelte Einarson mit der einen und schüttelte das Stück Papier – was es auch sein mochte – mit der andren Hand. Ich will verdammt sein, wenn das eine seinen Arm mehr anzustrengen schien als das andere!

Während er die beiden schüttelte – den Mann und das Papier –, röhrte er schläfrig über den Platz, und als er geendet hatte, warf er seine zwei Handvoll den entsetzt blickenden Männern vor die Füße. Warf sie mit einer Geste, die da sagte: *Hier ist der Mann, und hier ist der Beweis gegen ihn! Tut mit ihm, was ihr wollt.*

Und die Soldaten, die auf Einarsons Kommando, als er groß und beherrschend über ihnen gestanden hatte, in die Reihen zurückgeschlichen waren, machten mit ihm, was zu erwarten war, wenn er ihnen vor die Füße geworfen wurde.

Sie zerrissen ihn – buchstäblich – Stück für Stück. Sie warfen ihre Gewehre fort und kämpften darum, zu ihm zu kommen. Die weiter weg Stehenden kletterten über ihre näher an Einarson befindlichen Kameraden, drückten sie zu Boden, trampelten über sie hinweg. Sie wogten vor der Treppe hin und her, eine irre

Meute in Wölfe verwandelter Menschen, die wild darum fochten, einen Mann zu vernichten, der tot gewesen sein mußte, kaum daß er eine halbe Minute unter ihnen gelegen hatte.

Ich löste die Hand des Mädchens von meinem Arm und trat vor Djudakovich.

»Muravia gehört Ihnen«, sagte ich. »Ich möchte weiter nichts als unseren Scheck und den Sonderzug. Hier ist die Abdankung.«

Romaine übersetzte rasch meine Worte und dann Djudakovichs Antwort: »Der Zug steht bereit. Der Scheck wird Ihnen dort ausgehändigt werden. Wollen Sie Grantham selbst holen gehen?«

»Nein, schicken Sie ihn hin. Wie komme ich zu dem Zug?«

»Ich bringe dich hin«, sagte sie. »Wir gehen durch das Regierungsgebäude und aus einer Seitentür.«

Einer von Djudakovichs Geheimpolizisten saß am Lenker eines Wagens vor dem Hotel. Romaine und ich stiegen ein. Drüben auf dem Marktplatz tobte immer noch der Aufruhr. Keiner von uns sprach zunächst, während das Auto mit uns durch die dunkelnden Straßen huschte.

Schließlich fragte sie sehr leise: »Und nun verachtest du mich?«

»Nein.« Ich faßte ihre Hand. »Aber ich hasse Mobs, Lynchjustiz – mir wird schlecht davon. Egal, wie verworfen ein Mensch sein mag, wenn ein Mob sich gegen ihn zusammenrottet, bin ich für ihn. Das einzige, worum ich je zu Gott beten würde, ist die Chance, zu gegebener Zeit hinter einem Maschinengewehr zu sitzen und eine Lynchmeute vor der Mündung zu haben. Ich hatte keine Verwendung mehr für Einarson, aber so etwas hätte ich ihm nie angetan! Aber nun, was geschehen ist, ist geschehen. Was war das für ein Dokument?«

»Ein Brief von Mahmoud. Er hatte ihn einem Freund mit der Anweisung hinterlassen, ihn Vasilije auszuhändigen, falls ihm jemals etwas zustoßen sollte. Er kannte Einarson anscheinend und bereitete seine Rache sorgfältig vor. In dem Brief gestand er seine – Mahmouds – Teilnahme an der Ermordung von General

Radnjak ein und schilderte auch Einarsons Beteiligung daran. Die Armee vergötterte Radnjak, und Einarson brauchte die Armee für seine Ziele.«

»Dein Vasilije hätte dieses Beweisstück benutzen können, um Einarson hinauszujagen, ohne ihn den Wölfen vorzuwerfen«, knurrte ich vorwurfsvoll.

»Vasilije hat richtig gehandelt. So schlimm es ist, es war die einzige Möglichkeit. Damit ist es vorbei und für immer erledigt, mit Vasilije an der Macht. Ein lebendiger Einarson und eine Armee, die nicht weiß, daß er ihr Idol umgebracht hat – das wäre zu riskant. Bis zum bitteren Ende glaubte Einarson noch, die Macht zu besitzen, seine Truppen am Zügel zu halten, ganz gleich, was sie über ihn wußten. Er –«

»Schon gut – die Sache ist erledigt. Und ich bin froh, mit dieser Königsmacherei fertig zu sein. Küß mich!«

Sie tats und flüsterte: »Wenn Vasilije stirbt – und so, wie er frißt, kann er nicht mehr lange leben –, komme ich nach San Franzisko.«

»Du bist eine kaltblütige Hexe«, sagte ich.

Lionel Grantham, Ex-König von Muravia, erreichte nur fünf Minuten nach uns den Sonderzug. Er war nicht allein. Valeska Radnjak, die aussah, als sei sie tatsächlich Königin von Irgendwo, begleitete ihn. Der Verlust ihres Thrones schien sie nicht im geringsten zu bedrücken.

Der Junge war nett und höflich zu mir während unserer ratternden Reise nach Saloniki, fühlte sich aber offensichtlich nicht sehr glücklich in meiner Gesellschaft. Für seine zukünftige Braut schien niemand außer dem Jungen zu existieren, es sei denn, jemand stand zufällig zwischen den beiden und direkt vor ihrem Gesicht. So blieb ich dann auch nicht zu ihrer Hochzeit, sondern verließ Saloniki mit einem Liniendampfer, der ein paar Stunden nach unserer Ankunft die Leinen loswarf.

Den Scheck ließ ich natürlich den beiden. Sie beschlossen, Lionels drei Millionen zu behalten und die vierte Muravia zurückzugeben. Und ich reiste nach San Franzisko zurück, um mich mit meinem Boss darüber zu streiten, welche Fünf- und Zehn-Dollar-Ausgabenposten in meiner Spesenabrechnung er für überflüssig hielt.

Ein starkes Stück

Harvey Gatewood hatte Auftrag gegeben, mich sofort nach meiner Ankunft zu ihm zu führen. Infolgedessen brauchte ich nur knappe fünfzehn Minuten, um mich an Pförtnern, Büroangestellten und Sekretärinnen vorbei – die fast das ganze Areal zwischen dem Haupteingang der *Gatewood Lumber Corporation* und dem Privatbüro des Präsidenten bevölkerten – zu ihm zu begeben. Sein Büro war sehr groß, alles Mahagoni, Bronze und grüner Plüsch; und in der Mitte ein Mahagonischreibtisch, so groß wie ein Bett.

Gatewood lehnte sich über den Schreibtisch und blaffte mich an, kaum daß der servile Angestellte unter Verbeugungen mich herein- und sich wieder hinauskomplimentiert hatte.

»Meine Tochter ist gestern abend entführt worden! Ich muß die Bande kriegen, und wenn es mich meinen letzten Cent kostet!«

»Erzählen Sie mir, was Sie wissen«, drängte ich.

Doch er wollte Resultate, wie es schien, und keine Fragen, und dadurch verlor ich fast eine Stunde damit, die Auskünfte zu bekommen, die er mir in einer Viertelstunde hätte geben können.

Er war ein Koloß von einem Mann – gut über 200 Pfund festes rotes Fleisch – und ein Despot vom Scheitel seines Dickkopfes bis hinunter zu den Spitzen seiner Schuhe, die, wären sie nicht Maßarbeit gewesen, mindestens Größe 48 sein mußten.

Er hatte seine diversen Millionen dadurch gemacht, daß er jeden, der ihm im Wege stand, rücksichtslos ausmanövrierte, und die Wut, die jetzt in ihm kochte, machte ihn nicht umgänglicher.

Sein bösartiger Unterkiefer ragte heraus wie ein Granitwulst, und seine Augen waren blutunterlaufen – er war in einer lieblichen Gemütsverfassung. Ein Weilchen sah es fast so aus, als sei die *Continental Detective Agency* im Begriff, einen Klienten zu verlieren, weil ich fest entschlossen war, mir alles, was ich wissen wollte, von ihm erzählen oder den Auftrag schießen zu lassen.

Aber schließlich brachte ich es dann doch noch aus ihm heraus.

Seine Tochter Audrey hatte das Haus in der Clay Street am gestrigen Abend gegen sieben Uhr verlassen und ihrer Zofe nur gesagt, daß sie einen Spaziergang machen wolle. Sie war jedoch auch während der Nacht nicht nach Hause gekommen – was Gatewood aber erst nach der Lektüre eines Briefes erfahren hatte, der heute morgen gekommen war.

Der Brief war von jemandem, der mitteilte, daß sie entführt worden sei. Er enthielt die Forderung eines Lösegeldes von $ 50 000 für ihre Freilassung und instruierte Gatewood, das Geld in Hundertdollarscheinen bereitzuhalten – damit es keine Verzögerung gäbe, sobald er Anweisung erhalte, auf welche Weise die Übergabe des Geldes an die Entführer seiner Tochter zu erfolgen habe. Als Beweis, daß die Forderung kein Bluff war, lagen eine Locke seiner Tochter und ein Ring dabei, den sie immer trug, und ein paar kurze Zeilen von ihr, in denen sie ihren Vater bat, auf die Forderung ihrer Entführer einzugehen.

Gatewood hatte den Brief in seinem Büro erhalten und sofort nach Hause telefoniert. Dort hatte man ihm gesagt, daß das Mädchen in der vergangenen Nacht nicht in seinem Bett geschlafen habe und daß keiner der Hausangestellten es gesehen hatte, seit es ausgegangen war, um besagten Spaziergang zu machen. Daraufhin hatte er die Polizei verständigt und ihr den Brief übergeben und sich kurz darauf entschlossen, noch zusätzlich Privatdetektive zu engagieren.

»Und jetzt gehn Sie los und tun Sie was«, schrie er, nachdem ich das Ganze mühsam aus ihm herausgeholt und er mich auch noch hatte wissen lassen, daß er die Freundschaften und Gewohnheiten seiner Tochter nicht kenne. »Ich bezahle Sie doch schließlich nicht dafür, daß Sie hier rumsitzen und nur darüber reden!«

»Was gedenken Sie denn zu tun?« fragte ich.

»Ich? Ich werde diese – hinter Schloß und Riegel setzen lassen, und wenn es mich den letzten Cent kostet, den ich auf der Welt besitze!«

»Gewiß! Aber vorher müssen Sie noch die $ 50 000 bereitmachen, damit Sie sie ihnen geben können, wenn sie verlangt werden.«

Hörbar biß er die Zähne zusammen und stieß mir sein Gesicht entgegen.

»Ich habe mich noch nie in meinem Leben durch Gewalt zu etwas zwingen lassen! Und ich bin zu alt, um jetzt damit anzufangen!« wetterte er. »Ich werde diese Herrschaften reinlegen!«

»Liebliche Aussichten für Ihre Tochter. Aber ganz abgesehen davon, welche Konsequenzen es für sie haben würde, ist es die falsche Taktik. Fünfzigtausend sind schließlich kein hoher Betrag für Sie, und ihre Übergabe wird uns zwei Chancen verschaffen, die wir bis dato noch nicht haben. Die erste, wenn die Bezahlung erfolgt ist – die Chance nämlich, entweder denjenigen, der es abholt, zu schnappen oder etwas über die Bande herauszufinden. Und die zweite nach der Freilassung. Denn so vorsichtig sie auch operieren mögen, Ihre Tochter wird dann mit Leichtigkeit in der Lage sein, uns einige Hinweise zu geben, die uns dazu verhelfen werden, die ganze Bande zu schnappen.«

Er schüttelte wütend den Kopf, und ich war der Diskussionen mit ihm müde. Deshalb ging ich, in der Hoffnung, daß er die Klugheit des Vorgehens, zu dem ich ihm geraten hatte, einsähe, bevor es zu spät war.

Im Hause Gatewood fand ich Butler, Diener, Chauffeure, Köche, Stubenmädchen, Küchenmädchen und einen Troß der verschiedensten Hausangestellten vor – genügend Personal, um ein Hotel zu führen.

Was sie mir berichteten, war folgendes: Audrey hatte, bevor sie das Haus verließ, weder einen Telefonanruf noch einen Eilbrief, noch ein Telegramm erhalten – die altbewährten Requisiten, um das Opfer eines Mordes oder einer Entführung in die Falle zu locken. Sie hatte ihrer Zofe gesagt, daß sie in ein bis zwei Stunden wieder zurück wäre; aber das Mädchen war auch nicht weiter beunruhigt gewesen, als seine Herrin die ganze Nacht ausblieb.

Audrey war das einzige Kind, und seit dem Tod ihrer Mutter war sie gekommen und gegangen, wie es ihr paßte. Sie und ihr Vater kamen nicht allzu gut miteinander aus – ihre Charaktere waren einander zu ähnlich, folgerte ich –, und er wußte nie, wo sie war. Es war nichts Ungewöhnliches, daß sie die ganze Nacht wegblieb. Sie nahm sich nur selten die Mühe, vorher etwas zu sagen, wenn sie bei Freunden über Nacht blieb.

Sie war neunzehn Jahre alt, sah aber einige Jahre älter aus, war schlank und ungefähr einsfünfundsechzig groß. Sie hatte sehr starkes, langes braunes Haar, war blaß und sehr nervös. Ihre Fotos, von denen ich eine Handvoll mitnahm, verrieten, daß sie große Augen, eine kleine, regelmäßige Nase und ein spitzes Kinn hatte.

Sie war nicht schön, aber auf dem einen Foto, wo ein Lächeln den mürrischen Zug um ihren Mund weggewischt hatte, sah sie doch immerhin hübsch aus.

Beim Verlassen des Hauses trug sie einen hellen Tweedrock mit Jacke, das Werk eines Londoner Schneiders, dazu eine bräunlich-gelbe, etwas dunkler gestreifte seidene Hemdbluse, braune Wollstrümpfe, braune Halbschuhe mit niedrigen Absätzen und einen ungarnierten grauen Filzhut.

Ich ging zu ihren Zimmern hinauf – deren drei, im ersten Stock – und sah ihre sämtlichen Sachen durch. Ich fand einen ganzen Stoß Fotografien von Männern, Jünglingen und Mädchen und einen Riesenstoß von Briefen von verschiedenen Graden der Verbundenheit, mit einer großen Vielfalt von Namen, auch von Spitz- und Kosenamen, und notierte mir alle Adressen, die ich fand.

Nichts in ihren Zimmern schien irgendeinen Zusammenhang mit ihrer Entführung zu haben, aber es bestand die Möglichkeit, daß einer der Namen und Adressen von jemandem herrührte, der als Deckadresse gedient hatte. Auch wären einige ihrer Freunde vielleicht in der Lage, uns dienliche Auskünfte zu liefern.

Ich ging bei unserer Agentur vorbei und verteilte die Namen und Adressen unter den dort untätig herumsitzenden Kollegen, mit dem Bemerken, sich sofort auf den Weg zu machen und zuzusehen, was sie herausfinden könnten.

Dann rief ich die beiden Kriminalbeamten O'Gar und Thode an, die den Fall bearbeiteten, und fuhr zum Polizeipräsidium, um sie dort zu treffen. Auch Lusk, ein Postinspektor, war anwesend. Wir wälzten das Problem hin und her und betrachteten es von allen Seiten, kamen aber nicht sehr weit. Jedenfalls waren wir uns alle darüber einig, daß wir uns jeder Publizität enthalten mußten und nicht mit offenen Karten spielen durften, bis das Mädchen in Sicherheit war.

Die beiden hatten einen noch schwereren Stand mit Gatewood gehabt als ich – er hatte die ganze Sache in sämtlichen Zeitungen veröffentlichen lassen wollen, mit dem Angebot einer Belohnung, Fotografien und allem Dazugehörigen. Gatewood hatte natürlich recht mit seiner Behauptung, daß dieser Weg die größte Aussicht auf Erfolg hätte, die Entführer zur Strecke zu bringen – aber das hätte seiner Tochter schwer geschadet, falls ihre Entführer hartgesottene Burschen waren. Und Entführer sind in der Regel keine Lämmer.

Ich sah mir den Brief an, den sie geschickt hatten. Er war in Blockschrift und mit Bleistift auf gewöhnlichem, liniertem Papier geschrieben, das es in jedem Papiergeschäft der Welt zu kaufen gibt. Das Kuvert war von der gleichen Qualität, die Adresse gleichermaßen mit Bleistift geschrieben, und trug den Poststempel San Franzisko, 20. September, 9 Uhr, der Abend, an dem das Mädchen entführt worden war.

In dem Brief stand:

Sir,

Wir haben Ihre charmante Tochter hier und setzen ihren Wert auf $ 50000 fest. Sie werden das Geld sofort in

Hunderterscheinen bereithalten, damit keine Verzögerung eintritt, wenn wir Ihnen Bescheid geben, wie es an uns zu übergeben ist.

Seien Sie versichert, daß die Dinge für Ihre Tochter schlimm ausgehen, falls Sie nicht tun, was wir Ihnen sagen, oder die Polizei alarmieren oder sonst irgendwelche Dummheiten machen.

Die $ 50 000 sind nur ein kleiner Bruchteil dessen, was Sie gestohlen haben, während wir in Frankreich für Ihresgleichen in Dreck und Blut leben mußten, und wir sind fest entschlossen, sie zu kriegen, oder es passiert was!

Drei.

In verschiedener Hinsicht ein sonderbarer Brief. Derartige Briefe werden gewöhnlich unter Vortäuschung einer gewissen Unbildung geschrieben. Fast immer wird der Versuch gemacht, den Verdacht irrezuleiten. Vielleicht war das auch der Zweck des Gefasels vom ehemaligen Kriegsteilnehmer – aber möglicherweise auch nicht.

Dann gab es noch ein Postskriptum:

Wir kennen jemanden, der sie sogar kaufen will, wenn wir mit ihr fertig sind – dies für den Fall, daß Sie keine Vernunft annehmen sollten.

Die Zeilen des Mädchens waren zittrig und anscheinend mit dem gleichen Bleistift auf derselben Art von Papier geschrieben:

Daddy –

Bitte tue, was sie verlangen! Ich habe solche Angst –

Audrey.

Eine Tür am anderen Ende des Zimmers öffnete sich, und ein Kopf kam zum Vorschein.

»O'Gar! Thode! Eben hat Gatewood telefoniert. Fahrt sofort zu ihm ins Büro!«

Wir vier stürzten aus dem Büro und in einen Streifenwagen.

Nachdem wir ein ganzes Rudel von Gehaltsempfängern beiseite geschoben hatten und schließlich zu ihm gelangten, raste er wie ein Verrückter in seinem Büro auf und ab. Sein Gesicht war puterrot, und seine Augen hatten einen irren Glanz.

»Sie hat eben angerufen!« schrie er mit erstickter Stimme, als er uns sah.

Es dauerte ein paar Minuten, um ihn soweit zu beruhigen, daß er uns nähere Auskünfte geben konnte.

»Sie hat eben mit mir telefoniert. ›Oh, Daddy‹, hat sie gesagt, ›tu doch etwas! Ich halte das nicht aus – sie bringen mich um!‹ Ich habe sie gefragt, ob sie wisse, wo sie sei, und sie sagte: ›Nein, aber ich kann die Twin Peaks von hier aus sehen. Hier sind drei Männer und eine Frau und –‹ Und dann hörte ich einen Mann fluchen und ein Geräusch, als hätte er sie geschlagen. Dann brach die Verbindung ab. Ich habe versucht, die Nummer von der Zentrale zu bekommen, aber sie konnten sie mir nicht geben! Es ist doch eine verdammte Sauerei, wie dieser Telefonbetrieb geführt wird! Wir zahlen doch, weiß Gott, genug Gebühren, und wir ...«

O'Gar kratzte sich am Kopf und wandte sich von Gatewood ab. »Blick auf die Twin Peaks! Die sieht man ja von Hunderten von Häusern aus!«

Mittlerweile hatte Gatewood aufgehört, die Telefongesellschaft zu beschimpfen, und hämmerte mit einem Briefbeschwerer auf seinen Schreibtisch ein, um unsere Aufmerksamkeit zu erregen.

»Habt ihr Leute denn überhaupt schon was getan?« fragte er.

Ich beantwortete seine Frage mit einer Gegenfrage: »Haben Sie das Geld bereit?«

»Nein«, sagte er, »ich lasse mich von niemandem erpressen!«

Aber das sagte er mechanisch, ohne seine sonst übliche Entschiedenheit – das Gespräch mit seiner Tochter hatte ihn aus seinem Starrsinn aufgerüttelt. Jetzt dachte er auch ein wenig an ihre Sicherheit statt nur an seine Kampflust.

Wir redeten minutenlang wie die Teufel auf ihn ein, und nach einer Weile schickte er schließlich einen Angestellten nach dem Geld.

Dann teilten wir die Arbeit unter uns auf. Thode sollte aus dem Polizeipräsidium einige Mann mitnehmen und zusehen, was er im Twin-Peaks-Gebiet der Stadt herausfinden konnte. Die Aussichten waren jedoch nicht allzu rosig – das Territorium war zu riesig.

Lusk und O'Gar hatten den Auftrag, die Scheine, die der Angestellte von der Bank gebracht hatte, unauffällig zu markieren und im übrigen Gatewood so dicht auf den Fersen zu bleiben, wie es ihnen, ohne Aufsehen zu erregen, möglich war. Ich hatte zu Gatewoods Haus zu gehen und dort zu bleiben.

Die Entführer hatten Gatewood unmißverständlich instruiert, das Geld unverzüglich bereitzuhalten, damit sie es in kürzester Frist abholen konnten – sie ließen ihm keine Zeit, sich mit irgend jemandem in Verbindung zu setzen oder etwas zu planen.

Gatewood bekam den Auftrag, sich mit den Zeitungen in Verbindung zu setzen, ihnen den ganzen Fall zu übergeben – einschließlich seines Angebots von $ 10 000 Belohnung für denjenigen, der die Entführer faßte – und erst veröffentlichen zu lassen, sobald das Mädchen in Sicherheit wäre – auf diese Weise konnten wir dann in kürzester Frist mit der Hilfe der Öffentlichkeit rechnen, ohne das Mädchen zu gefährden.

Die Polizei der Nachbarstädte war bereits informiert worden – und zwar noch bevor der Telefonanruf des Mädchens uns davon überzeugt hatte, daß es in San Franzisko gefangengehalten wurde.

Im Gatewood-Haus ereignete sich den ganzen Abend nichts weiter. Harvey Gatewood kam frühzeitig nach Hause. Nach dem Essen raste er wieder in seiner Bibliothek auf und ab, trank Whisky, bis er zu Bett ging, und verlangte alle paar Minuten, daß wir, die Detektive dieses Falles, gefälligst etwas tun sollten, statt herumzusitzen wie lauter verdammte Mumien. O'Gar, Lusk und Thode waren draußen auf der Straße und behielten das Haus und die Nachbarschaft im Auge.

Um Mitternacht ging Harvey Gatewood zu Bett. Ich lehnte ein Bett zugunsten der Couch in der Bibliothek ab, die ich zum

Telefon hinüberzog, dessen Nebenanschluß sich in Gatewoods Schlafzimmer befand.

Um zwei Uhr dreißig klingelte das Telefon. Ich hörte zu, während Gatewood vom Bett aus sprach.

Eine Männerstimme, scharf und kurz angebunden: »Gatewood?«

»Ja.«

»Ist der Zaster bereit?«

»Ja.«

Gatewoods Stimme war heiser und tonlos – ich konnte mir vorstellen, wie es in ihm kochte.

»Gut!« hörte man die scharfe Stimme. »Wickeln Sie ihn ein und verlassen Sie das Haus damit, und zwar auf der Stelle! Gehen Sie die Clay Street hinunter und halten Sie sich auf der gleichen Straßenseite, wo Ihr Haus steht. Gehen Sie nicht zu schnell, und bleiben Sie nicht stehen. Wenn alles in Ordnung ist und keine Spitzel hinter Ihnen her sind, wird zwischen Ihrem Haus und der Ufergegend jemand auf Sie zukommen. Die Person wird eine Sekunde lang ein Taschentuch an ihr Gesicht drücken und es dann fallen lassen.

Sobald Sie das sehen, legen Sie das Geld auf den Bürgersteig, machen kehrt und gehen zurück in Ihr Haus. Wenn das Geld nicht markiert ist und Sie auch sonst keine faulen Sachen machen, haben Sie Ihre Tochter in ein, zwei Stunden wieder. Sollten Sie aber versuchen, uns reinzulegen – dann erinnern Sie sich, was wir Ihnen geschrieben haben! Ist Ihnen das klar?«

Gatewood stotterte etwas, das als Zustimmung gemeint war, und das Telefon klickte.

Ich vergeudete meine kostbare Zeit erst gar nicht damit, dem Anruf nachzuspüren – er käme sowieso aus einer Telefonkabine, wie ich wußte –, und schrie Gatewood über die Treppe hinauf zu: »Tun Sie genau das, was man Ihnen gesagt hat, und machen Sie keine Dummheiten!«

Dann lief ich in die frühe Morgenluft hinaus, um die Kriminalbeamten und den Postinspektor zu suchen.

Inzwischen waren zwei Geheimpolizisten zu ihnen gestoßen, und zwei Autos standen bereit. Ich schilderte ihnen die Situation, und wir machten schnell einen kurzen Schlachtplan.

O'Gar sollte in einem der Wagen die Sacramento Street hinunterfahren und Thode in dem andern die Washington Street. Diese beiden Straßen verlaufen parallel zu beiden Seiten der Clay Street. Sie mußten langsam fahren, um sich Gatewoods Tempo anzupassen, und an jeder Kreuzung halten, um festzustellen, daß er sie passiert hatte.

Wenn er innerhalb einer angemessenen Zeit die Clay-Street-Kreuzung nicht überquert hatte, sollten sie zur Clay Street einbiegen – und von da an mußten sie sich in ihrem Verhalten auf einen glücklichen Zufall und ihren gesunden Menschenverstand verlassen.

Lusk sollte auf der gegenüberliegenden Straßenseite ein bis zwei Blocks vor Gatewood hergehen und so tun, als sei er beschwipst.

Ich hatte Gatewood die Straße hinunter zu beschatten, gefolgt von einem der Geheimpolizisten. Der andere sollte inzwischen im Präsidium anrufen, daß alle verfügbaren Beamten in die City Street zu schicken seien. Natürlich kämen sie wahrscheinlich zu spät und brauchten höchstwahrscheinlich auch einige Zeit, um uns zu finden. Aber wir konnten ja schließlich nicht voraussehen, was vor Tagesanbruch noch alles geschehen würde.

Unser Plan war recht unzulänglich, aber etwas Besseres fiel uns nicht ein – wir hatten Hemmungen, denjenigen festzunehmen, der das Geld von Gatewood bekam, wer immer es auch sein mochte. Das Gespräch des Mädchens am Nachmittag mit seinem Vater hatte zu sehr danach geklungen, als legten ihre Entführer es mit aller Gewalt darauf an, daß wir jede sich uns bietende Gelegenheit ergriffen, sie rücksichtslos zu verfolgen, bis das Mädchen sich nicht mehr in ihren Händen befand.

Kaum hatten wir alles besprochen, als Gatewood in einem dicken Mantel aus dem Haus trat und die Straße hinunterging.

Weiter vorn ging Lusk, schwankend und vor sich hinbabbelnd, und war im Häuserschatten kaum wahrnehmbar. Sonst war niemand in Sicht. Das hieß, ich mußte Gatewood mindestens zwei Blocks Vorsprung geben, um zu verhindern, daß die Person, die das Geld abholen wollte, auf *mich* zukäme. Einer der Geheimpolizisten befand sich einen halben Block hinter mir, auf der anderen Straßenseite.

Wir gingen zwei Blocks weiter, als ein vierschrötiger Mann, mit Melone, auftauchte. Er ging an Gatewood und an mir vorbei und setzte seinen Weg fort.

Noch drei Blocks weiter.

Ein großer schwarzer, starkmotoriger Tourenwagen, mit zugezogenen Vorhängen, kam von hinten, fuhr an uns vorbei und weiter. Möglicherweise ein Spitzel. Ich kritzelte seine Wagennummer auf meinen Notizblock, ohne dabei die Hand aus der Manteltasche zu nehmen.

Nochmals drei Blocks.

Ein Polizist patrouillierte vorbei, ohne zu ahnen, was sich unmittelbar unter seiner Nase abspielte; dann kam ein Taxi mit einem einzelnen männlichen Fahrgast. Wieder notierte ich mir die Zulassungsnummer.

Vier Blocks weiter und niemand in Sicht außer Gatewood – Lusk war nicht mehr zu sehen.

Kurz vor Gatewood trat ein Mann aus einem dunklen Torweg, drehte sich um und rief zu einem Fenster hinauf, jemand solle herunterkommen und die Tür aufschließen.

Wir gingen weiter.

Wie aus dem Boden geschossen stand plötzlich, eineinhalb Meter vor Gatewood, eine Frau, ein Taschentuch vor dem Gesicht. Es flatterte zu Boden.

Gatewood blieb steifbeinig, wie angewurzelt, stehen. Ich sah, wie seine rechte Hand in der Manteltasche hochschnellte und die Seite des Mantels mit hochriß – und ich wußte, daß seine Hand eine Pistole umklammerte.

Vielleicht eine halbe Minute lang stand er wie eine Statue da. Dann zog er seine linke Hand mit dem Geldpaket aus der Tasche, und es fiel vor ihm auf den Bürgersteig, wo es in der Dunkelheit wie ein heller Fleck schimmerte. Gatewood machte abrupt kehrt und begab sich nach Hause.

Die Frau hatte ihr Taschentuch wieder aufgehoben. Jetzt lief sie auf das Paket zu, nahm es auf und rannte damit auf die nur ein paar Schritte entfernte dunkle Einmündung eines Gäßchens zu – eine ziemlich große, etwas gebeugte, von Kopf bis Fuß in Schwarz gekleidete Frau.

In der dunklen Einmündung des Gäßchens verschwand sie.

Während Gatewood und die Frau sich gegenübergestanden hatten, war ich gezwungen gewesen, meine Schritte zu verlangsamen, und ich war jetzt mehr als einen halben Block von ihm entfernt. Sobald die Frau verschwunden war, riskierte ichs, nahm die Beine in die Hand und rannte los; und meine Gummisohlen schlugen klatschend gegen das Pflaster.

Als ich bei dem Gäßchen ankam, war es menschenleer. Es führte schnurgerade auf die nächste Querstraße zu. Aber ich wußte, daß die Frau das andere Ende nicht erreicht haben konnte, bevor ich bei dem diesseitigen angelangt war. Ich bin zur Zeit zwar sehr dick, kann aber trotzdem ein paar Blocks immer noch in ganz annehmbarer Zeit schaffen. Zu beiden Seiten des Gäßchens sah man die Rückseiten von Mietshäusern, deren Hintertüren mich leer und geheimnisvoll ansahen.

Der Geheimpolizist, der mir gefolgt war, stieß zu mir, dann O'Gar und Thode in ihren Wagen und bald darauf auch Lusk. O'Gar und Thode fuhren unverzüglich weiter, um die Suche nach der Frau in den umliegenden Straßen aufzunehmen. Lusk und der Geheimpolizist postierten sich an den beiden Straßenecken, von denen aus jeder von ihnen zwei der um den Block herumführenden Straßen überblicken konnte.

Ich lief durch das Gäßchen, vergebens nach einer unverschlossenen Tür, einem offenen Fenster, einer Feuerleiter Ausschau haltend, die eine kürzliche Benutzung vermuten ließ – kurz, nach irgendwelchen Spuren, die durch ein fluchtartiges Verlassen des Gäßchens zurückgeblieben waren.

Nichts!

Kurz darauf kam O'Gar zurück, mit Verstärkung, die er im Präsidium rekrutiert hatte, und – mit Gatewood.

Gatewood schäumte.

»Wieder mal habt ihr alles verpatzt, verdammt noch mal! Keinen Nickel kriegt Ihre Agentur von mir, und außerdem werde ich dafür sorgen, daß ein paar dieser sogenannten Kriminalbeamten wieder in eine Uniform gesteckt werden und Patrouillendienst machen!«

»Wie sah denn die Frau aus?« fragte ich ihn.

»Das weiß ich nicht! Ich habe gedacht, dazu treiben *Sie* sich ja schließlich hier rum, sich um das zu kümmern! Sie kam mir alt und irgendwie bucklig vor, aber ihr Gesicht konnte ich wegen ihres Schleiers nicht erkennen. Ich weiß nicht! Aber was, zum Teufel, habt ihr Kerle eigentlich bisher getan? Es ist doch geradezu eine Schande, in welcher Weise ...«

Schließlich gelang es mir, ihn zu beruhigen, und ich brachte ihn nach Hause. Die Geheimpolizisten ließ ich zurück, um die Gegend unter Beobachtung zu halten. Es waren mittlerweile vierzehn bis fünfzehn, so daß in jedem dunklen Winkel einer postiert war.

Das Mädchen würde sich sicher beeilen, nach Hause zu kommen, sobald es freigelassen worden war, und ich wollte zur Stelle sein, um es auszuhorchen. Wenn es uns überhaupt nur schon einiges über seine Entführer mitteilen könnte, hätten wir eine ausgezeichnete Chance, sie zu fassen, ehe sie sehr weit kommen konnten.

Zu Hause angelangt, stürzte Gatewood sich wieder auf die Whiskyflasche, während ich mit einem Ohr auf das Telefon und mit dem andern auf die Haustür achtete. O'Gar oder Thode telefonierten fast jede halbe Stunde, ob wir schon etwas von dem Mädchen gehört hätten.

Sie hatten noch immer nichts gefunden.

Um neun Uhr morgens kamen sie mit Lusk zusammen ins Haus. Die Frau in Schwarz hatte sich als ein Mann entpuppt und war entkommen.

Hinter einem der Mietshäuser, die an das Gäßchen grenzten – kaum einen halben Meter von der Hintertür entfernt –, hatten sie einen Frauenrock, einen langen Mantel und einen Hut mit Schleier – alles in Schwarz – gefunden. Nach Befragung der Hausbewohner hatten sie in Erfahrung gebracht, daß vor drei Tagen eine Wohnung an einen jungen Mann namens Leighton vermietet worden war.

Als sie dann zu seiner Wohnung hinaufgingen, war Leighton nicht zu Hause. In seinem Zimmer fanden sie eine Unmenge Zigarettenstummel, eine leere Flasche, sonst nichts, was nicht schon drin gewesen wäre, als er sie mietete.

Aus diesem Befund ging eins klar hervor: er hatte die Wohnung nur gemietet, um sich Zugang zu dem Gebäude zu verschaffen. Als Frau verkleidet war er durch die Hintertür – die er unverschlossen ließ – hinausgegangen, um Gatewood zu treffen. Danach war er zurückgerannt, hatte seine Verkleidung abgestreift und war durch den Hausflur und den Vordereingang entwischt, bevor wir unser schwaches Netz um den Block zusammengezogen hatten. Vielleicht war er ab und zu in dunklen Türnischen untergeschlüpft, um O'Gar und Thode in ihren Wagen zu entgehen.

Leighton schien ein Mann von annähernd dreißig zu sein, schlank, ungefähr einszweiundsiebzig groß, mit dunklem Haar und dunklen Augen, und nach Leuten im Hause, die ihn zweimal gesehen hatten, sah er sehr gut aus und war sehr gut gekleidet. Er hatte einen braunen Anzug und einen hellbraunen Filzhut getragen.

Nach Ansicht der beiden Kriminalbeamten und des Postinspektors war es ausgeschlossen, daß das Mädchen – auch nicht einmal vorübergehend – vielleicht in Leightons Wohnung festgehalten worden wäre.

Es wurde zehn, und noch immer keine Nachricht von dem Mädchen.

Gatewood hatte seine überhebliche Dickköpfigkeit mittlerweile eingebüßt und war einem Zusammenbruch nahe. Die

Spannung wirkte sich bei ihm aus, und der Whisky, den er hinuntergeschüttet hatte, machte es nicht besser. Ich mochte ihn weder persönlich noch was sein Renommee betraf, aber an diesem Morgen tat er mir leid.

Ich telefonierte mit der Agentur und erhielt den Rapport der beiden Beamten, die Audreys Freunde aufgesucht hatten. Danach war eine gewisse Agnes Dangerfield die letzte gewesen, die sie am Abend ihrer Entführung – ungefähr zwischen acht Uhr fünfzehn und acht Uhr fünfundvierzig – allein die Market Street, in der Nähe der Sechsten, hatte hinuntergehen sehen. Aber Audrey sei zu weit weg gewesen, um mit ihr zu sprechen.

Sonst hatten die beiden nichts weiter erfahren können, außer daß Audrey ein wildes, verwöhntes Geschöpf sei und in der Wahl ihrer Freunde wenig Sorgfalt bewiesen hatte – eben die Art von Mädchen, die leicht in die Hände von Gangstern geraten können.

Es schlug zwölf Uhr. Mittag, und noch immer keine Nachricht von ihr. Jetzt informierten wir die Zeitungen, die Geschichte unter Hinzufügung der Ergebnisse der letzten paar Stunden unverzüglich zu veröffentlichen.

Gatewood war zusammengebrochen. Er saß, den Kopf in den Händen, da und starrte ins Leere. Gerade als ich, einem Impulse folgend, weggehen wollte, sah er zu mir auf, und ich hätte ihn nicht wiedererkannt, wäre ich nicht Zeuge der Veränderung gewesen, die mit ihm vorgegangen war.

»Was glauben Sie, warum sie nicht kommt?« fragte er.

Ich hatte nicht das Herz, ihm zu sagen, was ich, nachdem das Geld übergeben worden, das Mädchen aber nicht zurückgekommen war, nur allzu berechtigterweise vermutete. Deshalb wich ich mit ein paar tröstlichen Worten aus und ging.

Ich erwischte ein Taxi und stieg im Geschäftsviertel aus. Dort ging ich in die fünf größten Warenhäuser und durch sämtliche Abteilungen für Damenkleidung – von Schuhen angefangen, bis zu Hüten – und versuchte herauszubekommen, ob ein Mann, der vielleicht der Beschreibung Leightons entsprach, irgendwann in den letzten beiden Tagen Kleidung gekauft habe, die Audrey Gatewood passen würde.

Aber da ich keinen Erfolg hatte, überließ ich einem der Leute unserer Agentur die restlichen hiesigen Geschäfte und fuhr über die Bay, um die Geschäfte in Oakland abzuklopfen.

Schon beim ersten hatte ich Erfolg. Ein Mann, der sehr wohl Leighton gewesen sein konnte, war den Tag zuvor im Geschäft gewesen und hatte Kleidung in Audreys Größe gekauft. Er hatte eine Unmenge gekauft, von Unterwäsche bis zu einem Mantel, und – Glück muß der Mensch haben – hatte seine Einkäufe zu T. Offord, an eine Adresse in der Vierzehnten Straße, schicken lassen.

An der angegebenen Adresse, einem Apartmenthaus, fand ich die Namen, Mr. und Mrs. Theodore Offord, im Flur, unter Apartment 202.

Gerade hatte ich die Apartmentnummer gefunden, als die Haustür geöffnet wurde und eine untersetzte Frau in mittleren Jahren, in einem Hauskleid aus Gingham, herauskam. Da sie mich ein wenig neugierig ansah, fragte ich sie: »Wissen Sie, wo ich den Hausverwalter finden kann?«

»Der Hausverwalter bin ich«, sagte sie.

Ich übergab ihr eine Visitenkarte und ging mit ihr hinein. »Ich komme von der Bürgschaftsabteilung der Nordamerikanischen Haftpflichtgesellschaft« – eine Wiederholung derselben Lüge, die auch auf der Karte stand, die ich ihr gegeben hatte –, »wo eine Bürgschaft für Mr. Offord beantragt worden ist. Wissen Sie vielleicht, ob er unbescholten ist?« fragte ich mit der leicht um Verzeihung bittenden Miene eines Menschen, der eine zwar notwendige, aber nicht allzu wichtige Formalität erfüllt.

»Eine Bürgschaft? Das ist komisch! Er reist doch morgen ab.«

»Nun, ich kann auch nicht sagen, wofür die Bürgschaft sein soll«, bemerkte ich lässig. »Wir Sachbearbeiter bekommen immer nur die Namen und Adressen. Sie mag für seinen augenblicklichen Arbeitgeber sein; vielleicht hat auch sein zukünftiger darum angesucht. Manche Firmen lassen auch, um sicherzugehen, ihre zukünftigen Angestellten von uns investigieren, bevor sie sie einstellen.«

»Soweit ich ihn kenne, ist Mr. Offord ein sehr netter junger Mann«, sagte sie. »Allerdings wohnt er erst seit einer Woche hier!«

»Dann bleibt er also gar nicht lange?«

»Nein. Sie kamen von Denver und hatten die Absicht, hierzubleiben, aber das Klima bekommt Mrs. Offord nicht, darum gehen sie zurück.«

»Wissen Sie genau, daß sie aus Denver gekommen sind?«

»Das hatten sie mir jedenfalls gesagt«, entgegnete sie.

»Wie viele Personen sind es denn?«

»Nur die beiden. Es sind junge Leute.«

»Und welchen Eindruck machen sie sonst auf Sie?« fragte ich und versuchte, den Eindruck zu erwecken, als hielte ich sie für eine Frau von großer Urteilsfähigkeit.

»Sie scheinen ein sehr nettes junges Paar zu sein. Meistens hat man gar nicht gemerkt, daß sie in der Wohnung sind, so still sind sie. Es tut mir leid, daß sie nicht bleiben können.«

»Gehen sie viel aus?«

»Das weiß ich wirklich nicht. Sie haben ihre Schlüssel, und träfe ich sie nicht zufällig mal, wenn sie hereinkommen oder ausgehen, würde ich sie niemals sehen.«

»Dann könnten Sie also auch gar nicht sagen, ob sie nicht in manchen Nächten die ganze Nacht weggeblieben sind, nicht wahr?«

Sie schaute mich mißtrauisch von der Seite an – ich ging jetzt weit über das hinaus, was meiner Rolle als Sachbearbeiter entsprach, glaube aber nicht, daß es etwas ausmachte – und schüttelte den Kopf. »Nein, das könnte ich nicht sagen.«

»Bekommen sie viel Besuch?«

»Das weiß ich auch nicht. Mr. Offord ist nicht –«

Sie hielt plötzlich inne, als ein Mann leise von der Straße hereinkam, eilig hinter mir vorbeiging und sich anschickte, die Treppe hinaufzugehen.

»Ach, du meine Güte«, flüsterte sie. »Ich hoffe bloß, er hat nicht gehört, daß ich von ihm gesprochen habe. Das war nämlich Mr. Offord.«

Ein schlanker Mann in Braun, mit einem hellbraunen Filzhut – Leighton vielleicht.

Ich hatte nichts von ihm gesehen außer seinem Rücken, und er nichts von mir außer meinem. Ich beobachtete ihn, während er die Treppe hinaufstieg. Hatte er seinen Namen gehört, würde er den nächsten Treppenabsatz benutzen, um unauffällig einen Blick zu mir hinunterzuwerfen.

Das tat er.

Ich verzog keine Miene, aber ich erkannte ihn.

Er hieß ›Penny‹ Quayle, ein Betrüger, der sein Wirkungsfeld vor vier oder fünf Jahren im Osten gehabt hatte.

Sein Gesicht war genauso ausdruckslos, aber er erkannte mich.

Im zweiten Stock fiel eine Tür ins Schloß. Ich ließ die Frau stehen und ging auf die Treppe zu.

»Ich glaube, ich gehe mal rauf und spreche mit ihm«, sagte ich zu ihr.

Während ich mich leise der Tür von Apartment 202 näherte, horchte ich. Kein Laut. Aber das war nicht die Zeit zu zögern. Ich klingelte.

So schnell hintereinander wie das Anschlagen von drei Tasten unter den Händen eines geübten Stenotypisten, nur tausendmal heimtückischer, fielen drei Pistolenschüsse. Und in halber Höhe der Tür zu Apartment 202 waren drei Durchschüsse.

Die drei Kugeln säßen jetzt in meinem Fettwanst, wenn ich nicht schon vor Jahren gelernt hätte seitlich von fremden Türen zu stehen, wenn ich unverhoffte Besuche machte.

In der Wohnung hörte man eine scharfe, befehlende Männerstimme: »Laß das, Kind! Um Himmels willen, bloß das nicht!«

Eine schrille, erbitterte, haßerfüllte Frauenstimme schrie wüste Beschimpfungen.

Zwei weitere Kugeln durchschlugen die Tür.

»Hör auf damit! Laß das! Nein!« In der Männerstimme lag jetzt ein Anflug von Furcht.

Die Frauenstimme fluchte unflätig. Ein Gepolter, dann noch ein Schuß – aber diesmal nicht in die Tür.

Mit einem kräftigen Fußtritt sprengte ich das Türschloß.

Auf dem Fußboden rangen ein Mann – Quayle – und eine Frau miteinander. Er lag über sie gebeugt, hatte sie bei den Handgelenken gepackt und versuchte, sie gegen den Boden zu drücken. Sie hatte eine rauchende Pistole in der Hand. Mit einem Satz war ich bei ihr und riß sie ihr weg.

»Genug jetzt!« rief ich ihnen zu, als ich wieder fest auf Beinen stand. »Steht endlich auf und begrüßt euern Besuch!«

Quayle ließ die Handgelenke seiner Widersacherin fahren, die sofort mit den scharfen Nägeln ihrer gekrümmten Finger auf seine Augen losfuhr und ihm die Wange aufriß. Er kroch auf allen vieren von ihr weg, und beide standen mühsam wieder auf.

Er sank keuchend auf einen Stuhl, während er mit einem Taschentuch seine blutende Wange trocknete.

Sie stand, die Hände in den Hüften, in der Mitte des Zimmers und starrte mich feindselig an: »Sie scheinen wirklich zu glauben, Sie hätten mich geschlagen, was?« fauchte sie.

Ich lachte – jetzt konnte ich mir das leisten.

»Wenn Ihr Vater klug ist, tut er das mit einem Riemen, wenn Sie nach Hause kommen«, sagte ich zu ihr. »Ein feiner Streich, den Sie sich da für ihn ausgedacht haben!«

»Wenn *Sie* so lange mit ihm hätten leben müssen und so tyrannisiert und unterdrückt worden wären, würden Sie *auch* vor nichts zurückschrecken, um zu Geld zu kommen, damit Sie weggehen könnten und Ihr eigenes Leben leben!«

Darauf entgegnete ich nichts. Wenn ich an einige von Harvey Gatewoods Geschäftspraktiken dachte – besonders an seine Rüstungsgeschäfte, die das Justizministerium zur Zeit noch immer untersuchte –, war wohl das Schlimmste, was man Audrey nachsagen konnte, daß sie die echte Tochter ihres Vaters war.

»Was hat Sie eigentlich auf diese Spur gebracht?« fragte Quayle mich höflich.

»Mehrere Umstände«, sagte ich. »Erstens: eine von Audreys Freundinnen hat sie an dem Abend, als sie verschwunden ist, zwischen acht Uhr fünfzehn und acht Uhr fünfundvierzig in der Market Street gesehen, und Ihr Brief an Gatewood war um neun Uhr abgestempelt. Verdammt schnelle Arbeit. Sie hätten mit dem Aufgeben lieber noch ein wenig warten sollen. Audrey hat ihn wohl auf ihrem Wege hierher auf dem Postamt eingeworfen, nicht?«

Quayle nickte.

»Dann zweitens, Audreys Telefonanruf«, fuhr ich fort. »Sie wußte doch genau, daß man ungefähr fünfzehn Minuten warten muß, bis man ihren Vater in seinem Büro an den Apparat bekommt. Hätte sie telefoniert, während sie gefangengehalten wurde, wäre die Zeit so kostbar gewesen, daß sie der ersten Person, die sie erreichte – dem Fräulein in der Zentrale, höchstwahrscheinlich – ihre Geschichte erzählt hätte. Dadurch erweckte sie den Eindruck, als wollte sie den Alten aus seiner Dickköpfigkeit aufrütteln, nebenbei aber gleichzeitig auch den Twin-Peaks-Köder auswerfen.

Als sie dann nicht erschien, nachdem das Lösegeld bezahlt worden war, stand es für mich fest, daß sie sich selbst entführt hatte. Ich wußte, daß wir ihr, falls sie nach diesem Schwindel nach Hause käme, ohne viel zu fragen, sehr schnell auf die Spur gekommen wären, und ich nahm an, sie wußte das auch und kam gar nicht erst zurück.

Alles andere war leicht – außerdem bekam ich ein paar gute Tips. Nachdem wir auf die Frauenkleider gestoßen waren, die Sie zurückgelassen hatten, wußten wir, daß ein Mann mit ihr zusammenarbeitet, und ich nahm einfach an, daß niemand sonst mit im Spiel war. Dann überlegte ich, daß sie doch Kleider brauchte – denn sie hätte ja keine mitnehmen können, ohne Aufmerksamkeit zu erregen –, und ich hielt es für ebenso unwahrscheinlich, daß sie sich schon vorher eingedeckt hatte. Sie hat zu viele Freundinnen von der Art, die große Einkäufe machen, um sich das Risiko leisten zu können, selbst in die Geschäfte zu gehen. Dann, dachte ich, wird vielleicht der Mann die Sachen kaufen, die sie braucht. Und siehe da, so war es. Und außerdem war er zu bequem, seine Einkäufe gleich mitzunehmen; oder es waren vielleicht auch zu viele, daß er sie darum schicken ließ. Das ist die Geschichte.«

Quayle nickte wieder.

»Ich war schon verdammt unvorsichtig«, sagte er. Und dann plötzlich wild mit dem Daumen verächtlich auf das Mädchen deutend: »Aber was kann man denn schon erwarten? Sie war schon high, als wir anfingen. Die ganze Zeit mußte ich aufpassen, daß sie nicht überschnappt und alles kaputtmacht. Das eben war 'ne kleine Kostprobe. Ich erzähle ihr, daß Sie raufkommen, und sie wird völlig verrückt und versucht, den ganzen Trümmerhaufen auch noch durch Ihren Kadaver zu vervollständigen!«

Das Wiedersehen von Vater und Tochter fand im Rathaus von Oakland im Büro des Polizeihauptmanns statt, und es war eine muntere kleine Party.

Über eine Stunde war es völlig unentschieden, ob Harvey Gatewood an einem Herzschlag sterben, seine Tochter erwürgen oder sie bis zu ihrer Volljährigkeit in eine staatliche Besserungsanstalt stecken würde. Doch Audrey war stärker als er. Abgesehen davon, daß sie aus dem gleichen Holz geschnitzt war wie ihr Vater, war sie noch jung genug, um auf alle Konsequenzen zu pfeifen, während ihrem Vater, trotz seiner Dickköpfigkeit, doch etwas mehr Vorsicht eingebleut worden war.

Die Karte, die ihn ausstach, war ihre Drohung, alles, was sie über ihn wußte, an die Zeitungen weiterzugeben, und mindestens eins dieser Blätter in San Franzisko hatte es schon seit Jahren auf seinen Kopf abgesehen.

Ich weiß nicht, was sie von ihm wußte, und er wußte es meiner Meinung nach selber nicht genau. Aber solange das Justizministerium noch mit der Untersuchung seiner Rüstungsaufträge beschäftigt war, konnte er es sich nicht leisten, ein Risiko einzugehen. Ganz ohne Zweifel hätte sie ihre Drohung wahrgemacht.

Und so begaben sie sich denn gemeinsam nach Hause, obgleich sie einander bis aufs Blut haßten.

Wir brachten Quayle nach oben und sperrten ihn in eine Zelle. Aber er war schon zu erfahren, um sich davon beunruhigen zu lassen. Er wußte, daß man ihn, wenn das Mädchen straffrei ausging, auch nicht so leicht verurteilen konnte.

Ich war froh, daß es vorüber war. Es war ein starkes Stück gewesen.